KB104753

무직전생 ⑪

이세계에 갔으면
최선을 다한다

글 리후진 나 마고노테
일러스트 시로타카
옮긴이 한신남

나나호시

크리프

엘리나리제

자노바

루데우스

노른

실피에트

아이샤

인물소개

"노른, 미안.
너 여기에 온 뒤로 힘들었지?"

무직전생

이세계에 갔으면
최선을 다한다

⑪

글 리후진 나 마고노테　일러스트 시로타카　옮긴이 한신남

.

無職転生　～異世界行ったら本気だす～ 11

©Rifujin na Magonote 2016
First published in Japan in 2016 by KADOKAWA CORPORATION, Tokyo.
Korean translation rights arranged with KADOKAWA CORPORATION, Tokyo.

이 책의 한국어판 저작권은 일본 KADOKAWA CORPORATION과의 독점 계약으로
(주)학산문화사에 있습니다.
저작권법에 의해 한국 내에서 보호를 받는 저작물이므로 불법 복제와 스캔 등을 이용한
무단 전재 및 유포 시 법적 제재를 받게 됨을 알려 드립니다.

CONTENTS

"형제자매란 가장 가깝고, 가장 비슷하고,
그리고 가장 이해하기 어려운 생물이다."

When it could be understood so, it'll be the best family.

글 : 무네우스 그레이렛
옮김 : 진 RF 매곳

제11장

청소년기

여동생편

제1화 자매의 처우

내 여동생 노른과 아이샤가 오랜 여행을 마치고 내 집에 도착했다.

두 사람은 현재 내가 만든 남자티 나는 요리를 먹고 있었다.

"맛있어?"

"맛있습니다!"

"……."

아이샤는 기운차게 먹었다. 노른도 불만 없이 묵묵히.

실피가 만든 요리와 비교하면 천지 차이지만, 맛없는 건 아닌 모양이었다. 참고로 실피는 이미 일하러 나갔다. 같이 있고 싶었지만 어쩔 수 없지. 나는 오늘 학교를 쉬고 두 사람의 처우에 대한 이야기를 하기로 했다.

다 먹은 뒤에 거실로 이동했다. 아이샤와 노른을 나란히 앉힌 뒤 나는 그 앞으로.

자리에 앉혀서 차를 마시고 숨을 돌렸을 때 이야기를 꺼냈다.

"조금 늦어졌지만, 일단 긴 여행, 고생했습니다."

"예, 오라버니도 건강한 모양이라 다행입니다."

아이샤는 새침한 얼굴로 그렇게 말했다.

메이드복 차림이었다. 예전에 보았을 때는 헐렁했지만 지금은 잘 맞았다. 여기저기 손본 자국이 있는 걸 보면 그때 입었던 것과 같은 옷이겠지.

그녀는 방 안의 모습이 신기한지 힐끗힐끗 주위를 보았다. 씩씩한 느낌의 갈색 포니테일이 하늘하늘 흔들렸다.

"……."

노른은 어린애답게 고개를 숙이고 있었다. 옷은 평범한 아이 옷이란 느낌이었다.

물색 바탕의 귀여운 디자인이었다. 미리시온에서는 이런 옷을 입은 아이를 자주 봤는데, 이 근처에서는 조금 이색적으로 비칠지도 모르겠다. 아이샤보다 긴 금발을 목 뒤쪽으로 묶었다. 클립 같은 커다란 머리장식으로 맵시를 부렸군.

"아이샤는 꽤 고생한 모양이더군요."

"예, 모든 것은 오라버니를 만나기 위해서. 큰 고생은 아닙니다."

아이샤는 새침한 얼굴이었다. 하지만 어째서인지 오늘은 말투가 이상하다.

"우리는 가족이고, 오늘부터 여기는 두 사람의 집입니다. 사양할 것 없으니까 편하게 지내세요."

"예, 오라버니, 감사합니다. 하지만 가족이라고 해도 여기는 오라버니의 집. 그냥 묻어 지내는 것도 죄송하니까 가사를 도울까 합니다."

왜인지 모르지만 꽤나 거리감이 느껴졌다.

왜일까? 경어 때문일까?

"저기, 아이샤."

"예, 오라버니."

"그 말투, 그만두면 안 될까요?"

"싫습니다, 오라버니. 윗사람이 경어로 말씀하시는데 어떻게 제가 그만둘 수 있겠습니까?"

나 때문인가. 내가 경어를 쓰니까 자기도 못 그만둔단 말이지.

"알았어. 그럼 나는 경어 안 쓸게."

"알았어. 역시 남매가 경어를 쓰면 거리감이 느껴져. 하지만 나는 상황에 따라서 경어를 쓸게. 오빠는 윗사람이고."

어이, 거기선 너도 그만둔다고 해야 하는 흐름이잖아.

뭐, 좋아. 어릴 적부터 경어 사용을 익히는 건 나쁜 일이 아니지.

상황에 따라서 말을 나누어 쓰는 것은 중요하다.

하지만 거리를 느낀다는 말. 어쩌면 루이젤드나 에리스, 기타 등등의 사람들도 느꼈을까. 경어로 말하는 건 사람과 사람 사이의 원활한 커뮤니케이션의 첫걸음이라고 생각했는데…. 다음에 만날 때는 더 가벼운 느낌으로 말을 붙여 볼까.

'헤이, 루이젤드. 좀 어때? 확 바뀌었잖아. 예전에는 그렇게 삐삐 말랐고 수염도 없었는데. 뭐? 그 이름이 아니라고? 어이어이, 이름까지 바꾼 거야? 하지만 말투는 예전하고 똑같잖아.'

…이건 아니다. 루이젤드는 존경할 수 있는 상대다. 존경할

상대에게는 경어. 당연하다.

혹시 평행세계의 내가 루이젤드나 록시에게 말을 마구 한다면 흠씬 패줄 거다.

"으음, 아무튼 아이샤, 노른. 이렇게 함께 사는 건 처음이고, 서로 잘 모르는 것도 있겠지만… 잘 지내자."

"예!"

"……."

아이샤는 씩씩하게 끄덕였다. 뭐랄까, 고기로 낚을 때의 프루세나 같은 느낌이다. 꼬리가 보인다. 무슨 말을 하든 들어줄 것 같은 느낌이다.

반대로 노른 쪽은 퉁명스러웠다. 내 집에 오는 게 싫다는 얼굴이었다.

재회했을 때의 상황이 안 좋았지. 취해서 여자를 데리고 있었으니 별로 좋은 인상을 품지 않았으리라.

이 애에게는 다소 신중하게 다가가는 편이 좋을까.

"하지만 오빠가 설마 실피 언니랑 결혼했을 줄은 몰랐어. 깜짝 놀랐어. 노른 언니도 그렇게 생각하지?"

아이샤가 노른에게 말을 붙였다. 노른은 고개를 내저었다.

"…난 실피 언니, 별로 기억 못 해."

노른은 실피를 잘 기억하지 못한다는 모양이었다. 어쩔 수 없지. 같이 예의작법 등을 배웠던 아이샤와 달리 별로 접점도 없었겠고.

"저기, 오빠, 무슨 일이 있었어? 예전에 같이 있던 에리스 언니는 어떻게 됐어?"

아이샤는 몸을 내밀며 그렇게 물었다.

에리스 말인가. 역시 다들 그걸 궁금하게 여기는군.

"그게 말이지…."

나는 쓴웃음을 지으며 지금까지의 일을 말했다.

아슬라 왕국의 피트아령에 돌아가서 에리스와 헤어지고 모험가가 된 일. 그 뒤로 병에 걸려서 그걸 치료하려고 마법대학을 권유받은 일. 마법대학에서 실피와 만나서 그녀 덕분에 병이 나은 일….

병의 내용이라고 할까, ED와 그 치료방법에 대해서는 넘어갔다. 열 살 안팎의 여자애한테 들려줄 만한 내용이 아니니까.

또 실피가 처한 상황이 대단히 복잡하기 때문에 사람들 앞에서는 남장하는 경우가 많다는 것도 설명하였다. 그 점에 대해서 아리엘은 내 판단에 따라서 말해야 할 상대에게는 해도 된다고 했다.

솔직히 두 여동생에게는 말하지 않는 편이 좋을지도 모른다.

아직 어리기도 하고. 하지만 앞으로 함께 살 거니까 언젠가 들통이 난다. 아니, 의문을 갖는 게 당연하다. 그때 일어날 문제를 생각하면 미리 말해 두는 편이 현명하리라.

"그렇게 된 거야."

대충 이야기가 끝났다.

노른은 복잡한 얼굴로 고개 숙였지만, 아이샤는 걱정스러운 듯이 내 얼굴을 바라보았다.

"그래서 그 병은 괜찮아?"

"그래, 다 나았어. 이제 걱정 없어. 사흘에 한 번씩 재활을 하지만."

아이샤는 고개를 끄덕이더니 손뼉을 쳤다.

"아, 그렇지!"

"응?"

"아빠한테서 오빠를 만나거든 주라는 걸 받아왔어."

아이샤는 그렇게 말하더니 벌떡 일어나서 쪼르르 2층으로 뛰어갔다. 그리고 곧바로 네모난 상자를 가지고 내려왔다.

"자, 여기!"

커다란 돌쩌귀가 세 개나 달린 상자였다. 조심성 많다는 것으로도 볼 수 있지만, 이래선 오히려 안에 귀중한 게 들어 있다고 말하는 꼴 아닌가…. 아니, 이건 아이샤나 노른이 안을 열어보았다가 분실하지 않게 하려는 배려겠지. 일단 마술로 가볍게 해제했다.

"아, 열쇠…."

"음? 어."

살펴보니 아이샤가 열쇠다발을 손에 든 채로 굳어 있었다. 일단 열쇠를 받아서 주머니에 감무리하고 상자를 열어보았다

"오오."

안에는 금은보화가 우르르르…라고 할 정도는 아니지만, 거금이 들어 있었다.

미리스 왕찰이 십여 개에 귀금속 등등이다. 스윽 봐선 가치를 잘 모르겠지만, 팔면 제법 돈이 되겠지. 편지에도 있었던 당면 자금이란 것이리라.

우리 집은 이걸로 십년은 더 싸울 수 있다.

하지만 낭비하지 않도록 조심해야지.

상자 뚜껑에는 편지 두 개가 들어 있었다. 그것도 확인해 보았다.

하나는 파울로가 보내는 편지, 저번에 도착한 것과 같은 것이었다.

또 하나는 리랴가 보내는 편지.

아이샤와 노른의 현재 학습상황과 성격적인 결점 등이 적혀 있었다.

아이샤는 우수하고 실패도 하지 않지만 다소 잘난 척하니까 엄하게 대해야 한다. 노른은 평범하지만, 학교에서 자주 아이샤와 비교당하기 때문에 다소 비뚤어진 모양이다. 허세를 부리는 일도 많지만, 다정하게 대해 줘야 한다는 식으로 적혀 있었다.

리랴는 아이샤에게 다소 엄했군. 스스로를 첩이나 정부로 생각했던 모양이고, 노른에 대해서 한층 조심스러웠을지도 모르겠다. 나로서는 두 자매를 똑같이 대해야 한다고 생각한다.

으음…. 하지만 편지를 봤을 때 아이샤는 정말로 우수하군.

1년 전 시점에서 이미 가르칠 게 거의 없다. 읽고 쓰기, 계산, 역사에 지리 같은 과목은 모두 충분한 레벨로 습득하였다.

또한 청소, 세탁, 가사, 취사. 검술은 수신류 초급을 습득. 마술 쪽은 기초6종을 초급.

미리시온에서는 학교에 다녔던 모양인데, 곧 록시 일행이 와서 여행을 떠났으니까 그리 오래 다닌 것은 아니었을 것이다. 그걸로 이 정도니까 노른이 비뚤어지는 것도 이해된다.

반대로 노른은 평범하군. 좋지도 나쁘지도 않다. 비슷한 나이였을 무렵의 에리스보다는 우수한가.

평균이나 평균보다 조금 아래 정도겠지. 노른은 전이 소동으로 정신없었고, 그 상황에서 이거면 애쓴 편이라고 할 수 있다. 비뚤어질 것도 없어.

그 외의 편지는 없군. 록시에게서 한마디 있을 줄 알았는데…. 뭐, 이건 가족이 가족에게 보내는 편지니까 한 발 양보한 걸지도 모르겠다.

"어찌 되었든 두 사람 다 좀 안정되면 학교에 다녀야지."

"에엣?!"

붉으락붉으락 소리를 낸 것은 아이샤였다. 학교에 안 좋은 기억이라도 있나.

"난 이제 학교에서 배울 거 없어! 오빠를 모시려고 열심히 다 배웠어!"

"하지만 말이지."

"오빠를 돌볼 거야! 전에 약속했잖아! 봐, 그때 그것도 항상 가지고 있어!"

아이샤는 포니테일을 풀더니 머리를 묶었던 것을 보여주었다. 그것은 언젠가 내가 준 머리보호대였다. 금속 부분을 가공해서 머리장식으로 만든 것이었다.

내가 준 것을 소중히 쓰고 있다니 왠지 기쁘군.

하지만 그건 그렇다고 해도, 학교에 안 가겠다는 게 무슨 소릴까.

나는 솔직히 학교에 안 가도 된다고 생각했다. 학교 운운보다도 배운다는 의지 쪽이 중요하니까. 그게 없이 학교에 가 봤자 시간만 낭비할 뿐이다. 중학생 시절의 나처럼.

그렇긴 해도 파울로의 편지에는 두 사람을 제대로 학교에 보내라고 적혀 있었다.

이 세계에서는 의무교육이란 게 없지만….

"그럼 하다못해 마법대학의 시험을 쳐 봐. 그 결과로 판단하지."

"어? 으음…. 예, 알겠습니다."

아이샤는 자신 있다는 듯이 씨익 웃었다.

시험에서 높은 점수를 딸 자신이 있는 모양이다. 뭐, 실제로 높은 점수를 딴다면 딱히 학교에 안 가도 되겠지. 파울로에게는 내가 잘 말해 두자.

"노른도 일단 시험을 쳐 볼까?"

"……."

노른에게 말을 걸자, 그녀는 고개를 돌린 채 시선만 이쪽을 향했다.

날 싫어하나…. 이대로 평생 말도 안 붙이는 건 아닐까.

그렇게 생각했는데 노른이 불쑥 입을 열었다.

"…하지만 난 시험에 떨어질지도 몰라."

처음으로 내 말을 들어 준 것 같다.

아니, 사실은 그렇지도 않지만. 아무튼 기쁘군. 역시 무시는 안 돼, 무시는.

"그건 걱정하지 않아도 돼. 그 학교는 돈만 있으면 누구든 입학할 수 있으니까."

"으…. 그러면서까지 학교에 가고 싶진 않아!"

야단을 맞았다. 비리입학처럼 들린 걸지도 모르겠군.

"잠깐, 노른 언니! 오빠한테 무슨 소리야!"

"하지만 너도 들었잖아! 돈으로 어떻게 하겠다잖아!"

"노른 언니가 공부를 못 하는 게 잘못이야!"

"못 하는 거 아냐!"

노른이 소리치면서 아이샤의 머리채를 붙잡았다. 아이샤는 노른의 손목을 맞잡고 얼굴로 손을 뻗었다.

할퀴고 잡아당기고. 여자애의, 아니, 애들 싸움이다.

좋구나. 역시 싸움은 이래야지. 턱 끝에 한 방 먹이고 마운트 포지션으로 들어가는 건 싸움이라고 할 수 없지.

적당한 싸움은 나쁘지 않지만, 지금 그건 내가 말을 잘못했다. 말리자.

"그만둬."

생각 이상으로 낮은 목소리가 나왔다. 두 사람은 꿈틀 몸을 떨더니 손을 멈추었다.

"……."

노른은 아직 할 말이 있는 것처럼 고개 숙였다. 그 눈에 눈물이 맺혔다.

…으음. 내가 생각했던 것 이상으로 나나 아이샤의 존재가 콤플렉스가 되었을까.

"노른. 그러니까 이 도시의 학교는 말이지, 돈만 내면 종족이나 신분, 재능에 관계없이 누구든 입학할 수 있어. 그러니까 딱히 돈으로 억지로 입학시키는 게 아냐."

"…훌쩍."

노른은 눈물을 닦고 코를 훌쩍였다.

"록시 선생님 기억해? 그녀도 다녔던 곳이야. 좋은 학교야. 선생님도 많이 계셔서 많은 걸 배울 수 있어. 혹시 노른이… 좋아하는 걸 찾을 수 있을지도 몰라."

노른이 아이샤에게 이길 수 있는 걸 찾을 수 있을지도 모른다. 그렇게 말하려다가 그만두었다.

이럴 때는 비교하는 말을 하지 않는 게 좋겠지.

노른은 한동안 고개 숙이고 있었지만.

"…알았어. 시험, 칠게."

이윽고 그렇게 한마디만 하고 의자 소리를 내며 일어섰다.

그대로 거실을 나가려고 했다. 그 뒷모습을 향해 아이샤가 짜증내듯이 말했다.

"노른 언니! 아직 이야기 안 끝났어!"

"시끄러!"

노른은 요란스럽게 계단을 올라가더니 2층에서 쾅 하고 난폭하게 문을 닫는 소리가 들렸다.

그래, 분명히 까다로운 아이다. 나이도 그렇고 성격도 그렇다. 나는 그녀와 친하게 지낼 수 있을까?

"노른 언니는 항상 저렇다니까. 으으, 말귀를 못 알아듣는 애는 싫어. 그렇지? 오빠도 그렇게 생각하지?"

아이샤는 어깨를 으쓱이면서 나에게 동의를 구했다.

아이샤는 아이샤대로 그런 노른을 얕잡아보는 모양이다. 이것도 좋지 않겠지.

"아이샤."

"왜?"

"노른한테 공부 못 한다는 식으로 얕잡아보는 말은 하지 마."

"어…."

그렇게 말하자 아이샤는 입을 삐죽거렸다. 불만인 모양이다.

"하지만 노른 언니는 노력을 안 해."

"그야 네가 보기엔 그럴지도 모르지만, 노른은 노른대로 노력하는 거야."

"…뭐, 오빠가 그렇게 말한다면 조심할게."

실로 내키지 않는 모양이지만 일단 고개를 끄덕였다.

뭐, 내가 뭐라고 해도 설득력은 없겠지. 나는 두 사람에 대해 아무것도 모르니까.

하지만 이 나이대의 여자애를 어떻게 대하면 좋을까. 어렵군.

오후. 나는 두 동생을 집에 남겨두고 학교에 갔다. 교무실로 가서 시험에 대해 지너스 수석교사에게 물어보았다.

"다른 학교에 다녔다면 수업에 따라갈 수 있겠군요. 일찍 시험을 치르게 하는 편이 좋을 것 같습니다."

그렇다고 하기에 1주일 뒤에 두 사람의 시험을 보기로 했다.

벼락치기 시험이지만, 문제는 없겠지.

"하지만 루데우스 씨의 여동생이라니 꽤나 우수하겠군요."

"한쪽은 우수하지만, 다른 쪽은 평범합니다."

"에이, 그렇게 말씀하시면서 사실은 무영창 마술을 쓰는 거 아닙니까?"

"설마요."

지너스 수석교사와 적당히 잡담을 나누면서 나는 문득 어떤 생각을 하였다.

"그러고 보면 선생님. 오늘 바디가디 폐하는 학교에 왔습니까?"

"…폐하 말입니까? 오늘은 못 본 것 같습니다."

"그렇습니까."

신출귀몰하니까. 다만 출몰하면 분명히 시끄러워지니까 금방 알 수 있긴 하지.

"뭔가 할 말이 있다면 제가 전할까요?"

"아뇨, 그 정도는 아니라서요. 지인 건으로 오해가 있을지도 모르니까 둘이서 차분하게 이야기를 좀 하고 싶을 뿐입니다."

"알겠습니다. 만나거든 그렇게 전해 두지요."

나는 지너스 수석교사에게 고개를 숙이고 물러났다.

그대로 귀가할까 했는데, 조금 시간이 남길래 나나호시에게 얼굴을 내밀기로 했다.

노크를 하고 연구실에 들어갔지만, 거기에 나나호시의 모습은 없었다.

이상하네. 골방지기인 그녀석이 여기에 없다니. 일단 실험실도 살펴보았지만 없었다. 침실에는 출입금지니까 일단 노크해 보았다.

"…으, 으으."

신음소리가 들려왔다. 힘든 기색이었다.

안에 들어갈까 말까 망설이고 있는데, 잠시 뒤에 새파란 얼굴의 나나호시가 나왔다.

"어, 어이, 괜찮아?"

"머…머리… 아파…. 속… 안 좋아…."

우와, 술 냄새. 숙취인가. 뭐, 어제 꽤나 마셨고. 급성 알콜 중독이라고 해도 이상하지 않을 만큼 마셨고.

"앉아봐. 지금 해독 걸어줄 테니까."

나는 나나호시의 연구실로 돌아가서 의자에 앉히고 그 머리를 붙잡았다. 해독 주문을 외운 뒤에 치유 마술로 고통을 없애 주었다.

"후우…. 살았어."

나나호시는 머리를 흔들고 관자놀이를 누르면서 그렇게 말했다. 그리고 책상 위에 놓여 있던 가면을 썼다. 가면의 여자 '사일런트 세븐스타'의 등장이다.

"오늘은 무슨 일이야? 보수라면 아직 준비하지 않았으니까 다음으로 해 주겠어?"

쿨한 대응이지만 살짝 부끄러움이 섞여 있었다. 이게 소문으로 듣던 쿨데레라는 것일까.

"어제 집에 돌아갔더니 여동생이 와서 말이지, 학교에도 보내야 해서 그 준비를 하러 온 김에 들렀지요."

"…여동생? 혹시 예전 세계? 트립했어?"

"설마. 이쪽 세계의 동생입니다."

"그래."

나나호시는 내 얼굴을 지그시 바라보았다.

"이쪽 세계에서 당신의 동생이라면 꽤나 귀엽겠네."

"혹시 지금 내 얼굴을 칭찬한 건가요?"

"우리의 감각으로 말했을 뿐이야. 당신은 예전에는 어땠을지 모르지만, 지금은 단정한 서양인의 얼굴이잖아?"

"으, 음."

얼굴을 칭찬하다니 위험한 녀석이군. 생전이었으면 '혹시 이 녀석, 날 좋아하나?'라고 착각했겠지. 지금의 나는 동정도 아니고 독신도 아니다. 이런 말 한마디에 흔들릴 일 없다.

"몇 살이야?"

"아마 열 살이던가."

"그래. 나도 비슷한 또래의 남동생이 있어. 혹시 저쪽에서 시간이 똑같이 흘렀다면 나보다 연상이 되었겠지만."

나나호시는 그렇게 말하더니 그리운 듯이 눈을 가늘게 떴다. 일본에서의 기억을 떠올리는 걸까.

나는 남동생이란 단어에 별로 좋은 추억이 없다.

"왠지 푸딩이 먹고 싶어졌어."

나나호시는 갑자기 그렇게 말했다. 이야기가 휙휙 바뀌는군. 갑자기 웬 푸딩?

"푸딩에 무슨 추억이라도?"

"냉장고에 넣어놨던 걸 개가 멋대로 먹었거든. 비싼 거였는데…."

어디의 남동생이고 비슷한 모양이다. 하지만 나나호시는 그런 추억이라도 그리운 듯이 살짝 고개를 들고 눈물을 참았다.

못 본 걸로 하자.

"그럼 또 오겠습니다."

"그래…. 저기, 이번에는 폐 많이 끼쳤네. 조금 다시 봤어."

"후, 나한테 반했다간 화상 입을걸?"

"뭐야, 그건? 폼 잡는 거야?"

"웃으라고 한 말입니다."

그렇게 말하자 나나호시는 살짝 웃었다. 이것도 세대 차이인가.

뭐, 실험에 대한 자세한 이야기는 조금 더 진정된 뒤에 해도 되겠지.

방과 후, 실피와 함께 귀갓길에 올랐다.

그녀에게는 두 여동생에 대해 여러모로 의논을 하고 싶다. 나이가 비슷하니까 아는 바도 많겠지.

"아, 그렇지, 루디. 장 보러 가자. 사람이 늘었으니까 더 많이 사놔야 해."

실피의 제안에 시장에 갔다.

시장에 발을 들여놓자 콩을 찌는 단내가 후욱 풍겨 왔다.

상업지구의 시장은 저녁시간에도 성황이다. 식료품 시장이라면 아침에 성황이라는 이미지인데, 이 주변에서 신선한 식재료라면 고기다. 고기는 모험가나 사냥꾼이 마물이나 야생동물을 사냥하여서 충당한다. 사냥꾼은 물론이고 모험가는 낮 동안에 숲이나 평원에 나가서 저녁에 돌아온다. 물건이 낮에 들어오니까 저녁에 시장이 성황이란 소리다.

물론 그만큼 물품이 많은 것도 아니고 가격도 비싸다.

그래도 돈으로 어떻게 되는 만큼 마법삼대국은 나은 편이다. 동쪽으로 가면 더 가난한 나라도 많다나 보다. 사고 싶어도 상품이 없는 나라들이.

참고로 이 근처 모험가들에게는 획득한 사냥감을 냉동할 뿐인 간단한 의뢰도 들어온다.

이제 막 마술을 배우기 시작한 학생들을 위한 의뢰지.

그건 그렇고, 나는 실피와 함께 장을 보면서 앞으로에 대해 이야기했다.

"그래, 분명히 둘은 그렇게 사이 좋은 게 아니었을지도 몰라."

"솔직히 그 나이 애들은 무슨 생각을 하는지 모르겠어."

"그럴지도."

"아이샤는 학교에 안 가고 우리 집 메이드가 되고 싶다나 봐. 어떻게 생각해?"

"집안일에 다소 소홀하니까 아이샤가 도와준다면 나로서는 기쁠지도."

실피는 웃고 있었다. 자기 일을 빼앗긴다고는 생각하지 않는 모양이다.

"그렇긴 해도 실피, 우리는 책임 있는 어른이야."

"응."

"아이샤를 학교에 보내서 가능성을 찾게 해 줘야 하지 않을까?"

"으음, 그럼 마법대학에서 조금 색다른 걸 배우게 하는 것도 괜찮을까?"

실피는 턱에 손을 대고 생각하였다. 어느 쪽으로 할까? 라는 느낌의 얼굴이었다.

그 시선 앞에는 햄들이 진열되어 있었다. 오른쪽과 왼쪽이 약간 가격이 달랐다.

"실피, 진지한 이야기야. 잘 생각해 줘."

"물론 그렇게 생각해. 하지만 아이샤는 아마 루디 생각보다 우수한 애잖아?"

"우수해서?"

"분명 학교에 가든 안 가든 그녀는 잘 해낼 거야."

"호오."

"그러니까 너무 많이 생각할 것 없이 하고 싶은 일을 하게 하는 편이 좋지 않을까?"

아이샤에 대한 실피의 신뢰도가 높다. 그러고 보면 실피는 더 어렸을 적의 아이샤를 알고 있었지. 아이샤는 당시부터 우수했다는 이야기를 들었다.

"문제는 노른 쪽일지도. 아버님이나 루이젤드 씨와 떨어져서 불안한 모양이고. 우리가 잘 돌봐 줘야 해."

"그래."

차분한 실피를 보니 내가 다소 허둥거렸던 게 느껴졌다.

왠지 실피가 든든하군. 마치 피츠 선배 같다. 아, 아니, 피츠 선배 맞지.

"아이샤는 자유롭게 해 주고, 노른은 레일을 따르게 한다는 소린가."

"레일?"

"길을 만들어 주자는 의미야."

"응, 그래. 그게 좋을 거 같아."

그렇다고 해도 자매의 대접이 이렇게 차이가 있어도 괜찮나? 아니, 능력에 큰 차이가 있다. 그러니 억지로 똑같이 대접하는 것도 웃긴 소리다.

차별과 구별을 헷갈려선 안 된다.

"으음…. 내가 왠지 잘난 듯이 말했을까?"

"아니, 고마워. 조금 정리됐어."

"하지만 나는 아리엘 님의 호위 임무가 있으니까 많이 돌봐 줄 수 없어서…."

실피는 귀 뒤를 벅벅 긁으면서 난처한 듯이 말했다.

그녀에게는 아리엘의 호위 일이 있다. 그것 때문에 무슨 일이 있으면 난처한 얼굴을 하는구나.

　의외로 그녀도 고민하는 걸지도 모르겠다. 결혼했으니까 일을 그만두라고 내가 말할 가능성에 대해서라든가. 어디 한 번 물어보기로 하자.

　"저기, 실피에트 씨."

　"왜요, 루데우스 씨?"

　"혹시 내가 '결혼하려면 왕녀의 호위를 그만두라'고 했으면 어쩔 생각이었어?"

　최대한 가볍게 물어보았다. 실피는 고개를 돌려 나를 보았다. 진지한 얼굴이었다.

　"…루디와의 결혼을 거절했을지도 몰라."

　어라? …조금 쇼크다.

　조금 더 시간을 들인 뒤에 물어보는 편이 좋았으려나.

　응, 그래. 나보다 아리엘을 택하나. 그래, 그런가….

　"아."

　내 얼굴을 보고 실피가 살짝 허둥거렸다.

　"오해하지 말아 줘. 루디를 좋아하니까. 아니, 좋아한다는 말로는 표현할 수 없어. 더 많은 마음이 뒤섞여서 나 자신도 잘 모르겠어."

　허둥대는 실피는 귀엽구나.

　"결국은 어느 쪽도 '좋아한다'고 생각하지만. 저기, 루디와의 아이도 자연스럽게 원하게 됐고…."

실피는 배 언저리를 쓰다듬으면서 그렇게 말했다.

그 동작에 나도 얼굴이 뜨거워지는 걸 느꼈다. 오늘 실피는 꽤나 말이 많네. 남들 앞인데도.

"하지만 아리엘 님도 좋아해. 이건 루디랑 다른 의미로 좋아하는 거라서…. 친구로서 좋아한다는 걸까?"

그러고 보면 아리엘을 향한 실피의 마음을 처음 들어보는 것 같군.

"아리엘 님은 그렇게 보여도 꽤 한심한 데도 있는 사람이야. 분명 루디는 내가 없어도 어떻게든 해 나가겠지만, 아리엘 님은 나나 루크가 없으면 금방 죽을 거야. 그러니까 저버리고 싶지 않아."

실피는 그렇게 말하고 귀 뒤를 벅벅 긁었다. 그리고 덧붙였다.

"아, 하지만 지금 생활, 꽤나 꿈꿔왔던 거야. 그러니까… 가능하면 같이 있게 해 줘."

실피는 스스로도 뻔뻔한 소리라고 생각하는 걸지도 모른다.

본래 양립할 수 없는 두 가지를 내 호의로 성립시키려고 한다고. 그러니까 내게 싹싹하게 굴어주는 걸지도 모르겠다.

그런 건 아닌데.

"……."

나는 대답하지 않고 실피의 뺨에 키스했다.

그 순간 주위에서 휘익휘익 하는 소리와 시샘 섞인 혀 차는 소리가 들려왔다.

어느 틈에 주목의 대상이 되어 있었다.

실피는 귀까지 새빨갛게 물들이고, 최종적으로는 선글라스를 썼다.

피츠 선배는 여전히 귀엽구나.

몇 분 뒤. 실피가 진정했기에 다시 장을 보았다.

다소 이야기가 엇나갔지만, 아무튼 해야 할 이야기는 대충했다.

실피가 두 사람과 친하게 지내 준다면 내 고생도 줄겠지. 솔직히 이 나이의 여자애가 무슨 생각을 하는지는 잘 모르겠고.

"여자애에 대해서 잘 모르니까, 또 실피에게 의지하게 될 것 같습니다."

"응, 문제가 생기면 서로 도와야지. 부부니까."

실피는 그렇게 말하고 부끄러운 듯이 웃었다. 우리 마누라는 든든하군.

그렇긴 해도 '루디는 내가 없어도 괜찮다. 하지만 아리엘 님은 내가 없으면 안 돼.'란 말이지.

분명 실피는 내가 없어도 어떻게든 하겠지.

예전과 달리….

그로부터 1주일 뒤.

아이샤는 시험에서 만점을 따냈다.

제2화 메이드와 기숙사생

시험 종료 후. 나는 아이샤, 노른을 데리고 집으로 돌아왔다.

시험은 필기시험이었다. 나이에 맞춘 게 아니라 일반교양과 기초6종 마술을 합친, 오서독스한 입학시험이었다. 나 때와 달리 전연령 대상이었다. 당연한가.

아이샤의 시험 점수는 만점이었다. 미리스와 여기는 다소 문화도 다르다. 즉, 일반교양에서도 차이가 있다는 소리다. 그런데도 만점을 따다니, 이거 트집을 잡을 구석이 없군.

지너스 수석교사도 열 살에 이 정도라면 몇 가지 조건을 달아서 특별생이 될 수 있다고 해 주었다.

물론 아이샤와의 약속은 그게 아니었다.

"그럼 약속대로 오빠를 모실래!"

아이샤는 집에 돌아온 뒤에 의기양양하게 선언했다. 그 표정은 실로 자랑스러워하는 것이었다.

"그건 우리 집 메이드가 된다는 소리야? 가족인데?"

"아니, 우리 집이 아니라 오빠의 시녀가 될래!"

장래의 꿈은 오빠의 시녀.

그건 좀 아니지 않나. 비뚤어졌다는 생각이 든다. 하지만 약속은 약속이다.

"좋아. 그럼 내가 하는 말이라면 뭐든지 들도록."

"예! 잘 부탁드리겠습니다, 주인님."

주인님, 좋은 말이다. 혹시 여동생이 하는 말이 아니라면 꽤나 흥분했겠지.

내게는 사랑하는 아내가 있는데.

"그렇다고 해도 만약 학교에서 뭘 배울 필요가 있다 싶거든 사양 말고 말해."

"그때는 주인님이 자상하게 가르쳐 주신다면….'

아이샤는 입술에 손가락을 대고 추파를 던졌다.

가르쳐 달라는 건 야한 일일까. 혹시 '오빠…. 애 만드는 법 가르쳐 줘.'라고 한다면 올바른 성교육을 해 주자. 물론 야한 건 빼고.

"저기, 주인님이란 건 뭐야?"

"일단 모시기로 했으면 확실하게 해야 합니다."

우와, 경어다.

"평소처럼 오빠라고 하면 안 돼?"

"공사혼동입니다."

역시나 만점. 어려운 말을 아는군.

뭐, 좋아. 실피가 이상한 눈으로 볼지도 모르지만, 만점도 땄으니까 마음대로 하게 해 주자.

"알았어. 일에 대해선 실피랑 이야기해서 정해 줘."

"예. 시녀로서의 일은 어머니에게 배웠습니다. 맡겨 주세요."

아이샤는 그렇게 말하고 일어서더니 앞으로 손을 모으고 깊게 고개를 숙였다.

여동생 메이드의 탄생이다.

여동생 메이드. 감동적인 느낌의 단어로군.

뭐, 학교에도 가지 않고 집안일을 하는 건 생전 세계에서는 '가사도우미'라고 했지만.

노른 쪽은 딱히 대단할 것 없는 성적이었다.

물론 지너스 수석교사의 말로는 그 나이대의 평균을 다소 밑도는 정도라서 나쁘지는 않은 듯했다. 그렇다고 해도 아이샤와 비교하면 손색없다고 보기 힘들다.

뭐, 1년 동안 여행을 하고 곧바로 시험을 친 거니까 어쩔 수 없지.

하다못해 예습, 복습의 기회 정도는 필요했겠지.

서두를 것 없다. 앞으로 성장하면 된다. 1등이 되지 않더라도 최종적으로 남들만큼 할 수만 있으면 문제없다. 인간 사회란 것은 그런 식으로 되어 있다. 우수하지 않아도 된다. 남들만큼만 하면 된다.

"노른은 어떤 학과에 들어가고 싶어?"

"……."

노른은 대답하지 않았다. 고개 숙인 채로 뚱한 얼굴로 시선을 계속 돌리고 있었다.

아직 내가 마음에 안 드는 모양이다. 나로서는 그녀와의 거리를 더 좁히고 싶다.

하지만 어떻게 해야 할까?

"학과에 대해선 나도 자세히 모르지만…. 분명히 2, 3학년은 일반적인 수업을 받은 뒤에 전문을 선택할 수 있을 거야. 우리 학교라면 꽤 재미있는 수업이 많으니까, 일단 몇 년 다녀본 뒤에 하고 싶은 일을 찾는 게 어떨까? 못 찾겠거든 치유 마술을 전공하는 것도 나쁘지 않을 거야. 어머니도 치유 마술사였고. 이 근처에는 치유 마술사가 적으니까 치료원이나 병원에서도 일할 수 있고."

"……."

대답이 없어서 나만 계속 떠들었다.

그러다가 문득 노른이 이쪽을 바라보았다. 뭔가 할 말이 있는 시선에 나는 입을 다물었다.

"…난 기숙사에서 살고 싶어."

노른이 긴장한 목소리로 그렇게 말했다.

나는 그 말을 되새겨 보았다.

"기숙사 생활이라."

안 된다고 거절하는 건 간단하다.

하지만 진지하게 생각해 보자. 모처럼 노른이 용기를 내어 말해 준 것이다.

일단 열 살 소녀가 혼자 산다고 생각하자.

아무리 그래도 너무 이르다. 하지만 기숙사는 혼자 사는 게 아니다. 기본적으로 2인실이다.

노른은 이쪽에 와서 아는 이도 적다. 친구도 없다. 기숙사 생활을 하면 친구가 생길지도 모른다.

나이 문제는 다소 있지만, 이 학교에는 더 어릴 적부터 기숙사 생활을 하는 아이도 있다. 기숙사는 어느 정도 명확한 룰도 있고 안전한 장소다. 열 살이라고 해서 부자유스러운 건 없겠지.

나는 그녀와 조금 더 친해지고 싶지만, 이런 식이면 물리적인 거리를 좁혀도 정신적인 거리는 멀어질 것 같다.

생전에 나는 집에서 계속 틀어박혀 지냈다. 모든 것을 거부하며 틀어박혀 지냈다.

가족은 내게 다가오려고 이것저것 획책했다. 값비싼 것으로 낚거나 맛있는 음식을 가져오거나 달콤한 말로 미래를 말하였다. 그때마다 나는 동물 취급을 받은 듯하여서 가족들에 대한 마음이 떠났다.

집에서 생활하며 매일 얼굴을 맞대고 서로 안색을 살피는 것보다는 다소 거리를 두고 멀리서 지켜보는 편이 좋지 않을까? 서로 차분하게 상대를 보는 게 중요하지 않을까?

아이샤는 노른을 자연스럽게 얕잡아보는 태도였다.

조심한다고 말하지만, 본인에게는 자각이 없는 모양이라서 다소 안 좋다. 오랜 시간을 들여서 고쳐갈 수밖에 없겠지.

집 안에서 아이샤에게 얕잡히고, 싫어하는 나와 얼굴을 계속 마주쳐야 한다.

나도 최고까진 아니라고 생각하지만 세상에는 우수한 걸로 통한다.

우수한 형제자매에게 둘러싸여서 자라는 괴로움…. 나도 안다.

최악의 경우 가출할지도 모른다. 가출소녀의 말로는 뻔하다. 못된 남자에게 걸려서 잠자리를 얻는 대가로 이런 짓이나 저런 짓을 요구받는다. 그럴 거면 처음부터 안전한 장소에 머무는 편이 낫겠지.

게다가 기숙사에는 실피도 있다. 사흘에 한 번은 이쪽으로 돌아오지만, 반대로 말하자면 사흘 중 두 번은 기숙사에 있다는 소리다. 무슨 일이 있을 때라도 곧바로 대응해 주겠지.

다행스럽게도 노른은 실피를 싫어하지 않는 듯했다. 첫날에 같이 목욕한 덕분일까.

응, 생각해 보면 제법 나쁘지 않은 제안인 듯했다.

열 살부터 기숙사 생활. 협조성과 사회성을 익힐 수 있지 않을까?

"알았어. 그럼 노른은 기숙사에서 살도록 해. 신청해 둘게."

"어! 오빠?!"

놀라 소리친 건 아이샤였다.

믿기지 않는다는 얼굴을 하였다.

"왜! 노른 언니는 점수 안 좋았잖아."

방금 전의 메이드 말투가 무너졌다.

"아이샤…."

"난 그렇게 애썼는데! 노른 언니만 위해 주고!"

그런 문제가 아니다.

하지만 아이샤가 보기엔 편애로 비칠지도 모르겠다. 자기는 소망을 이루기 위해 시험에서 만점을 땄다. 어쩌면 1주일 동안 내가 모르는 곳에서 예습, 복습을 했을지도 모르지.

노른은 아무것도 하지 않았다. 그런데 노른의 부탁은 들어주었다. 그건 비겁하다. 편애다.

이럴 때 생전의 내 양친은 뭐라고 말했을까.

기억나지 않는다. 이해하라든가, 말을 들으라든가, 그런 말을 했을 것 같다.

그걸로 나는 납득했던가. 안 그랬겠지.

아이샤는 어떨까. 그런 말로 납득할까. 아니겠지.

아니, 그녀는 우수하다. 분명 내 생각을 말하면 알아주겠지…라고 생각하는 건 다소 오만한 걸지도 모르겠다.

"아이샤. 딱히 노른의 어리광을 받아주는 게 아냐. 다만 기숙사 생활을 하는 게 그녀에게 도움이 되리라고 생각했어."

"하지만."

"노른은 이쪽에 아는 사람도 없고…. 뭐, 내가 이런 말을 하기도 그렇지만, 나랑 그렇게 잘 맞지도 않아. 1주일 동안 지켜봤는데 갑갑하게 보였어."

"하지만 아빠는… 오빠랑 같이 살게 하라고 그랬어."

음. 그렇게 말하면 노른을 집에 붙들어놔야만 할 것 같다.

아니, 그렇지 않아. 이러니저러니 시키는 대로 하는 게 좋은 건 아니다. 파울로는 곧잘 착각하지. 내 판단이 옳다고만 장담할 순 없지만.

"물론 너희를 돌보지 않겠다는 건 아냐. 하지만 이대로는 노른에게도 좋지 않고 기숙사 생활로 뭔가 얻을 수 있을지도 몰라."

"……"

아이샤는 고개 숙이고 있었다. 그 눈에는 눈물이 맺혀 있었다.

"…노른 언니를 편애하는 건 제 엄마가 첩이라서 그런가요?"

갑자기 아이샤가 그런 말을 하였다.

첩. 그 말을 듣고 이거 안 된다고 본능적으로 직감했다.

"첩이라니 리랴 씨 말이야? 아이샤, 누가 그런 말을 했어? 아버지? 아니면 설마 노른이 그랬어?"

"엄마랑, 그리고 노른의 할머니가요…."

아이샤의 눈에서 눈물이 뚝뚝 흘러내렸다.

리랴, 그리고 노른의 할머니라면 제니스의 친정인가.

리랴가 그런 말을 하는 건 어쩔 수 없다. 그녀는 나나 제니스에 대해 한 발 물러난 입장을 취한다. 어디까지나 메이드로서의 입장을 지키려고 한다. 그러니까 노른에게 제니스의 딸에게 한 걸음 양보하는 입장을 요구하는 것도 어쩔 수 없다. 파울로는 두 딸을 평등하게 대했겠지만, 결코 대등한 건 아니라고 말이다.

제니스의 친정은 귀족이다. 분명히 상당히 유서 있는 집안이었다. 내 숙모인 테레즈는 나쁜 사람이 아니었지만, 전원이 신분에 대해 너그러운 생각을 가진 것도 아니겠지.

애초에 제니스의 딸이라면 귀여워할 이유도 있지만, 리랴의 딸을 귀여워할 이유도 없다.

혈연도 없고.

어느 쪽을 나무라려는 건 아니다. 그런 문화인 것이다.

"제가, 절반, 피가, 이어지지 않아서 그런가요… 흑…."

하지만 어린애가 거기에 상처 입지 않느냐면 그럴 리가 없다.

아이샤는 얼굴을 구기면서 소리 내어 울기 시작했다.

나는 조금 착각한 걸지도 모르겠다. 아이샤는 아이샤대로 복잡하다.

"나는 리랴 씨를 첩이라고 생각하지 않고, 너와 노른을 똑같이 여동생으로 생각해."

"하지만… 저는, 훌쩍, 열심히, 공부해서, 시험, 쳤는데, 노른 언니는…."

아이샤는 울면서 띄엄띄엄 호소했다.

역시 공부했나.

시험까지 1주일밖에 없었는데. 좋은 점수를 딸 수 있도록….

"아이샤."

"뭔가요?"

"말로 해도 이해할지 모르겠지만, 나는 네 노력을 인정해. 그러니까 학교에 안 가겠다고 한 것도 허가했어."

"하지만, 노른 언니는, 기숙사에 들어가겠다고 하고…."

아이샤의 콧소리가 가슴에 울렸다. 하지만 이건 결코 편애가 아니다.

"일에 따라서 판단한 거야. 예를 들어서 혹시 네가 이제 와서 학교에 가고 싶다, 기숙사에 가고 싶다고 한다면 나는 그걸 허가하겠어. 하지만 반대로 노른이 학교에 가기 싫다, 집에서 집안일을 하고 싶다고 한다면 그건 허가하지 않아. 그건 네가 시험에서 만점을 땄기 때문이야."

그렇게 말하자 아이샤는 입술을 일그러뜨리며 입을 다물었다.

그리고,

"……알았어."

라고 말했다.

아직 불만이 있는 모양이지만, 최종적으로는 고개를 끄덕여 주었다.

노른은 그 모습을 재미없다는 듯이 바라보았다.

하지만 다소 배경이 보인 듯했다. 제니스의 친정이 아이샤를 첩의 자식이라고 얕보았다. 아이샤는 그래서 노른에게 지지 않도록 애써왔다. 파울로는 차별하지 않았겠지만…. 아무래도 내가 모르는 곳에서 여동생 둘은 일그러진 관계가 된 모양이다.

하지만 근처에 귀족은 없다. 아이샤를 얕보는 이는 없다. 내가 잘 상대하면 언젠가 시간이 해결하겠지.

"일단 조건을 말해 둘게. 노른, 최소한 열흘에 한 번은 이 집에 얼굴을 내밀어."

그렇게 말하자 노른은 눈썹을 찌푸렸다.

"…왜인가요?"

"걱정되니까."

또 내게도 감시 책임이란 게 있다. 기숙사에 넣었습니다, 방치했습니다. 그랬다간 파울로를 볼 낯이 없다.

"…알겠습니다."

노른은 떨떠름하게 끄덕였다.

여동생 둘을 더한 새로운 생활이 시작되었다.

노른을 위해 기숙사 신청을 하고, 이사 준비를 해 주었다.

실피에게도 이야기해서 기숙사 안에서 무슨 일이 생기면 아무쪼록 잘 부탁한다고 해 두었다.

"노른을 멀리하는 거야?"

실피는 다소 나무라는 어조였다.

그녀로서는 노른을 집에 두고 이것저것 돌봐 주는 게 최선이라는 생각이겠지.

그것도 괜찮다고 생각하지만, 저번 일을 보자면 그게 최선 같지 않았다.

"아이샤랑 노른은 같이 두지 않는 편이 좋을지도 모르겠어. 첩의 딸이네 뭐네 하는 소리를 들은 모양이야. 멀리하는 게 아냐. 갑자기 너무 가까워졌으니까 조금은 떼어놓는 거야."

"으음…. 그런 일이…. 알았어. 나도 최대한 노른에게 관심을 두도록 할게."

실피는 흔쾌히 승낙하였다. 좋은 방향으로 흘러가면 좋겠는데.

아이샤는 우리 집의 메이드가 되었다.

그녀는 우수했다. 아이샤가 집안일을 하게 된 뒤로 실피의 부담은 크게 줄어들었다. 청소는 아이샤가 모두 해 주었다. 세탁도 아이샤가 한다. 내 일은 아이샤에게 빼앗겼다. 실피가 입었던 팬티의 냄새를 맡거나, 얼굴에 비비거나 할 수 없다. 포기하고, 미련을 버리고 앞을 보고 나아가야만 한다.

장보기와 요리는 양보할 수 없는 선이 있는지 실피가 맡았다. 아이샤는 도우미다.

그 이외에도 굴뚝 청소 수배나 근처에 사는 사람들에게 인사하는 등, 내가 신경 쓰지 못했던 것도 차례로 해 주었다. 정말로 우수하다. 눈에 띄는 실수도 없고 결점도 없다. 분명 보이지 않는 데서 노력하겠지.

아이샤는 성실하게 메이드 생활을 할 생각인 모양이다. 여동생의 가면은 벗어던지고 철가면으로 작업을 하였다. 리랴의 교육의 성과일까.

그녀는 기본적으로 집안일을 하다가 우리가 돌아오면 실피를 도와서 저녁을 만들고, 나를 도와서 목욕 준비를 하고, 나와 실피가 목욕하는 동안에 갈아입을 옷가지를 준비하고, 목욕을 마치고 나온 실피의 머리를 빗질해 주고, 야근이 있는 날에는 방한구를 입혀 주고 "마님, 다녀오세요."라면서 보내 준다.

실피는 왠지 미안해하는 눈치라서, 그런 두 사람을 지켜보는 게 꽤나 즐거웠다.

또 손님이 오는 날에는 그 시중도 들었다.

그렇다고 해도 며칠 동안 찾아온 것은 나나호시뿐이었다. 저번 일의 감사인사를 하러 왔다. 사례로 필요한 게 있냐고 하길래 도움이 될 만한 소환 마술의 마법진을 주문하였다. 실험의 제2단계로 진행할 때 설명과 함께 주겠다는 대답이었다.

그런 나나호시에게 아이샤는 실로 공손하게 시중을 들었다.

목욕 준비나 옷가지 준비. 몸을 씻겨 주기도 했다. 나나호시는 꽤나 답답해하는 눈치였다.

돌아갈 때 여동생을 부려먹는 악당이라는 야유를 들었다. 그녀에게 목욕이란 고독하면서 풍요로움으로 가득해야만 하는 걸지도 모르겠다.

앞으로는 나나호시가 목욕하러 오거든 내버려두라고 하자.

식사 후에는 거실에서 적당히 시간을 보내는 날 위해서 이것 저것 신경 써 준다.

난롯불 상황을 보고 따뜻한 음료를 가져다주고.

여동생에게 이런 일을 시키는 건 아니지 않나 싶었다.

하지만 아이샤는 기쁜 눈치였다. 한동안 이대로 둬도 되겠지. 강제로 시키는 것도 아니다.

그렇게 생각하다가 어렸을 적부터 마술을 쓰게 하면 마력 총량이 늘어난다는 법칙이 떠올랐다.

학교에 가지 않는다면 하다못해 마력만이라도 단련해 두는 게 좋겠지.

열 살이니까 그렇게 늘지 않겠지만, 그래도 전혀 안 늘어나는 건 아니다.

더 말하자면 공격 마술도 중급 정도까지 쓸 수 있게 되는 게 좋겠지.

초급으로도 살아가는 데에 아무런 문제 없다.

하지만 실전 레벨에서 가장 쓰기 좋은 건 중급이다.

"아이샤, 이쪽으로 좀 와 봐. 마술을 가르쳐 줄 테니까."

"오빠가 가르쳐 주는 건가요?!"

아이샤는 실로 기쁜 얼굴을 하고 그렇게 말했다. 그녀는 감정이 크게 움직이면 말투가 왔다갔다 한다.

리랴의 경지까지는 아직 멀었군.

"만일의 경우를 위해서야. 싫다고 해도…."

"싫다고 할 리 없잖아!"

그렇게 말하며 아이샤는 내 무릎 위로 뛰어올랐다. 어머나, 귀여워라.

"부탁드리겠습니다."

아이샤는 내게 마술을 배우게 되었다.

그렇다고 해도 기본적인 건 이미 다 할 줄 안다. 기억 못 할 뿐이지, 마술교본을 읽으면 중급도 금방 외우겠지. 참고로 무영창은 불가능했다. 역시 열 살이면 무린가.

아무튼 매일 마력이 바닥나기 직전까지 마술을 쓰는 의무를 주었다.

밤이 되면 아이샤는 침대로 기어들어온다.

"오빠, 같이 자도 돼?"

저번 일이 있었기 때문에 나도 아이샤의 응석을 받아주었다. 뭐, 남매가 이렇게 자도 좋겠지.

"그래, 이리 와."

나는 딱히 별 말 없이 침대에 불러들였다.

아이샤의 몸은 실피보다 작고 체온이 높다. 이 지방은 추우니까 대형 베개 대용으로 좋다.

물론 야한 짓은 안 한다. 솔직히 그럴 마음도 들지 않았다.

애초에 그녀는 아직 2차 성징도 끝나지 않았다. 지식으로는 아는 모양이지만, 성욕이라는 건 아직 먼 훗날이겠지. 문제될 것 하나 없다.

뭐, 혹시 아이샤가 내게 성욕을 품게 된다면 그때는 포기시킬 수밖에 없다.

근친이네 도덕이네 하는 소리를 할 생각은 없지만, 가족 관계를 무너뜨리고 싶지 않으니까.

자, 실피가 없는 날은 그렇다고 하고.

문제는 야근이 없는 날. 사흘에 한 번씩 있는 실피와의 밤 생활이다.

여동생도 있으니, 당분간 삼갈까 생각했다.

하지만 옆에서 여자가 무방비하게 자는 걸 생각하면 내가 참을 수도 없었다.

아니, 사실은 참을 수 있다. 스스로 처리하면.

하지만 집 안에서는 계속 아이샤가 따라붙고. 학교 화장실에서 처리할 수도 없고. 아내가 있는데 혼자 처리하는 것도 왠지 아깝고. 그렇게 고민한 끝에 결국 계속 쌓였다.

성욕이 강하고 젊은 이 몸은 1주일 처리하지 않으면 폭발 직전이 된다.

그런 젊은 몸 옆에 귀여운 여자가 잔다. 게다가 그 아이는 NG 없는 올 오케이. 열심히 애를 만들자는 기특한 소리까지 해 준다.

참는 게 바보 같아진다.

"후우…."

그 결과 너무 애썼다. 일단 문을 잠가뒀고, 흙 마술로 방음도 강화했다.

…아이샤가 엿보지 않기를 빌고 싶다.

"오늘 루디, 대단했어…."

일이 끝나고 실피는 나른한 기색이었다. 땀에 젖어서 흐트러진 머리칼이 에로틱하다.

오늘은 달콤한 대화로 끝낸 뒤에 젖은 타월로 몸을 닦아 주고 실내복으로 침대 위에 앉아 있었다.

실내복은 부드러운 소재에 조금 수수한 느낌의 옷이다. 스웨터라기보다는 운동복에 가까울까. '별로 매력이 없다'는 게 실피의 말이지만, 무슨 소리. 실피의 매력은 오히려 이런 옷차림에서 흘러나온다.

육상부 여자가 침대에 앉아 있는 느낌이다.

섹시함이 희박하니까 오히려 흥분이 가속한다. 소박한 멋이란 거다.

예를 들어서 에리스가 입었던 붉은 네글리제라든가 엘리나리제가 착용하는 도발적인 상하의라면, 혹은 리니아, 프루세나처럼 풍만한 육체라면 이렇게 되지 않는다.

실피는 성적인 느낌이 없는 편이 어울린다.

"……."

"응? 왜, 루디?"

어느 틈에 나는 뒤에서 실피의 가는 몸을 쓰다듬고 있었다.

좋은 몸이구나. 굴곡은 적지만, 평원은 아니고. 지방은 적지만, 왜인지 부드럽고. 이렇게 껴안고 쓰다듬는 것만으로 내 피뢰침이 고개를 든다.

"어…. 더 하고 싶어?"

"아니, 실피. 내일도 일, 나 참을게. 내일 아침, 조금 만질게, 나, 만족."

"으음, 안 참아도 되는데, 자."

실피는 침대에 누워서 내게 두팔을 펼쳤다.

"자, 루디, 와."

부끄러운 듯이 미소 지으면서 말하는 실피.

내 인내는 순식간에 게슈탈트 붕괴했다.

더는 인내의 의미를 모르겠다. 나는 두 손을 모으고 옷을 재빨리 벗으면서 실피를 향해 다이빙했다.

밤에는 이런 느낌이다.

그리고, 노른의 경우 기숙사 준비를 하는 며칠 동안은 얌전히 지냈다.

나에게 딱히 아무 말도 없었다. 그렇다고 태도가 나쁜 것도 아니었다. 뭐라고 말을 붙이면 반응하고, 말도 순순히 들었다. 다만 친해졌냐고 묻는다면 그게 어렵다.

나로서는 노른과 조금 더 친목을 다지고 싶다.

그래서 한 번 '같이 목욕이라도 할까?'라고 말해 보았다. 알몸의 친교란 거다.

"…싫어."

하지만 노른은 엄청 싫다는 얼굴로 거부했다. 대신 아이샤가 '아, 제가 같이 들어갈게요.'라고 하더니 등을 밀고 마사지까지 해 주었다.

아이샤는 뭐든지 무난하게 하는군. 목욕 보조까지 잘하다니 앞날이 유망하겠어.

아니, 그런 쪽으로 유망해도 안 되지만.

노른의 기숙사 준비는 며칠 만에 끝났다.

룸메이트는 4학년이라는 모양이었다.

나나호시와 같은 학년인가. 하다못해 5, 6학년이었으면 사교적인 지인도 있었는데.

룸메이트는 앵무새 같은 벼슬이 있는, 잉꼬 같은 소녀였다.

감정에 맞춰서 까딱까딱 움직였다. 마족이나 새 계통의 수족이다. 이름은 메리사. 안 좋은 소문은 없었다.

이 학교에는 하프나 쿼터도 많다. 노른에게는 차별적인 발언을 하지 말라고 말해 둬야지.

일단 인사라도 해 두는 편이 좋겠지. 그런 생각에 웃으며 다가갔더니 그녀는 겁먹고 도망쳤다. 말도 붙이지 못했다.

그렇게 겁먹는 걸 보면, 학교에서는 노른이 내 관계자란 사실을 숨기는 편이 좋을지도 모르겠다.

나는 이 학교에서 주먹대장으로 취급되고, 그 바람에 사람들이 겁을 먹어서 노른에게 친구가 안 생긴다면 가엾지.

뭐, 그렇게 걱정하지 않아도 어떻게든 되리라고 생각하고 싶었다. 일일이 다 돌봐주는 것도 과보호라고 생각하니까.

여차하면 실피와 루크, 아리엘에게 부탁하자.

그 세 사람은 학교에서 인기가 있다. 세 사람과 함께 있으면 사람도 모인다.

사람들 사이에 있으면 자연스럽게 사교성도 익히고 친구도 생기겠지.

아니, 그 세 사람이라면 이번엔 반대로 질투를 살 가능성도 있군. 아니, 그렇게 거친 파도에 휩쓸리면서 또 성장으로 이어지지 않을까?

으음, 어렵다. 인간관계는 정말로 어렵다.

어찌 되었든 노른이 스스로 어떻게든 해야만 하는 일이다. 무슨 일이 일어날 때까지는 너무 나서지 않는 편이 좋겠지. 잠시 동안 지켜보자.

그렇다고는 해도 걱정되는구나.

노른이 기숙사로 가는 날. 나는 교복을 입고 가방을 든 노른에게 몇 가지 주의사항을 전해 두기로 했다.

　기숙사에서는 룰을 따를 것. 열심히 공부할 것. 마족을 봐도 차별하지 말 것. 하고 싶은 말은 많이 있었지만, 너무 많이 말하면 다 못 외울 테니까 일단 그렇게 세 가지만 했다.

　"그리고 노른. 학교에서 문제가 생기거든 나나 실피한테 말해."

　일단 그렇게만 말했다.

　"예."

　노른은 내 눈을 보지 않고 그렇게 대답했다. 그녀와 친하게 지낼 날은 올까. 불안하다.

　"또 자기 전과 일어났을 때에는 꼭 이를 닦고."

　"예."

　이것도 말해 두자.

　"목욕도 하고."

　"예."

　그것도 말해 두자.

　"숙제도 하고."

　"…예."

　그래. 병에 대해서도.

　"감기 걸리지 말고."

　"……."

　아주 짜증난다는 눈으로 날 바라보았다. 하지만 역시나 좀 걱정된다.

막간   인형 연구와 주종관계

그건 나나호시가 발광하기 1주일 정도 전의 일이었나.

"스승님, 이걸 좀 보시지요."

그 날. 연구실에 들어가자 자노바는 기쁜 듯이 상자를 가져왔다.

평소의 자노바보다 몇 배는 더 자랑스러워하는 표정이었다.

"그게 뭔데?"

"저번 그 인형의 팔입니다."

자노바는 상자를 테이블에 두더니 천으로 싸인 내용물을 꺼냈다.

천을 풀자 거기에는 그의 말처럼 인형의 팔이. 다만 양갱처럼 잘려 있었다.

"칠이 벗겨진 부분을 잘 보니까 이음매가 있길래 혹시나 싶어서 쪼개 봤더니 이렇게 되었습니다."

자노바는 둥글게 잘린 팔의 단면을 보여주었다. 그러자 거기에는 QR 코드 같은 문양이 빼곡하게 적혀 있었다.

마법진이었다. 하지만 나나호시가 그린 것과 전혀 달랐다. 신기한 문양이었다.

그게 잘린 팔의 단면 전체에 있었다. 이쪽에도 저쪽에도. 문양은 조금씩 달라서 두 단면이라고 똑같지 않았다.

"과연…. 팔에까지 마법진이 가득한가. 접합면마다 조금씩 다른 것도 재미있네."

마치 고기 단면도 같다. 인체를 자르기라도 한 듯한 생생함이 있었다.

"하지만 이음매가 있는 줄은 몰랐는데."

"그 위에 색을 칠했으니까 칠이 벗겨지지 않으면 알 수 없었겠죠."

"그런가."

자노바는 첫 대발견에 아주 흥분한 듯했다.

나는 진정하자. 무슨 특수기술이 없으면 움직이지 않는 건 알고 있었으니까.

"그래, 이만큼 대량의 마법진을 넣지 않으면 그렇게 치밀한 움직임은 불가능한가."

"어라, 스승님은 이게 어떤 마법진인지 아십니까?"

"아니, 모르겠어."

이 마법진이 팔을 움직이기 위한 것뿐일까. 아니면 팔 같은 장소까지 마법진을 그리지 않으면 움직임을 제어할 수 없는 걸까. 아니면 또 다른 무엇일까. 그건 연구하지 않으면 알 수 없다.

아무튼 이건 밤중에 집 안을 배회하며 청소를 하였다. 적을 발견하고 격퇴하였다. 청소가 끝나면 충전장소로 돌아가서 충전했다. 그런 기능을 가졌다. 루0바도 이렇게 고성능이진 않았다. 적을 쫓아내는 기능이 있으면 그건 이미 호0호이 씨잖아.

머리나 몸에 마법진을 슬쩍 그려서 완성인 것도 아니겠지.

나는 루0바를 만들고 싶은 게 아니다.

만들고 싶은 건 움직이는 인형이다. 나 자신도 보고 싶은 거고, 혹시 만들 수 있다면 팔 수도 있다. 상당한 가격이 붙겠지. 아니, 딱히 거금이 필요한 것도 아니다. 남들만큼은 원하지만, 나 같은 녀석이 돈을 가져 봤자 낭비나 할 뿐이다.

스펠드족의 명예회복에 인형을 쓰는 건 또 다른 문제지만….

어찌 되었든 이건 꿈이다. 꿈꾸던 메이드 로봇이다.

"아마도 머리나 몸에 움직임을 제어하는 마법진이 있을 거야. 혹시 거길 '쪼갤' 때는 신중하게 해 줘."

"예, 스승님."

자노바는 기쁜 듯이 끄덕였다.

그런 느낌의 배경이 있었기에 나나호시가 발광했을 때에 자노바는 아이디어를 낼 수 있었다.

그게 아이디어를 냈기에 나나호시의 적층구조 마법진도 완성되었다. 포기하려던 이세계 소환도 성공했다. 분명 메이드 로봇도 조만간 가능하다. 꿈의 실현은 그리 멀지 않다.

그렇게 생각하자 나도 의욕이 생겼다

오늘도 부지런히 자노바의 연구실로 향했다. 발걸음도 가벼웠다.

"자노바, 들어간다."

나는 노크를 한차례 하고 자노바의 연구실에 들어갔다. 그곳에는 한 여자가 문지기처럼 서 있었다.

결코 미인은 아니지만, 그래도 싹싹해보이는 여성이었다.

"오오! 진저 씨, 오래간만입니다."

그녀는 나를 의심어린 눈으로 보았지만, 인사를 하자 차분한 얼굴로 고개를 숙였다.

"루데우스 님, 오래간만입니다."

원래 실론 기사였고, 제3왕자 자노바의 친위대였던 진저 요크였다. 옛날 생각나네.

"한 번 인사드리러 갈까 했는데, 이래저래 정신이 없어서."

"아뇨, 이쪽이야말로 죄송했습니다. 여동생을 무상으로 호위해 주셨는데 인사도 않고."

"아이샤 양은 시간 낭비 없는 여행을 제공해 주셨습니다. 이쪽이 감사하고 싶을 정도입니다."

진저의 안내를 받아 연구실 안쪽으로 향했다.

자노바와 줄리는 평소처럼 각자의 작업을 하고 있었다. 자노바는 팔 단면의 마법진을 베끼고, 줄리는 피겨를 조각칼로 조각하고 있었다. 아무튼 줄리 쪽은 잘 되어가는 눈치길래 봐 주었다.

"어때?"

"예, 이제 곧, 완성입니다, 그랜드마스터. 어떻습니까?"

"나쁘지 않아. 하지만 이 자노바 인형, 너무 멋지지 않아?"

"마스터, 멋집니다."

음, 아직 좀 거칠긴 하지만 느낌이 살아 있군. 일단 세밀한 부분을 조금씩 지적해 주겠지만, 센스가 있으니까 이대로 키워가야겠지. 자노바 쪽은 조금 더 걸리려나.

문득 깨달은 건데 진저가 내 쪽을 가만히 보고 있었다.

"…왜 그러나요, 진저 씨?"

"아뇨, 아무것도 아닙니다…. 저기, 꽤나 성장하신 듯해서."

"전에 만나고 4년 정도 지났나요? 그야 성장하지요."

최근 많은 사람에게 멋지다는 소리를 들은 것 같다. 남자의 매력이란 게 나오는 걸지도 모르겠군.

실피와 결혼하지 않았으면 지금쯤 하렘이라도 차렸을까. 아니, 하렘 상태는 그거대로 고생이다. 가볍게 애를 만들 목적으로 베드 인 같은 걸 할 수도 없고.

"그러고 보면 진저 씨는 이제부터 어쩔 겁니까?"

"자노바 님의 곁에 있게 되리라고 생각합니다."

"호위로 돌아오는 거가요?"

"예, 임무는 완수했고, 가족도 마음대로 하라고 해서."

리랴와 아이샤를 무사히 호위한다는, 몇 년에 걸친 임무를 충실하게 지켰던 모양이다. 감동스러운 충절이다. 자노바는 그녀에게 더 보상을 줘야겠지. 주군과 부하가 서로를 위하는 것이다.

"자노바, 그녀에게 뭔가 보상을 해 주는 편이 좋지 않아?"

"아뇨, 루데우스 님. 저는….."

"흠, 그렇군요. 진저, 뭐 원하는 것 있나?"

자노바는 거만하게 물었다.

진저는 놀란 눈치였다. 분명 지금까지 자노바가 뭔가 답례한 적이 없었겠지. 잠시 생각한 뒤 진저는 한쪽 무릎을 꿇고 머리를 조아리며 말했다.

"그러거든 줄리의 교육을 허가해 주십시오. 루데우스 님의 제자인 모양입니다만, 자노바 님을 모시기에 다소 예의가 부족하기에."

"음, 허가한다."

"옙! 감사합니다!"

교육 허가라니. 왠지 생각했던 것과 다르네. 결국 자노바를 위한 일이잖아.

아니, 어쩌면 노예에게는 고도의 교육을 시키지 않을지도 모른다.

인간은 지혜의 열매를 먹은 탓에 에덴 동산에서 추방당했다. 지혜를 가질 때까지는 자기가 알몸이란 것에 아무런 의문도 갖지 않았다. 지배자에게 아랫사람은 바보일수록 좋다. 그러니까 교육을 시키지 않는다. 반란의 위험성이 줄어드니까. 대신 발전 가능성도 줄어들지만.

뭐, 땅 같은 걸 요구하더라도 곤란하고, 많은 것을 바라지 않는 충의의 관계란 것은 싫지 않아.

"그럼 연구를 계속하자. 어디까지 진행되었어?"

"다음은 다리에 착수할까 합니다."

"생각해 봤는데 다리는 팔의 마법진을 다 연구한 뒤에 하는 게 좋지 않을까? 자르면 되돌릴 수 없잖아?"

"으음, 그렇군요."

"크리프 선배나 나나호시한테 보여주면 뭔가 알지도 몰라."

나와 자노바는 이것저것 말하면서 두 번째 팔의 해체에 착수하려고 했다.

그런데 그때 진저가 내 옆에 섰다. 뭔가 할 말이 있는 표정이었다.

"뭔가요?"

"루데우스 님…. 저기, 자노바 님은 일단 실론 왕가의 분. 아무리 사제 관계라고 해도 그러한 식으로 말씀하시는 건 실례가 아닐지?"

"응?"

실례. 그러고 보니 오늘은 자노바에게 계속 반말이었군. 평소에는 어느 정도 경어로 말하려고 했지만, 저번에 아이샤가 한 말도 있어서 조금 마음이 풀어진 걸지도 모르겠다.

가신으로서는 사기 주인이 그런 말을 들으면 짜증이 나겠지.

어쩔 수 없군. 진저 앞에서는 경어를 쓸까.

"그렇군요. 실례했습니다. 자노바 님의 호의에 마음이 풀어져서 그만…."

그렇게 말하려던 때에 자노바가 움직였다.

"진저어어어어!"

자노바가 진저의 목을 붙잡고 그대로 들어올려서 벽에 밀어붙였다.

쿵 하는 큰 소리가 나고 줄리가 움찔거리며 손을 멈추었다.

"이놈! 모처럼 스승님이 내게 마음을 열어 주셨는데! 무슨 소리를 하는 거냐! 정정해라! 스승님께 사과해!"

"으으…. 끄으으…!"

진저가 괴로워했다.

어, 어이. 진짜로 목을 조르는 거 아냐? 지나치잖아!

"자노바! 자노바! 그 손 놔!"

내가 소리치자 자노바는 얼른 손을 놓았다.

진저의 목에는 자노바의 손자국이 또렷하게 남아 있었다.

그녀는 목을 누르려다가 으윽, 소리와 함께 얼굴을 찌푸렸다.

손이 올라가지 않는 듯했다. 벽에 부딪칠 때 어깨뼈라도 나갔을까.

나는 즉각 치유 마술을 외워서 다친 데를 치료했다. 진저는 그 자리에 무릎을 꿇고 내게 고개를 숙였다.

"쿨럭… 쿨럭…. 루데우스 님, 죄송했습니다."

그녀는, 내게, 사과했다. 목이 졸렸으면서도.

"……."

더는 못 참을 것 같은 기분이었다.

나한테 사과하는 건 아니지 않아? 진저를 탓할 게 아니잖아.

자노바를 돌아보았다.

"자노바! 너 바보야?"

"예…? 하, 하지만 스승님, 이자는 저와 스승님 사이를 모르고 허튼 소리를."

"그런 건 말로 하면 되잖아!"

오랫동안 자노바를 모셔온 진저. 4년이나 다른 지방에서 내 가족을 지켜준 진저.

그 몇 년 동안 고생을 했을 텐데 일부러 이렇게 자노바에게 돌아왔다.

그랬는데 단 한 마디의 실언만으로 목을 조르고 어깨를 부수다니. 이건 너무하다.

나와 친해진 걸 귀하게 여겨 주는 것은 나도 기쁘다.

하지만 이 충견 같은 여자를 아무렇게나 대하는 건 아니잖아.

"아뇨, 루데우스 님, 괜찮습니다. 한동안 못 뵌 동안 자노바 님이 성장하신 듯합니다. 저로서는 아무런 불만도 없습니다."

진저는 차분한 얼굴로 그렇게 말했다.

…어라? 내가 잘못한 거야?

그녀는 조금 더 보상을 받아도 좋다고 생각하는데. 내가 그렇게 말하는 것도 아닌가?

"…자노바."

"예, 스승님."

"나는 너를 좋은 친구라고 생각해."

그렇게 말하자 자노바의 얼굴이 화악 빛났다.

"하지만 진저 씨는 내 가족을 호위해 주었어. 전에 헤어진 뒤로 4년 정도 되나? 그동안 계속해서 말이야. 은인이라고 해도 좋아. 너무 함부로 대하지 말아줘."

"알겠습니다, 스승님. 진저, 미안했다."

자노바는 차분한 얼굴로 고개를 끄덕였다.

하지만 진저는 말했다.

"아뇨, 자노바 님. 그러한 말씀은 필요 없습니다. 저는 자노바 님께 충성을 맹세한 몸, 설령 죽더라도 불평불만은 말하지 않겠습니다. 주제넘은 말을 한 것을 진심으로 죄송스럽게 생각합니다."

진저의 얌전한 태도에 나는 더 이상 아무 말도 할 수 없었다. 이것도 주종관계인가.

그녀는 자노바가 잘못했을 때에 제대로 충언을 할 수 있을까.

아니, 됐어. 내가 신경 쓸 일도 아니고.

실론의 상하관계의 상식을 모르는 내가 끼어들어도 진흙탕이 될 뿐이야.

그런 자노바와 진저의 관계는 넘어가고, 자동인형 연구는 순조로웠다.

"자, 팔이 먼저라고 말했지만, 네 판단으로 진행해 줘."

"아뇨, 여기선 스승님의 생각대로 가지요. 해체한 뒤에 조립하는 것보다 같은 팔을 만드는 편이 안전할 테니까요."

이렇게 팔부터 먼저 해석하게 되었다.

크리프나 나나호시의 도움을 받는 형태로 할 건지, 아니면 자노바가 혼자 진행할 것인지는 그에게 일임했다. 여러모로 나서고 싶긴 하지만, 자노바는 혼자서 잘 할 수 있다. 내가 나설 일도 없겠지.

"맡겨주십시오. 아무래도 저는 이쪽 방면의 재능이 있는 모양입니다."

"그래?"

"예, 스스로도 놀랍습니다만, 최근 매일이 충실합니다."

하루 종일 좋아하는 연구를 하고, 옆에서는 전속 피겨 장인이 인형을 만들어 준다. 이 녀석에게는 최고의 매일일까.

그렇긴 해도 졸업한 뒤에는 어쩌려는 걸까. 여기서 정착하려는 걸까. 그것도 내가 걱정할 일은 아니지. 자노바가 여기에 있는 이유 중 일부가 내게 있니라도 말이다

"뭐, 열심히 해. 또 보러 올게."

"진심으로 기다리겠습니다."

"진저 씨한테 잘해 주고."

"물론입니다."

이렇게 인형 연구는 진행되었다.

제3화 대장과 그 동료들

이러저러해서 한 달이 경과했다.

오늘은 라노아 마법대학, 대장 그룹의 회합이 있다. 아니, 잘 못 말했군. 특별생의 조례가 있다.

참가자는 평소와 같았다.

나, 자노바, 줄리, 크리프, 리니아, 프루세나, 그렇게 여섯 명. 상담역인 나나호시와 특별고문인 바디가디는 없었다.

현재 나는 어떤 사실에 고민하고 있다. 여동생 노른 문제였다.

기숙사 생활을 시작한 뒤로 그녀에게는 일절 연락이 없었다. 뿐만 아니라 복도에서 엇갈릴 때도 날 무시했다. 어떨 때는 노 골적인 경멸의 시선을 보낼 때도 있었다. 아니, 경멸의 시선은 아마도 내 피해망상이지만. 아무튼 친해질 수가 없다.

뭐, 그건 좋다. 괜찮아. 조금 적적하긴 하지만 괜찮아.

딱히 남매가 꼭 친하게 지내야만 하는 것도 아니고, 딱히 친하지 않더라도 무슨 일이 생기면 노른의 편을 들어줄 거고, 무슨 일이 생기면 과보호하는 부모가 되어줄 거고.

응, 대장이란 입장은 이럴 때에 꽤나 편리하군. 담임이 괴롭힘을 방치해도 어떻게 할 수 있다. 지너스 수석교사와 아는 사이니까 의논도 할 수 있다. 담임의 윗사람과 의논할 수 있다는 건 크다. 지너스 수석교사에게는 다음에 선물이라도 좀 보내자.

하지만 한 달 동안 노른은 친구를 한 명도 못 사귄 눈치였다. 복도에서 발견해도 혼자 있을 때가 많았다. 외로워 보이진 않지만 보면 답답했다.

아니, 친구가 없어도 어떻게든 된다. 하지만 학교에서 잘 지내는 걸까? 기숙사에서는 잘 지내는 걸까?

실로 걱정된다.

그렇다고 내가 나서는 것도 좀 아닐 듯했다. 1학년 중에 지인이 있다면 1학년 필두인 불량학생이 하나 있지만. 그런 녀석을 써서 억지로 어떻게 하려고 하면 분명 들켜서 오히려 미움을 사겠지. 아니, 그 1학년 필두 녀석, 이름이 뭐였더라? 시베리안 허스키 같은 강아지였던 건 기억하는데.

"최근 보스가 기운이 없다냐."

"그래."

그렇게 고민하는데 리니아와 프루세나가 내 얼굴을 들여다보았다.

냐냐 거리며 요사스러운 두 사람. 그녀들은 수족 남자들의 아이돌이다.

니를 통해서 아리엘 왕녀와 화해한 뒤로는 복도에서 봐도 부하들에게 둘러싸여 있을 때가 많았다. 분명 친구가 적다든가 하는 고민은 없겠지.

"그런 보스에게 우리가 선물을 준비했다냐."

"준비하느라 한 달 걸렸어."

그렇게 말하며 리니아가 옆구리에 낀 가방을 책상 위에 놓았다.

꽤나 크군. 안에 뭐가 들었지?

"어차, 집에 돌아간 뒤에 열어 보라냐."

"누구에게도 들키지 않도록 몰래 열어 봐."

으음, 수상하군. 혹시 그건가? 가루인가? 해○ 턴*의 가루인가?

북방대륙 동쪽이나 마대륙 일부에서는 행복감을 얻을 수 있는 가루가 나돌았다. 이 나라에서는 가루, 절대 안 돼! 라는 법률은 없다. 일단 미리스나 아슬라에서는 그런 법률도 있는 모양인데, 이 근처에는 없다.

물론 가루 같은 것에 손을 댈 생각은 없다. 혹시 중독성이나 금단증상이 있는 경우 내가 쓸 수 있는 해독 마술로는 치료할 수 없다. 그런 가루의 금단증상을 억누를 수 있는 건 성급 이후라고 들었다.

애초에 나는 가루에 의존할 만큼 문제인 것도 아니다.

하지만 뭔가에 쓸 수 있을지도 모르지. 일단 챙겨두자. 아무

※해피 턴 : 1976년에 발매된, 카메다 제과의 과자. 독특한 풍미의 가루 '해피 파우더'가 뿌려진 게 특징인데, 이것이 큰 인기를 끌어서 '해피 파우더 200%' 버전 같은 것도 나왔다.

래도 돈이 필요할 때에 파는 것도 좋고.

"감사합니다."

"됐다냐."

"보스 밑에 있는 것도 고생이야."

아, 그렇군. 그러고 보면 그녀들도 기숙사생이었다. 6년이나 기숙사에 있으면 이래저래 인맥도 있겠지.

조금 이야기해 볼까.

"사실 고민이란 건 여동생 문제입니다."

"여동생? 아, 저번에 만났다냐. 시녀 같은 옷을 입은 애."

"시장에 있었지. 냄새로 알았어. 보스의 냄새를 풀풀 풍기고 있었어."

아이샤와 두 사람은 시내에서 만났던 모양이다. 시녀 여동생 쪽은 곧잘 내게 달라붙어서 자니까, 내 냄새가 나겠지.

"그쪽이 아니라 한 달 전부터 기숙사에서 신세지고 있는, 위쪽의 여동생입니다."

"어? 두 명이었다냐?"

"기숙사에서 살아?"

두 사람은 서로의 얼굴을 마주보았다. 노루 쪽과는 안 만났다든가, 만나도 몰랐던 거겠지.

내게 접촉하지 않으니까 냄새도 안 나겠고.

"예, 하지만 그녀는 나를 싫어하는 모양이라서, 최근 대화도 없고. 어떻게 해야 친해질 수 있을까요?"

"어, 어어…. 그렇다냐. 어, 어려운 문제다냐."

"우리가 보스의 장점을 선전해 줘도 좋은데."

정보조작인가. 루데우스 씨가 학교에서 슈퍼 히어로에 인기인이라는 걸 알면 노른도 조금은 이야기를 해 주게 될까. 리니아와 프루세나가 해도 루데우스 대장의 킹왕짱 일화집밖에 안 될 것 같지만.

강아지를 구한다는 식의 에피소드로 가고 싶군. 줄리를 만났을 때의 이야기도 좋을지 모르겠어.

"아, 그렇지. 그녀는 아직 친구도 없는 모양이에요. 아직 한 달밖에 안 되었으니 성급한 건가 싶지만요. 역시 전학생이라서 학교에 적응도 못 했겠고, 불안해서."

"그, 그렇다냐. 잘 모르겠다냐."

"말할 계기가 없는 것뿐일지도 몰라."

방금 전부터 리니아와 프루세나의 낌새가 이상하다.

조금 허둥대는 듯하군. 이 녀석들이 이런 식으로 말을 흐릴 때는 뭔가 숨기는 거다.

"…혹시 너희들, 내가 모르는 데서 여동생에게 시비 건 건 아니겠지?"

"그, 그런 짓 안 한다냐!"

"그래! 뜻밖이야! 보스의 '약한 사람을 괴롭히지 마'란 말을 잘 지켰어!"

그런가. 그럼 왜 이렇게 허둥대는 걸까. 왠지 수상하다.

하지만 지금 이 타이밍에서 말해 두면, 혹시 노른이 괴롭힘을 당하더라도 두 사람이 도와주겠지.

"보, 보스의 여동생이, 몇 살 정도냐?"

"시녀 같은 쪽보다 위야? 아래야?"

이상한 질문이었다. 일단 위지만 몇 시간 차이밖에 안 난다.

"동갑이지요. 열 살입니다."

"그, 그래!"

"그럼 안심이야. 우리는 아무것도 안 했어."

켕기는 데가 있는 모양이군. 신입생을 상대로 허세를 부리기라도 했겠지.

그 정도라면 문제없지만.

"저기, 보스. 그 가방 말인데."

"마음에 안 들어도 화내지 마. 보스를 위해 준비한 거야."

두 사람이 흠칫거렸다. 남에게 선물할 때는 두근거리는 법이다.

조금 불온한 느낌도 들지만, 열어 볼 때가 벌써부터 기대되는군.

"나를 위해 준비해 주었는데 화낼 리가 없잖습니까."

생쥐 시체 같은 게 들어 있어도 기껏해야 기막혀할 뿐이겠지.

그때 옆에 앉은 크리프의 시선을 깨달았다.

"크리프 선배는 어떻게 생각합니까?"

일단 물어보았다.

"…흥, 친구 같은 거 없어도 살아갈 수 있어!"

크리프가 이런 말을 하면 왠지 무겁군. 안심해. 너는 혼자가 아냐.

엘리나리제가 붙어 있다. …아, 물론 나도.

하지만 크리프만큼 분위기를 못 읽어도 지인 한 명쯤은 만들었으면 싶은 오빠의 마음.

점심시간. 나나호시가 식당에 얼굴을 비추게 되었다.

녀석도 식사의 중요성을 깨달았겠지. 물론 식사 중에는 조용하다.

"뭐야…."

"아니, 별로."

쳐다보았더니 눈총이 돌아왔다. 그녀는 자기가 요리를 퍼뜨려놓고선 지금까지 자기는 거의 먹지 않았던 모양이다. 맛이 별로인지 기본적으로 맛있게 먹지를 않았다.

"맛없게 먹네요."

"그래, 내가 만든 레시피이긴 하지만 진짜 아냐."

"이 세계는 일본만큼 식재료가 좋지 않으니까요."

"그래."

"이쪽 세계에서 좋아하는 음식 없나요?"

"당신 집에서 먹은 감자칩 있잖아. 그거 맛있었어."

실피가 만든 거 말인가. 분명히 간단한 편이 맛의 차이도 적겠지.

"다음에 또 만들까요?"

"…됐어."

좋아, 다음에 목욕하러 올 때에 준비해 두자.

하지만 요 한 달 동안 바디가디가 안 보인다.

식당에서도 한 번도 못 봤다. 루이젤드 건으로 말하고 싶은
게 있는데….

물론 그 덕분에 줄리의 테이블매너가 늘었다. 진저가 줄리에
게 테이블매너를 가르친 것이다. 바디가디가 있으면 이렇게는
안 된다.

하지만 바디가디가 없으면 뭔가 허전하군. 역시 그 웃음소리
가 중요한 걸까. 웃음을 행복물질을 만들어낸다는 말이 어디에
있었으니까. 웃을까.

"푸하하하하!"

"뭐, 뭐야, 왜 갑자기 웃어? 내가 뭐 했어?"

"스승님?"

"그랜드 마스터…?"

웃어 봤더니 시선이 모여서 창피해질 뿐이었다.

바디가디처럼은 안 되는군.

"왜 웃는 거지?"

거기에 루크가 나타났다. 여전히 미남이지만, 오늘은 주위에
사람이 없었다.

실피도 없었다.

"마왕 폐하의 모습이 안 보여서 웃음으로 불러 볼까 하고."

"그런가…. 루데우스. 학생회실까지 좀 와 줄 수 없나?"

루크는 다소 복잡한 얼굴이었다. 무슨 문제리도 일어났나?

"알겠습니다."

나는 얼른 밥을 먹고서 루크를 따라갔다.

루크는 조금 화난 눈치였다. 발걸음이 다소 난폭했다.

학생회실에 들어가자, 거기에는 평소처럼 두 사람이 있었다.

아리엘의 표정은 평소와 같지만 다소 안색이 안 좋나. 실피도 불안해하는 표정이었다.

그녀들의 앞에 있는 책상에는 작은 파우치 같은 게 놓여 있었다.

신학기부터 뭔가 문제가 터진 모양이었다.

"수고하십니다. 무슨 문제가 생겼습니까?"

"예…."

아리엘은 끄덕였다. 한숨도 내쉬었다. 귀찮은 안건인가.

"아니, 사실은 최근 여자기숙사 신입생의 안색이 좋지 않습니다."

"호오."

여자기숙사의 신입생인가. 노른과 관계가 있을 만한 이야기로군.

"조사해 보니 가슴이 작고 얼굴이 예쁜 아이들만이 고민하는 모양이었습니다."

혹시 노른도 휘말린 걸까.

그렇다면 나도 협력해야만 하겠지. 여기서 커다란 문제를 멋지게 해결하면 오빠로서 조금은 존경받는 위치가 될지도 모르지.

"오늘 그 중 한 명에게 자세히 들어보니 리니아와 프루세나에게, 저기….."

리니아와 프루세나가 관계있는 모양이다.

약한 애들을 괴롭히지 않는다고 했는데…. 어쩌면 공감이라도 하는지 모르겠다. 가다랑어포나 건육을 가지고 있는 여학생을 구석에 몰아놓고 점프를 시킨다든가.

"그 자리에서 속옷을 벗으라고 강요했다는 모양입니다."

속옷…?

"……."

내 시선이 옆에 있는 가방으로 향했다. 설마. 아니, 설마.

"더 정보를 수집해 보니 그 두 사람은 식사 중에 '이거면 보스가 기뻐한다.'는 말을 했다는 모양입니다."

"……."

그렇다는 소리는 이 가방 안에는 팬티가 있나. 게다가 세탁하기 전의 것인가. 이럴 수가. 대체 누가 부탁했단 말인가. 아아, 조금은 기뻐하는 스스로가 싫다.

"그때 손에 넣은 속옷을 어느 가방에 넣었다는 모양입니다만….”

아리엘은 그렇게 말하며 조용히 내가 가진 가방으로 시선을 보냈다.

그 자리에 있는 전원의 시선이 가방에 집중됐다. 분명 가방의 생김새에 대한 정보도 입수했겠지.

그리고 아마도 이 가방에는 십중팔구로 팬티가 들어 있다.

가방에 가득 꿈이 담겼단 소리다.

“루데우스 님, 실례지만….”

“이 가방은 리니아와 프루세나에게 오늘 아침에 받은 것입니다. 집에서 혼자 열어 보라고 하길래 내용물은 확인하지 않았습니다만, 이야기를 들어 보니 안에는 아마도 그게 들어 있겠죠.”

선수를 쳤다. 이런 건 선수를 빼앗기면 불리하다.

“그렇습니까. 일단 확인하겠는데… 당신이 시킨 것입니까?”

“아뇨, 아닙니다.”

딱 잘라 말했다. 여기서 답변 미스는 안 된다. 의연한 태도로 대답해야 한다.

오해니까.

“루데우스 님은 관계가 없다라.”

“물론입니다. 실피와 결혼했는데 왜 그런 불만이 나옵니까.”

애초에 여동생이 기숙사에 들어간 이 시기에 왜 그런 크레이지한 짓을 해야만 할까.

하지만 증거는 없다. 제길, 어떻게 변명하면 될까. 오해를 풀 방법은….

"알겠습니다. 믿지요."

아리엘은 살짝 숨을 내쉰 뒤에 그렇게 말했다.

쉽사리 믿어 주었다. 증거는 하나도 없는데.

"감사합니다."

"아뇨, 저도 이상하다고 생각했습니다. 실피와 그렇게 뜨거운 밤을 보내는데 다른 여자에게 그럴 리가…."

뜨거운 밤이라고 다 알고 있어? 그렇다면 내가 어젯밤에 했던 그 창피한 말들도?

"…실피, 왕녀님에게 말했습니까? 우리가 밤에 나눈 정담을?"

"아, 아냐. 그런 말 안 했어! 아리엘 님, 어떻게 된 겁니까?!"

실피는 다급히 고개를 내저었다. 그야 아무리 사이가 좋더라도 남편과의 밤 생활에 대해서 자세히 말할 리 없겠지. 이야기했다고 해도 딱히 문제도 없지만.

실피가 '내 남친, 진짜 쪼끄매!'라고 뒤에서 투덜거리지 않는다면.

"아뇨, 넘겨짚었을 뿐입니다. 결혼생활이 순조로운 모양이라 다행이군요."

아리엘은 태연하게 그렇게 말했다.

뭐, 좋아. 하지만 왜 그 두 사람은 그런 짓을…. 팬티 수집이라니 보통사람은 상상도 못 할 짓이다.

아니, 그러고 보면 예전에 그런 소리를 했던 것 같은데. 여학생의 속옷을 모으네 마네…. 분명 농담이라고 생각했는데, 그런 게 아니었다.

아니… 응, 나 때문이 아니다. 나는 관계없다. 그런 걸로 하자.

"뭐, 선의에서 나온 폭주라고 생각하니까 제 쪽에서 주의를 주겠습니다. 아, 이건 아리엘 왕녀님의 손으로 피해자에게 돌려주세요. 아, 물론 안은 보지도, 만지지도 않았습니다."

나는 그렇게 말하고 아리엘에게 가방을 건넸다.

리니아와 프루세나도 악의는 없었을 터. 제대로 일러둬야지. 갓 벗은 게 필요한 거지, 다른 건 필요 없다고…. 나를 기쁘게 하려면 눈앞에서 벗으라고.

아니, 그게 아냐. 아니라고.

"예, 분명히 받았습니다."

아리엘은 가방 안을 확인하고 끄덕였다.

이걸로 한 건 낙착인가.

"하지만 이 정도 양의 속옷, 조금 아쉽지 않나요?"

아리엘은 그런 소리를 하였다. 힐끗 실피를 보면서 말이다.

"뜻밖입니다. 저는 속옷 같은 것에 흥미 없습니다."

"…그렇군요, 실례했습니다."

"아뇨, 오해가 없었던 모양이라 다행입니다."

휴우, 위험하다, 위험해. 혹시 집에 가지고 갔다면 처리하느라 고생이었겠어.

분명 신이 나서 술에 절여서 팬티술 같은 걸 만들기 시작했을지도 모른다.

그 결과 분명 실피나 아이샤에게 들켜서 경멸을 샀겠지.

"하지만 다행이야. 내가 만족시켜 주지 못하는 줄 알았어."

실피의 적나라한 말에 그 자리의 분위기가 다소 풀어졌다.

실피는 자기 말의 의미를 곧 알아차리고 새빨개졌다.

그리고 그때 점심시간의 끝을 알리는 종이 울렸다.

"어머나, 이런. 수업에 늦겠군요."

"죄송합니다. 리니아와 프루세나 때문에."

"아뇨, 이런 일도 있지요."

루크가 문을 열고 나가라고 신호하였다.

나는 거기에 따라서 밖으로 나갔다. 그러자 아리엘이나 실피도 따라오고 루크가 마지막으로 문을 잠갔다.

"가지요."

내가 걸어가자 아리엘이 옆에 나란히 따라왔다. 실피와 루크는 뒤였다.

아, 이럴 때에는 나도 뒤쪽에서 걷는 게 좋을지도 모르겠군.

"아."

그런 생각을 하는데 골목에서 노른이 모습을 보였다.

불안하게 주위를 두리번거리다가 내 모습을 보자 입을 꾹 다물었다.

"노른, 왜 그래? 이제 곧 수업이 시작돼."

"……."

노른은 고개를 휙 돌렸다. 그 앞에는 아리엘이 있었다.

"안녕하세요. 이 학교의 학생회장인 아리엘이라고 합니다."

아리엘이 부드럽게 미소를 짓자 노른의 얼굴이 붉어졌다.

역시나 카리스마.

"노, 노른 그레이랫입니다…."

"예, 노른 양. 무슨 일인가요? 이제 곧 수업이 시작될 시간이랍니다."

"아, 그게…. 제3실습실이 어딘지 몰라서…."

"그런가요…."

노른, 교실 이동인데 혼자 남겨졌나.

가엾게도. 저건 좀 힘들지. 역시 반에서 붕 뜬 걸까.

"루크, 안내해 주세요."

"예, 이쪽이다. 따라와라."

루크가 노른의 등을 가볍게 밀면서 에스코트해 주었다.

노른의 얼굴은 새빨개서 부끄러워하는 듯했다. 루크는 미남이니까. 하지만 루크는 안 된다. 녀석은 바람둥이다.

"……."

문득 노른이 이쪽을 힐끗 돌아보았다.

나와 아리엘, 실피. 세 사람 사이로 시선이 오갔다. 그리고 또 휙 시선을 돌렸다.

…오빠는 서글프구나.

그 날 방과 후에 나는 리니아와 프루세나를 학교 뒤로 불러 냈다.

오늘 일에 대해 이것저것 말해 둘 필요가 있기 때문이다.

학교 뒤. 학생의 청춘의 한 페이지에 곧잘 사용되는 장소. 리니아와 프루세나는 의기양양하게 따라왔다.

"뭐냐, 보스? 이런 곳에 불러내고."

"사랑 고백이라도 하게? 첩으로 삼을 거면 피츠랑 의논 안 했다간 혼날걸."

두 사람은 기세등등했지만,

"그 가방 말인데, 오늘 낮에 아리엘 왕녀에게 넘겼습니다. 원래 주인들에게 돌려주는 걸로."

그렇게 말하자 놀란 얼굴을 하더니 곧바로 서로의 옆구리를 찔렀다.

"봐, 역시 틀렸잖아냐."

"리니아 때문이야. 보스는 분명 기뻐할 거라고 했잖아."

"프루세나도 신나서 덤벼들었다냐."

"나는 일단 리니아의 팬티로 확인해 보자고 말했어."

"내 것만이면 불공평하다냐."

"그러니까 기숙사생의 것을 모았잖아."

"프루세나 것을 내놓으라는 의미다냐."

"나는 가슴이 크니까 안 돼."

추한 만담이 시작되었다. 누가 납작가슴을 밝힌다고? 나는 큰 가슴도 좋아해.

"셧업."

일단 입을 막았다.

"내가 전에 뭐라고 했습니까? 약한 자를 괴롭히지 말라고 하지 않았습니까?"

두 사람은 부들부들 떨었다.

"야, 약한 애들 괴롭히지 않았어."

"그, 그래. 분명히 부탁해서 받아온 것뿐이야…."

부탁이라. 이놈들의 부탁을 거절할 수 있는 1학년이 있을 리 없는데.

"의복을 빼앗기는 굴욕을 수족인 당신들이라면 알 텐데요…."

"부, 분명히 갈아입을 속옷은 줬다냐."

"그래도 내키지 않는 얼굴을 하는 1학년이 많지 않았습니까?"

"분명 사이즈가 안 맞은 거야. 죽어도 싫다는 애한테는 안 받았어."

음? 아리엘에게 들은 이야기랑은 조금 다른데.

혹시 억지로 벗겼다면 아주 기분이 나쁘다. 이놈들을 사람들 앞에서 벗겨 버리고 싶을 정도다. 당해 보지 않으면 마음을 모를 테니까.

"마, 마음에 안 들어도 화 안 낸다고 하지 않았잖냐."

"불행한 착오야. 봐 줘…."

겁에 질린 두 사람. 하지만 떠올려보면 이놈들은 날 위해 이런 것이다.

내가 힘없는 얼굴을 하니까 내가 기뻐할 만한 일이 무엇일지 생각하고 모아온 것이다.

내가 내키지 않았을 뿐이지, 행위 자체는 나쁘지 않다. 물론 당하는 쪽으로서는 기분 나쁘겠지만. 하지만 리니아와 프루세나도 좋은 일이라고 했다.

생전의 나 때와 달리 상대를 괴롭히려고 한 짓이 아니다. 그래, 말하자면 어린애가 매미 껍질을 모아오는 것과 비슷하다. 거기에 과도하게 반응해서 큰 벌을 내리는 건 아니지 않을까.

"혹시 크게 마음 아파하는 애가 있으면 눈앞에서 알몸으로 엎드려 빌게 할 테니까요."

"아, 알았다냐."

"미안해….''

뭐, 이다음 일은 아리엘에게 맡길까.

나로서는 아무래도 분노가 일지 않았다. 이 녀석들이 가까운 이이기 때문일까. 나도 편애라는 걸 하게 되었나.

"그런데 왜 나한테 속옷을 선물하려고 한 겁니까?"

그렇게 묻자 두 사람은 놀란 얼굴로 날 바라보았다.

이 녀석, 무슨 소리를 하는 거야? 라는 얼굴이다.

"보스의 종파는 팬티가 신이 아니었냐?"

"소중히 모셔두고 있었잖아."

아하. 그래, 나 때문인가. 언젠가 신단에 모셔놓은 것을 이놈들에게 보여준 것이 원인인가.

"그건 다릅니다. 나는 딱히 팬티를 신으로 모시는 게 아닙니다. 그건 존귀하신 분이 실제로 입었던 것입니다. 이른바 성의입니다."

"그, 그런 거였냐."

"분명히 팬티교라고 생각했어."

팬티를 좋아하지만, 그거랑 이건 다르다.

"그러니까 오늘 같은 일은 없도록 부탁합니다."

"알았다냐."

"조심할게."

그리고 한마디 덧붙였다.

"혹시 줄 거면 당신들이 눈앞에서 벗어 주는 게 좋습니다."

"어?"

"어?"

실언이었다.

리니아와 프루세나가 뭔지 히죽거렸다.

"역시 우리의 매력에 넘어왔다냐."

"어쩔 수 없지. 보스도 한 마리의 수컷이니까, 우리를 앞두고 냉정을 지킬 수 없는 거야."

칫, 시끄러.

팬티를 달라고 하면 이런 반응. 이놈들, 혹시 나를 좋아하는 게….

　아니, 그건 아니다. 뭔가 아니다. 호의는 틀림없지만, 실피가 내게 보내는 것과는 다르다.

　그 차이는 모르겠다. 모르겠지만, 우정이라고 생각해 두자.

　뭐가 어찌 되었든 이야기는 끝났다.

　학교 뒤에서 이동했다. 내 평판에 약간 상처가 난 모양이지만, 뭐, 큰 문제는 없겠지.

　나는 소문 같은 걸 신경쓰지 않는 타입이다.

　셋이서 이동하는데, 건물에서 나오던 무리와 딱 마주쳤다.

　1학년이었다. 가방을 손에 든 걸 보면 기숙사로 돌아가는 거겠지. 그들은 우리와 얼굴을 마주치지 않도록 옆을 지나갔다. 그 제일 뒤에 노른이 있었다.

　"……!"

　노른은 나, 그리고 양옆의 리니아, 프루세나를 보았다.

　그리고 믿을 수 없다는 얼굴을 한 뒤에 잔뜩 노려보고 지나갔다.

　리니아와 프루세나가 퉁명스럽게 돌아보았다.

　"뭐냐, 1학년. 건방지다냐."

　"제길. 어느 쪽이 위인지 가르쳐 줄까 보다."

　"말해 두셨는데, 지 아이가 내 여동생입니다."

　그렇게 말한 순간 두 사람의 귀가 추욱 처졌다.

"뭐, 뭐, 저 정도로 씩씩한 게 좋다냐."

"아주 귀여운 애네."

알기 쉽네. 나는 두 사람의 어깨를 툭 두드렸다.

"친하게 지내 주세요."

"물론이다냐."

"나쁘게는 안 할게."

하지만 노른하고 더 이야기하고 싶은데 어떻게 해야 한다.

뭐, 대화를 못 하더라도 문제없이 지낸다면 좋겠는데.

이렇게 아무 일도 없이 시간이 지나갔다.

노른과는 친해질 수 없었지만, 열흘에 한 번씩 집에 얼굴을 내밀라는 말은 지켰다.

나를 싫어하는 것치고 시키는 대로 한다. 더 반발할 줄 알았는데 적어도 얼굴을 맞대고 반항하는 일은 없었다. 싫어하는 얼굴은 하지만.

으음…. 생각해 보면 여동생들과는 아직 아무것도 모르던 시절을 제외하면 과거에 딱 한 번 보았을 뿐이다.

갑자기 보통 형제처럼 친하게 지낼 수 있다고 생각하는 게 잘못이겠지.

아이샤와의 관계가 이상한 거다.

가족이라고 무조건 친하게 지낼 수 있다는 법은 없다. 그것은 나도 아주 잘 안다.

오히려 가족이니까 봐줄 수 없는 일도 있겠지. 내가 파울로를 노른 앞에서 때렸던 것도 그렇다. 나와 파울로 사이에서 화해하고 끝난 일이라지만, 노른의 안에서는 아직도 용서할 수 없는 일로서 살아 있는 걸지도 모른다.

…혹시. 혹시 그때 일을 들먹인다면 나는 사과하도록 하자. "그렇게 옛날 일을 들먹이지 마."라는 소리만큼은 하지 말도록 하자.

뭐, 서두를 것 없다.

어차피 앞으로 수십 년은 함께 있겠지. 1년이든 2년이든 시간을 들여서 천천히 친해지면 된다.

형제라고 딱히 붙어 다닐 필요도 없고. 적당히 친하고, 적당히 거리를 두는 거다. 그 거리를 파악하려면 시간이 걸리지.

그렇게 생각하던 찰나에.

노른이 등교를 거부하였다.

제4화 형의 마음

실피와 함께 학교에 등교했을 때, 나는 노른이 자기 방에 틀어박혔다는 것을 알았다.

가르쳐 순 선 리니이와 프루세나였다. 그녀들은 아침부터 교문 앞에서 날 기다리고 있었다. 그리고 어제 하루 꼬박 노른이 기숙사의 자기 방에 틀어박혀서 나오지 않는다고 가르쳐 주었다.

"…내가 보고 올게!"

그 말을 들은 순간 실피는 여자기숙사를 향해 뛰어갔다.

나는 움직임을 멈추었다. 그대로 실피를 따라가면 될 텐데 '노른이 자기 방에 틀어박혔다'라는 사실을 앞두고 당황하였다.

내게 그것은 그만큼 무거운 의미를 가졌다.

"보스… 안 가도 돼?"

"내버려두게?"

나는 멍하니 있었다.

어떻게 해야 할까. 뭘 해야 할까. 알 수 없었다.

나 때는 틀어박혀서 나오지 않았다.

왜일까. 밖에는 적이 많았기 때문이다. 학교에 가면 또 괴롭힘을 당할 거라고 생각했기 때문이다.

그래. 괴롭힘이다. 밖에 나가도 안 좋은 일을 당할 뿐이다.

그럼 내가 할 일은 원인의 배제다. 노른과 만나기 전에 노른이 틀어박힌 이유를 없앤다. 곧바로 그렇게 생각했다.

내 기억이 생생하게 떠올랐다. 고등학교 식당. 5분 정도 기다려서 간신히 내 순서가 왔나 싶더니 갑자기 앞에 끼어드는 험악한 불량배들.

나는 하찮은 정의감으로 그들에게 주의를 주었다. '아앙? 그딴 거 몰라.'라고 시치미 떼는 불량배들에게 나는 목청을 높여서, 주위사람에게 들리도록 그들의 작태를 떠들었다.

힐끔힐끔 이쪽을 보는 주위에게 나는 득의양양하게 내 정의를 주장했다.

그리고 실컷 두들겨맞았다. 두 번 다시 못 일어날 만큼 두들겨맞았다.

별거 아닌 일로 일상생활은 지옥으로 변했다.

노른이 혹시 같은 지옥을 맛보는 거라면 나는 거기서 구해 주고 싶다.

불량배들을 쫓아내고, 있을 곳을 만들어 주고 싶다.

불량배의 보호자가 나오거든 싸우자. 귀족이나 왕족이 다 뭐냐. 전력으로 싸워 주마.

나를 진짜로 화나게 만든 것을 후회하게 해 주지.

설령 노른의 행실이나 언동이 발단이었다고 해도 세상에는 해도 되는 일과 안 되는 일이 있다.

노른은 내 동생이다. 내가 싫고, 아이샤가 싫고, 그리고 지금 상황이 모두 마음에 안 든다고 생각하더라도 내 동생이다.

오빠란 동생들을 지켜줘야 한다. 내버려둬선 안 된다.

나는 리니아와 프루세나를 데리고 1학년 교실로 향했다. 혼자라도 좋았지만, 나는 내 외모에 자신이 없다. 리니아와 프루세나가 함께 있으면 얕보일 일도 없겠지.

"보스…."

"리니아, 그만둬. 왠지 진짜로 화났나 봐. 무서워."

두 사람은 내 행동에 대해 다소 의문을 느끼는 듯했다.

모를 것도 아니다. 나도 내가 한심한 행동을 한다는 자각은 있었다. 거기에 따라오게 된 이의 답답한 심정도 모를 건 아니다. 하지만 지금 내 눈에는 보이는 게 없다. 수치심 따윈 버렸다.

1학년 교실, 노른이 다니는 곳에 도달했다.

이미 조례가 시작된 모양이었다.

"실례하겠습니다."

나는 문을 열고 당당히 안으로 들어갔다.

"루, 루데우스… 씨. 지금은 수업 중이라."

"잠시만 시간을 빌리겠습니다. 괜찮겠죠?"

"하지만."

"괜찮겠죠?"

나는 교사를 밀어내고 교단에 섰다.

교실 안을 둘러보았다. 다들 놀란 얼굴이었다. 이 중에 노른을 괴롭힌 놈이 있다. 때리거나 걷어찼을까. 어쩌면 언어 폭력일지도 모른다. 이쪽에 와서 가족과 잘 지내지 못하는 노른에게 말의 칼날을 퍼붓고 찢어발겼다.

"여러분, 아시리라고 생각합니다만, 어제 이 교실의 학생 한 명이 등교를 거부하였습니다."

"……."

"여러분이 아실지는 모릅니다만 제 동생입니다."

교실 안이 술렁거렸다.

　"아직 동생에게 사정을 들은 건 아닙니다만, 등교를 거부하는 이유는 그리 많지 않습니다. 학교에 가기 싫어지는 이유, 그걸 만든 이가 이중에 있다. 나는 그렇게 생각합니다."

　나는 교실 안을 둘러보며 말했다.

　나와 눈이 마주치자 몇 명이 고개를 숙였다. 시선을 피한 건 다소 얼굴이 사납고, 아직 1학년인데도 교복을 제대로 입지 않은 녀석이었다. 수상하다. 저놈들일지도 모르겠다.

　어라, 저거 혹시 저번에 소개받은 1학년 필두란 녀석 아닌가?

　이름은 기억나지 않지만, 설마 저 녀석이…. 아니, 아직 그렇게 단정짓는 건 이르다.

　"그런 분에게 많은 건 바라지 않습니다. 어쩌면 장난으로 그랬다든가, 동생과 친해지려다가 일이 그렇게 된 걸지도 모릅니다. 분명 내 동생에게도 잘못은 있었겠죠."

　그렇게 말하면서 교실 안에 눈을 빛냈다.

　누구냐, 누가 못된 짓을 했냐. 저 녀석인가? 저 귀족 도련님인가? 아니면 저쪽인가? 못돼 보이는 마족 녀석? 아니, 평범해 보이는 여자 쪽이 수상하다. 괴롭힘은 언뜻 평범한 이의 소행이니까.

　"가능하면 스스로 나서주세요. 결코 화내지 않겠습니다. 그저 여동생이 상처 입은 것을 이해하고 사죄하기를 바랍니다."

　나선 순간 산산조각으로 만들어 주마.

이 중에 노른과 비슷한 또래의 아이도 있다.

하지만 연상도 많다. 몇 명은 십대 후반이다. 보고도 못 본 척을 했든가, 아니면 참가했을까.

열 살짜리 애한테 할 짓이냐.

"……."

아무도 말이 없었다. 얼떨떨하니 날 바라볼 뿐이었다.

"저, 저기….."

한 여학생이 조심조심 손을 들었다.

나는 즉각 그 녀석에게 스톤 캐논을 날리려다가 참았다.

마음 약해 보이는 여자애였다. 나이는 열세 살 정도. 너구리 계열의 수족이었다. 쇼트보브컷에 느릿느릿해 보이고 동글동글하고. 뭐라고 할까, 괴롭힘당하는 쪽의 인간이었다.

"저, 저번에, 제가, 노른이랑, 이야기를 좀 했는데…."

"무심코 심한 소리를 했다든가?"

단순한 말다툼이라면 어쩔 수 없을지도 모른다.

"아, 아뇨, 그게, 저는 루데우스 씨에 대해 알아서. 하지만 노른은 평범한 애고. 그러니까 오빠랑은 다르네, 라고 말했더니, 엄청 화를 내고….."

화내? 나랑 다르다는 말에 노른이? 무슨 소리지?

"아."

옆에 있던 교사가 입을 열었다.

내가 그쪽을 보았다. 중년의 여교사였다. 설마, 이 녀석이 뭐라고 한 건 아니겠지? 괴롭힘이란 아이들만 하는 게 아니다. 교사 주도일 가능성도 있다.

"뭐 떠오르는 게 있습니까, 선생님?"

"저번에 노른 학생에게 어떤 숙제를 냈는데요…."

"숙제를 대량으로 내주고 다 못 했다고 옷을 벗겨서 교무실에 세워뒀다든가?"

"서, 설마요! 그저 조금 부족하기에 오빠를 본받아서 더 열심히 하라고."

"……."

"그랬더니 울 것 같은 얼굴로 열심히 하겠다고 하더군요."

어라? 이번에는 울 것 같은 얼굴?

"그리고 보면 나도…."

교사를 시작으로 교실 안의 몇 명이 저마다 입을 열기 시작했다.

교실을 나와서 식당으로 이동했다.

이 시간에 식당은 한산하다. 나는 자리에 앉아서 테이블 위에 엎어졌다.

조금 타격이 셌다.

나 때문이었다. 노른은 나와 비교되거나 내 이야기가 나왔을 때만 감정을 드러냈다는 모양이다.

교실 안의 학생들은 나와 노른이 남매라는 걸 알고 있었다.

그도 그런가. 아이샤와 달리 나와 노른은 부모가 다 같다. 얼굴도 꽤 닮았다.

그리고 노른은 나와 비교되는 것을 싫어했다. 비교되는 건 물론이고 나를 칭찬하는 것도 싫어했다는 모양이다.

아, 물론 그들에게는 잘못이 없다. 적어도 악의가 있어서 비교한 건 아니다.

그중에는 친근함의 의미로 말한 이도 있었겠지. 그 악명 높은 대장과는 다르다면서.

다만 나는 이 학교에서 유명하다. 유명하다는 점은 그만큼 비교되기도 쉽다.

하지만 노른은 힘들었을지도 모른다. 그녀는 지난번 학교에서도 항상 아이샤와 비교되었다. 항상 뒤떨어진다는 소리를 들으며 스트레스가 쌓이는 생활을 보냈겠지.

새로운 학교에서 기숙사 생활을 시작해서. 간신히 아이샤와 떨어졌다…고 생각했더니 이번에는 나랑 비교되었다. 어디를 가도 남매 중에서 제일 떨어지는 천덕꾸러기로 몰렸다.

힘들겠지.

그리고 팬티 사건이 일어났다. 1학년 중에는 그렇게 크게 마음의 상처를 입은 사람은 없다. 아리엘이 잘 커버해 준 덕분에 일단 웃어넘길 이야기로 끝났다. 억지로 벗으라고 강요했다는 이야기는 들었지만, 실제로 그렇게 처참한 광경은 아니라서 리니아와 팬티를 교환한다는 훈훈한 광경이었다는 모양이다.

그걸 옆에서 본 녀석이 공갈의 현장이라고 생각하고 아리엘에게 신고했을 뿐인 이야기다.

그 문제는 아리엘에게 맡겨 두었다. 어떻게든 해 주겠지.

그렇긴 해도 노른은 뭐라고 할 수 없는 쇼크를 받았을 것이다.

그런 변태보다도 내가 뒤떨어진단 말인가, 라고.

"하아⋯."

나는 대체 뭘 한 걸까. 혼자서 넘겨짚고 교실까지 가서.

그런 짓을 하고서 뭐가 괴물 학부모냐. 그냥 바보잖아.

"두 사람 다, 오늘 고마웠어. 왠지 내가 바보 같네."

아무튼 두 사람에게 그렇게 말했다. 바보짓에 한몫 끼게 했다. 괜한 짓을 시켰다.

"여동생을 위해 움직이는 건 바보가 아니다냥."

"하지만 조금 의외였어. 다시 봤어."

나는 마술로 컵을 만들어서 물을 따라 마셨다. 아무 맛도 안 났지만 숨을 돌렸다.

"그럼 보스. 이제부터 어떻게 할 거냐?"

"어떻게고 뭐고 없죠. 나 때문에 저렇게 된 거니까."

등교 거부. 그래, 자기 방에 틀어박혔다. 하루뿐이지만, 틀어박혔다.

"억지로라도 수업을 받게 해야지."

"그렇다냥."

"방에서 안 나오면 바보가 돼."

"그래, 그렇다냐."

"리니아 같은 바보가 돼."

"프루세나의 말이… 뭐?!"

이 녀석들의 만담에 어울릴 마음은 안 들었다.

이게 까다로운 일이란 건 내가 잘 안다. 누군들 좋아서 방에서 안 나오는 게 아니다. 안 나오는 데에는 그 나름대로의 이유가 있다. 억지로 밖으로 데리고 나와도 아무런 해결도 되지 않는다. 사태가 악화될 뿐이다.

그렇다고 그대로 놔두는 것도 좋지 않다.

확실히 후회한다. 한 달이든 두 달이든 아무것도 하지 않은 시간은 나중에 영향이 온다. 내가 하는 말이니까 틀림없다. 다만 그걸 설명하더라도 알 리가 없다.

그 무렵으로 돌아갈 수 있으면 이라는 것은 후회할 때까지 틀어박혔기에 할 수 있는 말이다.

1년, 2년, 10년 틀어박히지 않으면 후회도 생기지 않는다.

그리고 후회가 생겼을 때에는 이미 늦었다.

그러니까 부모는 다들 자식에게 노력을 시키려는 것이다. 크든 작든 후회하니까.

"남매 중에서 제일 능력이 떨어지고, 그것 때문에 남에게 이런저런 소리를 들으면 어떻게 해야 좋을까요?"

그렇게 묻자 두 사람은 서로의 얼굴을 보며 어깨를 으쓱였다.

"…나는 바보가 아니니까 잘 모르겠다냐."

“우리는 그럭저럭 하는 편이야.”

분명히 이 녀석들은 바보라서 종족을 이끌 그릇이 아니니까 족장으로서 부끄럽지 않도록 공부하고 오라는 말과 함께 여기에 보내졌던가. 바보라도 이 정도로 낙천적이라면 딱히 문제는 없나.

하지만 노른은 더 섬세하다. 똑같이 생각하면 안 된다.

“아, 하지만 한 가지 사례가 있다냐.”

리니아는 자신만만하게 한 이름을 말했다.

“길레느 숙모는 뭘 시켜도 제대로 못 하고 난폭했는데, 검술을 시작했더니 검왕이 되었다냐.”

“아하⋯. 그렇지요.”

길레느는 조금 예외지만, 그래도 뜻하지 않은 재능이란 건 있을지도 모른다.

애초에 나나 아이샤와 같은 일을 할 필요는 없다. 비교되고 싶지 않으면 비교될 일 없는 일을 하면 된다. 그게 뭔지 떠오르지 않지만. 하지만 이 세상은 넓다. 마술도 검술도 아닌, 자기만의 뭔가를 찾을 수 있겠지.

어쩌면 정말로 하고 싶은 일의 재능은 없을지도 모른다. 자노바처럼 말이다.

하지만 그래도 자노바는 매일 꽤 즐겁게 보낸다. 인형을 만들거나 바라보거나 쓰다듬거나 컬렉션으로 삼는다. 행복하게 살수 있으면 그것만으로 된다.

하지만 그렇게 말한다고 납득할 것 같진 않았다.

나라도 납득하지 않는다.

"그렇긴 해도 뭐라고 하면 좋을까요."

"어렵게 생각할 필요 없다냐. 따끔하게 한 마디다냐."

"그래. 얼른 나와서 수업을 받으라고 하면 돼."

간단히도 말하네. 아니, 하지만 어쩌면 내가 너무 어렵게 생각할 뿐일까.

생각해 보면 노른은 아직 열 살이다. 지금은 조금 짜증을 부리는 것뿐일지도 모른다.

애초에 방에 틀어박혔다고 해도 겨우 하루, 오늘로 이틀이다. 이 정도라면 틀어박혔다기 보다는 그냥 밖으로 안 나온 정도라고 해야 하지 않을까. 조금 기분이 가라앉아서 자기 방에서 안 나오는 정도야 누구에게든 있겠지.

말할 일이 아니다, 부를 일이 아니다, 그러니까 조금 거리를 두고 방치하자. 그런 생각은 '도망'치는 게 아닐까.

오빠로서 최대한 지원하고, 최대한 쾌적하게 살게 한다. 그거면 되는 거 아니었을까. 답답하게 여겨지는 정도가 좋았던 게 아니었을까.

중학생, 고등학생이라면 모를까, 노른은 아직 초등학교 3학년 정도니까.

"좋아, 만나러 가지요."

어느 틈에 그렇게 결정하고 있었다.

"그게 좋다냐."

"뺨 한 대 올려붙이면 금방이야."

내가 말한다고 말을 들어 줄까. 원인은 나다. 내가 뭐라고 한다고 들을 것 같지 않은데…. 아니, 생각하지 말자. 지금은 일단 만나서 무슨 말이든 해야지.

"만날 수 있으려나."

노른이 있는 곳은 여자기숙사다. 기숙사 앞의 길은 지날 수 있지만, 안에 들여보내 주지 않을지도 모른다.

"억지로 가는 거다냐."

"잠입하는 거야. 안내는 맡겨 줘."

리니아와 프루세나가 커다란 가슴을 탕 하고 두들겼다.

잠입이라고 해도 그리 어렵지 않았다. 이쪽에는 아군도 많다. 실피나 아리엘도 있다.

아리엘에게 현황을 말하자 흔쾌히 편을 들어주었다. 그렇다고 해도 골리앗 등 여자기숙사 자경단들은 이쪽의 사정을 이해해 줄 것 같지 않으니까 몰래 잠입하는 흐름이 되었다.

공작원은 리니아, 프루세나, 실피, 그렇게 셋이었다.

실피는 기죽은 모습이었다.

"미안, 노른의 기숙사 생활은 맡겨달라고 하고서… 이야기를 들어주지 못해서…."

"아니, 실피는 잘못 없어. 애초에 내 탓이었어."

나는 실피에게 무슨 일이 있었는지 설명했다. 노른이 누구 때문에 방에 틀어박혔는지를.

그러자 실피는 어두운 얼굴을 하면서 고개를 내저었다.

"루디는 잘못 없어."

"하지만 내가….."

내가… 내가…. 아니, 나는 아무것도 안 했는데.

어떻게 하면 좋았을지도 알 수 없지만.

하지만 내가 어떻게든 해야 한다.

밤. 식사시간을 노려서 나는 여자기숙사로 이동했다.

현재 여학생 중 태반은 식당에 있다. 식당에서 아리엘이 연설을 하고 있다.

그걸 들으려고 식당에 사람이 모였다. 하지만 전원은 아니다. 식당에 전원이 다 들어갈 수 없기 때문이다.

그렇다고 해도 1층에 자리 잡은 자경단들이 적극적으로 참가하도록 뭔가 수를 쓴 모양이었다.

나는 최대한 은밀하게 지정된 창문 밑으로 이동했다.

창틀에는 꽃이 한 송이 꽂혀 있었다. 나는 그걸 목표로 이동하고 밑에서 조약돌을 던졌다.

조약돌이 창틀에 부딪치자 곧바로 창문이 열렸다. 나는 흙 마술 '어스 랜서'를 써서 내 몸을 띄워서 곧바로 안에 침입했다. 동시에 어스 랜서를 해제하여 지면을 평평하게 되돌렸다.

"……."

방 안에 들어간 순간 농후한 동물 비린내가 코를 찔렀다.

냄새는 아니지만 그렇게 싫은 느낌은 아니었다. 동물이라고 해도 사춘기 여자의 냄새이기 때문일까. 생물이란 자기 자식을 만들 수 있는 상대의 냄새를 너그럽게 봐줄 수 있는 모양이고.

"수고."

"어서 와라냐."

환영해 준 것은 리니아였다. 그녀는 어둠 속에서 눈을 번쩍번쩍 빛내고 있었다. 고양이 눈이다.

주위를 둘러보았다. 기본적으로는 어디고 똑같았다. 2층 침대에 책상과 의자, 옷장.

어두워서 잘은 모르겠지만, 조금 흐트러진 것처럼도 보였다.

"창피하니까 너무 빤히 보지 마라냐."

"실례."

어두운 와중에 손으로 더듬으면서 출구로 향했다. 손에 뭔가 닿았다. 꽤나 부드러운 소재였다.

"아, 그거 프루세나의 브래지어다냐."

"……."

프루세나는 이 사이즈인가. 크네.

"우훗, 가져가도 좋은데냐?"

"좋지 않아."

나는 프루세나의 브래지어를 내던졌다. 보통은 입가에 대고 한껏 들이마시는 정도야 했겠지만, 지금은 그러고 있을 틈이 없다.

리니아가 문을 안쪽에서 노크하자, 노크 소리가 돌아왔다.

"오케이야."

그 말과 함께 뛰쳐나가서 눈앞에 준비된 카트 안에 들어갔다.

세탁물을 옮기기 위한 카트다. 거기에 담긴 시트 안에 파고들었다.

냄새로 알았다. 실피가 사용하던 시트다. 몸을 완전히 숨기기 위해서일까, 모포나 셔츠도 아래쪽에 채워져 있었다. 모두 실피 것이다.

하지만 이상하게도 흥분은 일지 않았다.

지금은 노른이 우선이다. 노른은 지금 괴로워하고 있다. 문을 걸어잠그고 방에 틀어박혀서 혼자 있다. 나는 그녀를 구해야만 한다.

오빠로서.

"좋아, 간다냐."

카트가 움직였다. 나는 그 동안 노른에 대해 생각했다.

어린애 짜증이라면 좋다. 혹시 더 뿌리 깊은 거라면.

나는 뭘 할 수 있을까.

적어도 나는 형제들에게 내쫓길 때까지 집에서 나오지 않았다. 내가 형이나 부모님의 입장이었다면 나를 방에서 꺼낼 방법이 떠오르지 않았을 것이다.

"다 왔다냐."

생각이 정리되지 않은 채로 카트는 목적지에 도착했다.

노른의 방에.

방에 들어갔다.

어두웠다. 불이 켜져 있지 않았다. 나는 방 구석에 비치된 양초에 불을 붙였다.

희미한 불빛을 받으며 한 소녀가 침대에서 다리를 껴안고 앉아 있었다. 어둠 속에서 두 눈이 떠올랐다. 노른은 앉은 채로 가만히 이쪽을 보았다.

"……."

나는 신중하게 다가가서 의자에 앉았다.

이럴 때 무슨 말을 하면 좋을까. 나는 무슨 말을 듣고 싶었을까.

떠오르지 않았다. 말하려고 생각했던 것은 모두 날아갔다.

떠올릴 수 있는 것은 듣기 싫었던 것뿐이다. 안이한 소리는 듣고 싶지 않았다.

적어도 무조건 뭔가를 말하려는 것은 엄금이다.

'학교에 가라'. '누가 돈을 낸다고 생각하는 거냐'. '남에게 폐를 끼치면 안 된다'.

이런 건 역효과다.

리니아나 프루세나의 말처럼 한 대 올려붙이는 것도 좋을지 모른다. 노른은 열 살이니까 그러면 내 말을 들을지도 모른다. 하지만 그건 해결과 거리가 멀다. 분명 조만간 또 비슷한 일이 일어난다. 그 때의 노른은 지금보다 더 고집이 셀 것이다.

애초에 방에서 나오지 않게 된 건 내 탓이다. 내가 무슨 낯짝으로 그런 소리를 할 수 있을까. 잘난 듯이 한 대 때릴 수나 있을까. 그럼 역시 일단 사과해야 할까. 하지만 사과한다고 뭐가 해결된단 말인가. 내 소문은 사라지지 않고, 역시 노른은 나와 비교당한다.

"노른."

"오빠."

목소리가 겹쳤다.

나는 노른의 말을 듣기 위해 입을 닫고 조용히 있었다. 노른도 노른대로 입을 다물었다. 천재일우의 기회를 놓친 듯했다.

하지만 정말로 천재일우는 아닐 것이다. 나는 먼저 입을 열기로 했다.

"노른, 미안. 너 여기에 온 뒤로 힘들었지?"

노른은 아무 말도 하지 않았다.

"모처럼 새로운 학교인데 나 때문에 이렇게 되고. 뭐라고 해야 좋을지."

노른은 아무 말도 하지 않았다.

"나는, 너에 대해, 잘 몰라서….”

노른은 아무 말도 하지 않았다.

나는 달리 할 수 있는 말이 없었다. 도중에 이것저것 생각했으면서도.

애초에 나는 노른에 대해 아는 게 없다. 거리를 두고 건드리지 않으려고 하고, 알려고 하지 않았다.

"…이렇게 되어도, 어떻게 해야 좋을지 모르겠어.”

노른은 계속 조용히 있었다. 무슨 생각을 하는 건지 모르겠다. 내 말을 듣는 건지도 알 수 없었다.

역시 틀린 걸까. 파울로가 돌아올 때까지 방치할 수밖에 없는 걸까.

응, 그래. 여기선 일단 물러나서 여러 사람에게 의논해야겠다.

나나호시도 이 나이대의 여자의 생각에 대해서라면 알겠고, 엘리나리제라면 잘 말해서 데리고 나올지도 모르지. 꼭 내가 혼자서 끌어안고 해결할 필요는 없다.

"…아.”

문득 옛날 일이 떠올랐다.

내가 틀어박혔을 때, 형이 내 방에 왔다. 그때 형은 나를 향해 이것저것 정론을 늘어놓았다. 인생에는 괴로운 때도 있다. 너보다 훨씬 괴로운 일을 겪는 사람도 있다. 지금은 괴로울지도 모르지만, 도망치면 계속 도망치게 된다. 그건 더 힘들다. 한동안 학교에 안 가도 좋으니까 일단 나랑 같이 밥이라도 먹으러 가자…. 그런 느낌의 말을.

나는 거기에 마음속으로 침을 뱉었다. 뭐라고 대답도 하지 않고 철저하게 무시했다.

형은 그래도 한동안 내 옆에 있었다. 나를 가만히 바라보며, 뭐라고 할 말이 있는 눈으로 나를 지켜보았다. 나는 이런 녀석은 내 마음을 모른다고 끝까지 무시했다.

…이게 그때 형의 마음인가.

반응이 없는 나와 아무 말도 없는 형. 형은 몇 시간이나 그러고 있었지만, 이윽고 내 앞에서 없어졌다.

그 이후로 형이 나와 접촉하는 일은 없었다. 그 뒤로 형이 무슨 생각을 했는지는 알 수 없다.

다만 형은 오지 않았지만 다른 사람들이 왔다. 어쩌면 그건 형이 부탁한 걸지도 모르겠다. 결국 나는 그 녀석들의 말을 듣지 않았다.

…아마 여기서 물러나면 더는 돌아올 수 없다. 노른도 방에 틀어박힌 채다. 가면 안 된다.

나는 어둑어둑한 가운데 노른을 가만히 바라보았다.

제5화 노른 그레이랫

오빠를 무섭게 여기게 된 게 언제부터일까.

적어도 처음에는 그러지 않았다. 처음 만났을 때 오빠는 아빠를 때리고 있었다.

나는 아빠를 좋아했다. 정말이지 한심한 부분은 있지만, 내게 아낌없이 애정을 주는 걸 알았고, 그렇지 않더라도 다섯 살도 안 된 아이로서 아무런 의심 없이 아빠를 사랑하였다.

오빠는 그런 아빠를 때렸다. 갑자기 나타나서 아빠를 때렸다.

그때의 대화를 난 잘 알아들을 수 없었다. 지금 생각하면 오빠가 가혹한 지방을 돌파하여 간신히 아빠를 만났는데, 그런 오빠를 아빠가 비웃어서 싸움이 났다는 걸 알겠다.

하지만 당시의 나는 아빠의 위에 올라타서 몇 대나 때려대는 오빠를 보았을 때, 아빠가 죽겠다고 생각했다. 그리고 그건 당시의 나에게 둘도 없는 사실이었다.

이런 상대를 가족으로 인정할 수도 없었다.

무서운 게 아니다. 싫어졌다.

싫다는 감정은 오래갔다. 모두가 오빠를 칭찬했기 때문이다. 아빠는 물론이고, 그 뒤에 만난 동생이나 메이드도. 그들이 칭찬하면 칭찬할수록 내 안의 고집스러운 부분이 커졌다.

오빠와 마찬가지도 여동생도 싫었다. 그녀는 함께 다녔던 학교에서 일이 있을 때마다 나와 경쟁하였다. 공부로도, 운동으로도, 그리고 모든 점에서 나를 능가하고 얕잡아보았다.

나는 그녀와 함께 있기만 해도 항상 열등감에 시달렸다.

친해질 수 없다고 생각했다.

열등감에 괴로워하는 현실. 그걸 좋게 보지 않은 것은 외할머니였다. 그녀는 피가 이어지지 않은 내 동생을 업신여기는 동시에 내게 과도한 기대를 가졌다. 아니, 기대가 아니었을지도 모른다.

그저 외할머니는 말씀하셨다.

"라트레이아 가문의 숙녀로서 부끄럽지 않은 능력을 가지려무나."

그리고 예의작법이나 사소한 의식을 공부할 것을 강요하였다. 나는 그걸 잘 따라갈 수 없어서 몇 번이나 실패하고 꾸지람을 샀다. 그때마다 할머니는 말씀하셨다.

"모험가에게 푹 빠지더니 피까지 더러워진 걸까."

아버지와 어머니, 양쪽을 말하는 거라고 곧바로 알아차렸다. 외할머니는 열심히 노력하는 아버지를 경멸하였다. 나는 외할머니가 싫어졌다.

그러니까 오빠의 스승이라는 사람이 와서 엄마의 위치를 말했을 때에도 외가에 남는 게 아니라 아빠를 따라가기로 결심했다.

그래. 아빠는 나를 외가에 두고 갈 건지 고민하였다.

엄마는 미리스 귀족의 피를 이었고, 아빠는 아슬라 귀족의 직계다. 혈통을 보면 나무랄 데가 없다. 그렇기 때문에 외가에서는 나를 양녀로 데려가려고 생각했던 모양이다.

하지만 나는 싫었다. 그래서 아빠한테 부탁하고 울면서 따라갔다.

그런데, 그런데, 아빠는 나를 오빠에게로 쫓아냈다.

여기서부터는 위험하다면서. 오빠는 북쪽에 거점을 두었으니까 먼저 거기로 가라고. 엄마를 찾으면 반드시 뒤따라가겠다고.

나는 울었다. 싫다고 했다. 같이 엄마한테 가겠다고 소리쳤다. 아빠의 곁을 떠날 순 없다고 생각했다.

혹시 거기에 루이젤드 씨가 나타나지 않았으면 나는 아빠와 함께 갔을지도 모른다. 그리고 베가리트 대륙의 힘든 여행으로 병이라도 걸려서 아빠를 힘들게 했겠지.

루이젤드 씨.

그에 대해선 잘 기억한다. 처음에 만난 건 오빠와 만난 것과 같은 날. 넘어질 뻔한 내게 손을 내밀어 주었다. 부드러운 손으로 머리를 쓰다듬어 주었다. 사과를 주었다.

그때는 이름도 몰랐다. 오빠의 호위였다고 안 뒤에도 이름을 듣지 못했다.

그는 그때와 전혀 다름없이 내 머리를 쓰다듬고 부드럽게 나를 달래 주었다.

그리고 나는 오빠에게 가게 되었다.

여행이 시작되자, 동생이 한층 힘을 썼다. 아빠나 그녀의 어머니 앞에서는 결코 벗지 않는 가면을 벗어던지고 리더 행세를 하며 이것저것 무모한 계획을 세웠다.

바보 같은 짓이라고 나는 생각했다. 어른이 둘이나 있는데 애써 봤자 의미가 없다고, 그렇게 생각했다.

하지만 루이젤드 씨도, 진저 씨도 동생의 말을 따랐다.

비겁하다고 생각했다. 동생 말만 통하고, 내 말은 통하지 않으니까.

하지만 루이젤드 씨는 나를 배려해 주었으니까 참을 수 있었다. 그는 계속 나를 봐 주었다.

하지만 그런 그도 오빠를 칭찬했다.

그는 대단한 남자다, 만나는 게 기대된다, 그런 말로. 좀처럼 웃지 않는데도 희미하게 웃으며 말했다.

분명 내가 아는 오빠와 그들이 아는 오빠는 다르다. 그런 식으로 생각했다.

아아, 그렇다면 이 무렵이겠지. 오빠를 무섭다고 생각하기 시작한 건.

오빠는 강하다, 존경할 수 있는 사람이다. 모두가 그렇게 말한다.

하지만 내 안의 오빠는 아빠를 때려눕힌 오빠다.

어쩌면, 어쩌면 오빠는 나도 때리지 않을까.

조금만 마음에 안 드는 소리를 하면 때리지 않을까.

만나는 게 무서워졌다. 그런 오빠 밑에서 몇 달이나 사는 것도 무서웠다. 불안으로 잠들 수 없어서 밤중에 몇 번이나 깼다. 그때마다 루이젤드 씨가 위로해 주었다. 무릎 위에 앉히고 밤하늘을 올려다보면서 옛날이야기를 해 주었다. 슬픈 이야기가 많았지만, 왜인지 안심하고 잠들 수 있었다.

　오래간만에 만났을 때 오빠는 술에 취해서 옆에 여자를 데리고 있었다.

　부에나 마을에서 소꿉친구였던 사람으로, 그 사람과 결혼하였다고 했다.

　나는 그 사람을 기억하지 못했다. 희미하게 동생이나 그 어머니를 따르던 사람일지도 모른다고 생각했지만, 이런 느낌의 사람은 아니었던 것 같았다. 잘 기억하는 건 아니지만 뭔가 다른 듯하였다.

　오빠는 행복해 보였다.

　그걸 보고 나는 분노가 치솟았다. 아빠는 여자에게 손을 대지 않았다. 엄마를 찾을 때까지 그런 건 미루겠다고 하였다. 동생의 어머니에게도 손을 대지 않았고, 항상 같이 있는 여자들에게도 손을 대지 않았다.

　그런데. 그런데 오빠는 달랐다.

　분노가 치솟았다.

　하지만 아무 말도 할 수 없었다. 무서웠으니까. 혹시 말했다간 때릴지도 모른다고 생각했다.

　오빠가 나를 때리면 루이젤드 씨는 화를 낼까. 루이젤드 씨는 오빠를 만나서 기쁜 모습이었다. 어쩌면 화내지 않을지도 모른다.

반대로 나를 꾸짖을지도 모른다. 응석 부리지 말라고.

나는 아무 말도 할 수 없었다.

그리고 다음날이 되자 루이젤드 씨가 없어졌다. 그는 계속 있어 줄 거라고 생각했는데.

가지 말아 줬으면 했다. 하지만 가 버렸다.

더 무서워졌다.

집에는 오빠와 동생과 오빠의 아내가 있을 뿐이다. 동생은 오빠를 만나서 신이 났다. 오빠의 아내는 착한 사람 같았다. 하지만 내 편은 아니다. 이 집에 내 편은 없다.

이제부터 아빠가 올 때까지 공포에 숨죽이며 살아야만 한다.

동생은 오빠의 귀여움을 받겠지. 나는 분명 그렇지 않다. 동생의 기분은 맞춰주면서 나한테는 더 노력하라고 하겠지.

동생은 내가 노력을 하지 않으니까 못 하는 거라고 말한다. 하지만 못 하는 건 못 하는 거다. 아무리 잘 하려고 해도, 노력을 해도, 동생의 발끝에도 못 미친다. 대체 어떻게 하면 된단 말인가.

나는 야단맞지 않도록, 뭘 해서 비교당하지 않도록, 숨듯이 지냈다.

눈이 쌓인 바깥으로 내던져지는 건 무서웠다.

오빠의 말에 따라 학교에 다니게 되었다.

미리시온에서 다녔던 학교와 달리 다소 특수한 곳이라는 모양이다. 같은 학년이라도 비슷한 또래만 있는 게 아니라 다양한 나이대의 사람들이 공부를 한다나.

솔직히 가고 싶지 않았다. 어차피 동생과 비교당하겠지.

하지만 다행스럽게도 동생은 학교에 갈 생각이 없다고 했다.

나에게 그것은 광명이었다. 동생이 없으면 나도 조금 힘낼 수 있을지 모른다.

그렇게 생각했다.

오빠는 동생에게 한 가지 조건을 내걸었다.

시험이었다. 학교에 입학하려면 시험을 봐야 한다. 당연히 나도 시험을 보게 되었다.

나는 실망했다. 시험 같을 걸 봐도 합격할 리가 없다. 그렇게 말하자 오빠는 돈으로 어떻게 하겠다고 했다. 그렇게 무신경한 말에 나는 그만 거친 말을 하였다. 동생이 화를 내며 싸움이 시작되었다.

"그만둬."

오빠의 싸늘한 목소리에 공포가 싹텄다.

언어맞을지도 모른다고 생각했다. 무서웠다. 눈물이 나왔다.

앞으로 계속 이렇게 흠칫거리며 살아야만 하는 걸까.

시험 당일.

나는 오빠에게 기숙사에 대한 이야기를 들었다. 학생이 부모의 곁을 떠나 생활하면서 자주성을 기른다. 그런 시설이 이 학교에 있다고 했다. 이거다 싶었다.

분명 동생은 시험에 합격하겠지. 그리고 학교에 가지 않는다. 혹시 내가 기숙사에서 생활하면 오빠와도 얼굴을 마주치지 않을 수 있다. 나는 누구와 비교당하는 일 없이 자유롭게 살 수 있다.

생각해 보니 그러는 게 최선이라고 여겨졌다.

며칠 뒤에 시험 결과가 나왔다. 오빠는 내게 어쩌고 싶냐고 물었다. 나는 조심조심 '기숙사에서 살아보고 싶어.'라고 제안하였다.

어쩌면 화낼지도 모른다고 생각했다. 아빠는 오빠랑 같이 살라고 그러셨다. 오빠도 편지로 같은 말을 들었겠지. 그러니까 멋대로 굴지 말라고 화내면서 때릴지도 모른다고 생각했다.

하지만 오빠는 생각 외로 간단히 승낙해 주었다.

화낸 건 동생 쪽이었다. 동생은 너무하다, 편애다, 그러면서 떠들었다. 그녀는 지금까지 계속 나보다 우대를 받았으니까, 자기만 시험을 통과해야 했던 게 마음에 안 든 것이다.

하지만 오빠는 왜 허가해 준 걸까…. 모르겠다. 오빠를 모르겠다. 돌이켜보면 동생하고 싸웠을 때 말고는 한 번도 꾸지람을 들은 적이 없었다.

…어쩌면 오빠는 나한테 흥미가 없을지도 모른다.

집에서 돌보기 귀찮으니까 기회다 싶어서 기숙사에 넣으려는 걸지도 모른다.

내가 제안하지 않았어도 결국 기숙사에 들어가게 되었을지도 모른다.

그렇게 생각하니 왠지 슬퍼졌다.

나에게는 오히려 좋은 일일 텐데.

기숙사 생활은 모두 신선했다.

일단 룸메이트가 신선했다. 룸메이트인 메리사 선배는 마족이었다.

외할머니는 마족은 악당이라고 그러셨다. 마족은 배척해야만 하는 존재고 절멸해야 할 악이라고 내게 가르치셨다. 혹시 루이젤드 씨와 만나지 않았으면 분명 나는 지금도 그렇게 생각했겠지. 그러니까 메리사 선배와 만났을 때도 깍듯하게 예의를 차린 태도로 대할 수 있었다.

깍듯하게 인사하는 나를 메리사 선배는 환영해 주었다. 중도 편입한 나를 따뜻하게 맞아 주고 여러모로 돌봐 주었다. 식사하는 법, 화장실 쓰는 법, 기숙사의 룰. 모두 메리사 선배가 가르쳐 주었다. 기숙사에 사는 이들은 모두 가족이니까 친하게 지내라고 자경단 선배도 그랬다. 무서운 얼굴을 한 종족이었지만, 책임감 강한 사람이라고 했다.

앞으로의 생활에 나는 가슴이 뛰었다. 열흘에 한 번씩 오빠네 집에 얼굴을 내미는 것은 귀찮았지만, 오빠도 학교생활에 대해 별로 자세히 묻지 않았기에 마음이 편했다.

기숙사 생활이 시작되었다.

일단 수업이 어려웠다. 미리스의 학교와는 다른 식으로 가르치기 때문이라고 생각했다.

처음부터 배웠으면 또 다르겠지만, 중간부터였기 때문에 이해가 안 되는 게 많았다.

미리스에서는 종교 수업이 있었지만, 라노아에서는 대신 마술 수업이 있었다.

이것도 처음 부분을 건너뛰었으니까 고생이었다.

하지만 혹시 성적이 나쁘면 도로 집에 되돌아가야 할지도 모른다.

그런 마음에 기숙사에서도 공부했지만, 역시나 알 수 없었다. 어쩔 줄 모르던 때에 메리사 선배가 자상하게 가르쳐 주었다. 그때야 비로소 이미 배운 것이라고 이해했다. 분명 동생은 이미 알았겠지. 내 이해력이 떨어지는 게 싫어졌다.

학교는 부지도 넓어서 몇 번이나 미아가 되었다.

특히나 미리스의 학교에서는 없었던 운동이나, 마술 실전수업에서는 교실 위치를 몰라서 고생이었다. 그때마다 반 아이들이 찾아 주거나 모르는 선배나 선생님의 신세를 졌다.

그러다가 오빠랑 마주친 적도 한 번 있었다. 그때 오빠는 이 학교에서 제일 높은 사람과 함께 있었기 때문에 부끄러웠다.

오빠는 학교에서 두려움의 대상이었다.

여섯 명의 부하를 거느리고 멋대로 군다는 모양이었다. 그 중 두 명은 기숙사 안에서도 특히나 높은 위치의 사람으로, 메리사 선배에게도 그 둘에게는 거스르지 않는 게 좋다는 말을 들었다.

오빠는 그 둘을 시켜서 학교 안의 예쁜 여자애들의 속옷을 모은다는 모양이었다.

오빠의 아내는 그걸 아는 걸까. 모를지도 모르겠다. 속옷을 모아서 어쩌려는 건지는 모르지만, 아빠가 그렇게 고생할 때에 오빠는 그런 짓이나 하고 논다. 분노가 솟았다. 경멸했다.

하지만 그런 짓을 하는데도 오빠의 평판은 의외로 좋았다.

일반학생에게 난폭하게 굴지 않고, 멋대로 군다고 해도 누군가를 불행하게 만들지도 않는다.

뿐만 아니라 학교의 불량배들에게는 약한 사람을 괴롭히지 말라고 한다는 모양이다.

같은 반의 무서운 아이가 오빠랑 말한 적이 있다고 자랑스럽게 떠들었다.

마술은 누구보다도 능하고, 가르치는 것도 잘한다. 나보다 더 작은 애한테 가르쳐 준 적도 있다는 모양이다.

같은 반 아이나 메리사 선배, 선생님은 그런 오빠처럼 되라고 했다. 오빠를 목표로 하라고 했다.

무슨 생각을 하는 건지 알 수 없고, 무섭고, 싫은, 경멸하는 오빠처럼.

되고 싶지 않다.

하지만 그 이상으로 분한 것은 오빠 또한 동생과 마찬가지로 모든 면에서 나보다 위였다.

내가 아무리 노력해도 닿지 않는 존재다.

상대를 싫어하는데. 경멸하는데.

나는 그런 상대보다 아래인 존재다.

어느 날 나는 기숙사에 돌아가서 침대에 파고들었다.

여러 감정이 뒤섞여 있었다. 분함. 슬픔. 답답함. 분노. 마음이 눈물이 되어 넘쳐났다. 잠시 뒤에 메리사 선배가 돌아왔다. 울고 있는 내게 무슨 일이냐고 다정하게 물었다. 나는 그녀를 밀쳐내고 아무것도 아니라며 모포를 뒤집어썼다.

나는 어쩌면 좋을까.

오빠에 대한 내 태도는 잘못된 걸까.

…그래. 오빠는 내가 생각하는 그런 사람이 아닐지도 모른다.

그 날, 오빠가 아빠를 때린 날, 나는 어렸다. 그 뒤에 몇 번이나 아빠는 '오빠도 힘들었던 거다.'라고 말씀하셨지만 이해할 수 없었다. 하지만 지금이라면, 지금이라면 조금은 이해할 수 있을 것 같다. 나도 지금 괴로우니까. 열심히 애쓰고, 최선을 다해서, 그렇게 겨우 기운을 차렸을 때 '편하게 놀고 있었잖아?'라는 말을 듣는다면 나라도 역시 화나겠지. 아빠가 상대라도 싸울지 모른다.

그러니까 결국 오빠도 나와 같은 데가 있다. 크게 다르지 않다.

하지만, 그렇다면. 어떤 얼굴로 오빠를 만나면 좋을까. 오빠는 내가 어쩌길 바랄까. 오빠와 아빠는 어떻게 화해했을까.

생각하고.

생각하고.

알 수 없어서 배가 아파 왔다.

가슴 아래쪽이 꾹꾹 조여드는 것처럼. 구역질도 났다.

나는 침대 안에 파고들어 시간을 보냈다.

아무것도 할 수 없었다. 오빠랑 얼굴을 맞대는, 그저 그것뿐인데 할 수 없었다.

이럴 때에 항상 도와주는 건 아빠였다. 싫은 일이 있어서 침대에 파고들면, 아빠가 와서 부드럽게 쓰다듬어 주었다. 아빠와 헤어진 뒤로는 루이젤드 씨였다. 무릎 위에 앉히고 커다란 손으로 머리를 쓸면서 여러 이야기를 해 주었다.

여기에는 아무도 없다. 메리사 선배는 날 잘 돌봐준다. 하지만 내 편은 아니다.

오빠와 만나라든가, 수업에 나가는 편이 좋다는, 그런 말만 하였다.

그런 건 알고 있다. 하지만 몸이 움직이질 않았다.

내가 고민하면서 얼마나 시간이 지났을까.

생각하다 지쳐서 잠들고. 그런 것을 반복하는 사이에 며칠이 지난 것 같았다.

나는 침대 가장자리에 앉아 있었다.

어느 틈에 오빠가 눈앞에 있었다. 의자에 앉아서 등받이에 팔꿈치를 올리고 가만히 나를 보고 있었다.

"노른."

"오빠."

처음으로 오빠를 오빠라고 부른 것 같았다.

거의 동시였다. 환영은 아닌 모양이었다. 여기는 여자기숙사인데 왜 있는 걸까.

혼란스러웠다. 그런 나를 오빠는 가만히 바라보았다. 한동안 서로를 바라보았다.

이렇게 오빠의 얼굴을 똑바로 바라보는 건 처음일지도 모르겠다.

불안해하는 얼굴이었다. 아빠랑 닮은 것 같았다. 나에게는 안심이 되는 얼굴이었다. 부자니까 당연할까.

"노른, 미안. 너 여기에 온 뒤로 힘들었지?"

오빠는 천천히 입을 열었다.

"나는, 너에 대해, 잘 몰라서…. 이렇게 되어도, 어떻게 해야 좋을지 모르겠어."

오빠는 불안한 듯이 그렇게 말했다. 그 모습이 아빠와 겹쳐 보였다.

"……."

그 뒤로 오빠는 계속 움직이지 않았다.

불안한 모습으로 나를 보면서. 하지만 결코 의자에서 움직이지 않았다. 아빠라면 다짜고짜 날 끌어안았겠고, 루이젤드 씨라면 내 머리에 손을 올리겠지.

하지만 오빠는 다가오지 않았다.

"아…."

왜인지 알겠다.

다가올 수 없는 것이다. 내가 거절할까봐 무서워서.

그렇게 생각했을 때 신기하게도 마음속이 후련해졌다.

오빠에 대한 혐오감이 들지 않았다. 무섭다는 생각도 안 들었다. 오빠는 아빠랑 닮았다.

오빠는 절대로 날 때리지 않는다. 절대로 아빠도 때리지 않는다.

"…우읏…."

나는 오빠를 용서해야만 한다.

"우…. 흑…."

어느 틈에 눈물이 뚝뚝 흘러내리고 있었다. 목 안쪽이 떨리고 오열이 새어나왔다.

"미안, 오빠…. 미안해."

오빠는 조심조심 내 옆에 앉았다. 그리고 천천히 내 머리에 손을 올리고 자기 가슴에 품었다. 오빠의 손은 따뜻하고, 가슴은 넓고 탄탄했다.

그리고 아빠와 비슷한 냄새가 났다.

나는 그날 꼬박 오빠의 품에서 울었다.

★ 루데우스 시점 ★

결국 나는 아무것도 할 수 없었다.

그녀는 아무 말도 해 주지 않았다. 뭐가 불만이고 뭐가 맺혔는지, 본심은 알 수 없었다.

노른은 그저 울기만 할 뿐. 그리고 다 운 뒤에 '이제 괜찮아요.'라고 말했을 뿐이었다.

내 눈을 똑바로 보고 있었다.

그걸 보고 왜인지 마음이 놓였다. 이제 괜찮다고 생각했다.

그러니까 뒷일을 실피에게 맡기고 방을 뒤로 했다.

다음날부터 노른은 밝아졌다.

뭐가 어떻게 변한 건 아니었다. 복도에서 내 모습을 보면 '오빠, 안녕하세요.'라고 인사를 하는 정도다. 말도 적고, 괜히 달라붙는 일도 없었다. 나와 비교당한다는 상황은 전혀 변하지 않았을 텐데, 노른은 이제 개의치 않는 듯했다.

나는 그녀를 이해할 수 없었다. 나는 아무 말도 하지 않았고 아무것도 할 수 없었다.

한심한 일이다. 골방지기의 마음, 비교당하는 이의 마음을 안다고 생각했다. 하지만 실제로 직면하니 이런 꼬락서니니까.

…아마도, 아마도지만, 노른은 자기 힘으로 자기 마음을 정리했겠지.

자기 마음을 정리하고 지금 상황을 뛰어넘었겠지.

대단한 아이다.

파울로나 아이샤는 노른을 늦된 아이라고 생각했을지도 모른다.

하지만 나는 그렇게 생각하지 않는다. 적어도 생전에 내가 못했던 일을 해냈으니까.

혹시 내가 생전에 노른처럼 스스로 정리할 수 있었다면 뭔가가 변했을까. 그렇게 마음 착했던 형에게 두들겨맞는 미래는 회피할 수 있었을까.

모르겠다. 과거의 일은 모르겠다. 나와 노른은 상황이 다르다. 정리를 하더라도 밖에 나갈 수 있었을지는 알 수 없다. 이 세계에 전생해서 록시와 만나지 않았으면 분명 그대로 골방지기로 살았을 것도 같다.

애초에 이제 와서 돌아갈 수도 없다.

과거는 변하지 않는다. 가족과의 비틀린 관계는 이미 돌아오지 않는다. 형의 참뜻이고 뭐고 다 어둠 속이다.

…다만 오랫동안 이 사이에 끼어 있던 것이 빠져나간 듯한 기분이었다.

혹시 나나호시가 원래 세계로 돌아갈 때가 오거든 그때는 형에게 전언을 하나 부탁하자.

그때 걱정해 줘서 고마워, 그리고 미안해, 라고.

제6화 여동생이 있는 생활

또 한 달이 지났다.

계절은 돌아서 따뜻한 철이 왔다. 이 도시에 와서 두 번째 여름이다.

여름이라고 할 만큼 더운 건 아니지만, 그래도 사람들의 옷차림은 보다 얇아지고 학교의 여학생이나 아이샤의 메이드복도 반팔이 되어서 눈이 호강하였다. 실피도 집에서는 민소매 셔츠 등을 입는 일이 많아졌다. 그런 사복은 없었을 텐데, 최근에 나를 위해 샀다는 모양이다. 노출이 많은 실피. 실로 신선하다.

실피의 작고 하얀 어깨를 보면 자연스럽게 뒤에서 껴안고 싶어진다.

좋은 계절이다. 이 나라에는 무단으로 홈스테이하는 검은 벌레도 나오지 않고.

검다고 하니 최근 바다가디를 못 봤다. 그 녀석, 어디로 간 걸까.

그리고 한 달 동안 여러 변화가 있었다.

일단 노른에게 친구가 생긴 모양이다. 다른 반의 여학생도 섞여서 남자 둘, 여자 셋 정도의 그룹으로 움직이는 걸 보았다.

노른에게 처음 생긴 친구다. 오빠로서 인사 한마디라도 해두고 싶기에 한 번 집에 데려오라고 그랬는데, 노른이 거부하였다. 가족을 친구에게 소개하는 건 좀 창피하다는 모양이다.

아무튼 내가 교실에 난입하는 바람에 문제가 생기지는 않은 모양이었다. 조금 안심.

나와 노른 사이는 양호하다.

커다란 증거로 저번에 그녀는 내게 공부를 가르쳐 달라고 부탁하였다.

그 제안에 나는 팔을 걷어붙였다. 나의 모든 비기를 전수해주려고 했다. 하지만 너무 열을 내다가는 아마도 아이샤가 풀죽을 거라고 생각했다.

방과 후에 도서관에서 가르쳐 주게 되었다. 시간으로는 한시간 정도. 그날 배운 것을 복습하고, 내일 배울 것을 예습한다. 그것만으로도 큰 차이가 있을 터이다.

노른은 열심이었지만, 아무래도 엇나갈 때가 많았다. 응용력이 떨어지는 거겠지.

그렇기는 해도 에리스나 길레느 정도는 아니었다. 열심히 노력하면 금방 일반적인 레벨이 되겠지.

"그러고 보면 루이젤드 씨는 바비노스 지방 출신이라고 했는데, 오빠는 마대륙을 여행했죠? 어디에 있는지 아나요?"

"응? 글쎄, 비에고야 지방 근처라고 했는데. 나는 가본 적 없어."

노른과는 공부 도중에 잡담을 하는 사이가 되었다. 그렇다고 해도 노른이 말하는 건 보통 루이젤드에 관해서다. 나와 노른에게 공통되는 화제라면 루이젤드. 역시나 통하는 화제라는 건 중요하군. 나도 그의 이야기를 공유할 수 있는 상대가 생겨서 기쁘다.

"그런가요…. 마대륙은 어떤 곳인가요?"

"마물이 모두 커. 문화도 꽤 다르지만, 그래도 이 근처랑 그렇게 다르진 않나. 그냥 사람들이 평범하게 사는 곳이야."

노른은 나에게 예의바르게 말한다. 경어로 말하는 여동생이라구. 아이샤랑 말할 때는 경어가 아니니까, 나에 대한 거리감을 조정하는 걸지도 모르겠다.

"아, 루이젤드 씨의 창 이야기, 오빠는 들었나요?"

"그거 말이지. 눈물 나오는 이야기지."

"그런가요…. 어떻게 할 수 없을까요?"

"…으음."

슬슬 그 계획을 한 걸음 전진시킬까.

스펠드족의 인형을 만들어서 책과 세트로 판다.

이 계획은 아직 살아있다. 물론 줄리의 마력 총량을 볼 때 양산은 아직 무리겠지.

하지만 시작품을 만들기에는 좋은 타이밍일지도 모르겠다.

스펠드족의 책을 만든다고 하자면 문제는 집필시간이다. 저번에 나는 상급 치유와 중급 해독 마술을 마스터했다. 암기가 특기라고는 해도 상당히 시간이 걸렸다.

다음에는 뭘 습득해야 할까.

상급 해독 수업은 듣는 걸로 하고, 달리 배우고 싶은 것도 없다. 아예 불이나 바람의 성급을 배우는 것도 괜찮을까. 아니, 성급은 기본적으로 날씨 조작이 많아서 좀처럼 쓸 일도 없다. 배우는 거야 좋지만, 더 실용적인 것을 배우고 싶다. 승마술이라든가…라고 생각하던 찰나니까 딱 좋군. 빈 시간을 집필에 쓰기로 했다. 내친김에 노른의 공부 시간에도 쓰도록 하자.

스펠드족의 과거를 적나라하게 말하는 책. 그렇게 글을 잘 쓰는 건 아니지만, 어떻게든 되겠지.

그렇게 생각했는데, 막상 쓰려고 하니까 어떻게 써야할지 알 수 없었다.

다큐멘터리풍으로 정리하는 게 좋을까? 일기식으로 쓰면 좋을까?

일단 처음부터 대작을 쓰려고 하지 않는 편이 좋다는 이야기는 자주 들었다.

열 페이지 정도로 하면 될까. 그걸 복사본 같은 느낌으로 만들어서 피겨를 붙여서 배포하는 것이다. 그럼 가벼운 문체가 좋겠군. 권선징악으로 라플라스를 악당으로 삼는 느낌으로….

아니, 라플라스는 마대륙에서 영웅으로 대접받았지. 너무 악당으로 만들면 반감을 살지도 모른다.

"오빠, 뭘 하는 건가요?"

이것저것 악전고투하는데 노른이 질문하였다.

"어, 루이젤드의 위업을 이야기하는 책을 쓸까 하고. 그런데 뭐부터 쓰면 좋을지 모르겠어."

"흐응…."

노른은 그렇게 말하면서 내 손가를 보았다.

막 손대기 시작한 원고에는 '위대한 전사 루이젤드의 투쟁과 박해의 역사'라는 제목이 적혀 있었다.

아직 원고지 두 장 정도밖에 못 써서, 루이젤드라는 인물의 개요를 적었을 뿐이다.

내 색안경을 통한 것이라서 꽤나 성인에 가깝다.

"이것뿐인가요?"

"음, 이직이야. 이제부터지."

일단 어디서부터 써야 좋을지를 모르겠다. 라플라스 전쟁에서의 싸움 이야기는 기억에 남아 있고, 그 후의 박해의 역사도 안다. 하지만 몇 년 전에 들었던 것이라서 아무래도 흐릿했다. 메모라도 남겨두면 좋았을지 모르겠다.

"저, 저도 도와도 될까요?"

노른이 조심조심 그렇게 나섰다.

이야기를 들어보니, 아무래도 루이젤드는 매일 밤마다 내 동생을 무릎 위에 앉히고 쓰다듬으면서 옛날이야기를 해 주었다는 모양이다.

이럴 수가. 나도 루이젤드의 무릎 위에 앉은 적 없는데 노른만 앉히다니 비겁하다.

아니, 아니, 그게 아니지.

"오오, 고마워. 하지만 공부는 소홀히 하지 않도록."

"예."

이렇게 노른과 함께 책을 쓰게 되었다.

그 날부터 노른은 공부하는 짬짬이 루이젤드의 이야기를 쓰기 시작했다. 문체는 조잡하고 거친 데도 있었다. 하지만 신기하게도 읽고 있으면 루이젤드가 떠올라서 눈물이 나오는 문장이었다.

어쩌면 노른에게는 글재주가 있는 걸까.

아니, 그건 동생이라면 껌뻑 죽는 오빠의 색안경일지도 모른다.

하지만 좋아하는 것일수록 능해진다는 말도 있다. 이렇게 계속하면 혹시 대작가로 성장할지도 모른다. 일단 나는 문법적으로 틀린 곳만 수정하면서 그녀의 집필 활동을 지켜보기로 했다.

내가 쓰는 것보다는 훨씬 재미있는 게 나올 것 같았다.

그리고, 노른과 친해지기 시작했을 때 아이샤에게도 약간의 변화가 있었다.

그렇다고 해도 노른에게 뭐라고 하는 건 아니다.

여전히 별로 사이도 좋지 않지만, 내가 일러뒀기 때문인지 얕잡아보거나 태클을 거는 일도 줄어들었다. 이렇게 되면 조금 걱정이다. 하고 싶은 말을 참는 걸지도 모르고.

"아이샤. 뭐 하고 싶은 말 있거든 해야 한다?"

일단 그렇게 말해 두었다. 노른과의 사이가 좋아졌다고 해서 아이샤와의 사이를 망가뜨릴 생각은 없다.

"하고 싶은 말이요?"

"그래, 내가 노른에게만 신경 쓰니까 너한테도 신경 좀 써달라든가. 일이 힘드니까 쉬고 싶다든가. 하루종일 자고 싶다든가…."

"응석 말인가요?"

아이샤는 턱에 손을 대고 고개를 갸웃거리면서 물었다. 귀여운 동작이다.

"그래. 너는 응석을 더 부려도 되니까. 사양할 것 없어."

"응석… 그럼 하나만."

아이샤는 장난스럽게 웃었다. 뭘 요구할 생각일까. 내 몸이 목적일까. 말하라곤 했지만 들어준다고는 안 했다. 그렇게 말하면 아무래도 화내겠지.

"급료를 주세요!"

아이샤의 그 말에 나는 다소 당황스러웠다.

"급료⋯."

생각해 보니 그녀는 메이드로서 척척 일하였다.

지금까지 돈을 주지 않은 게 이상할 정도다. 아니, 가족이니까 이상할 것도 없지만.

즉, 이건 그거로군. 용돈이다. 집안일을 도우니까 용돈을 주세요. 그런 흐름이다.

"좋아, 알았어."

나는 흔쾌히 승낙했다.

다만 금액에 대해서는 실피도 있을 때에 셋이서 의논하여 결정했다. 조금 많이 주자는 생각도 있었지만, 아이샤가 거절했다. 금액이 크다고 거절하다니, 이 녀석 진짜로 열 살일까.

결국 많지도 않고 적지도 않은, 그런 금액으로 정해졌다.

"급료를 받아서 뭐 살 거 있어?"

일단 물어보았다. 일단이다, 일단. 뭘 사도 좋지만 일단이다.

"여러 가지요."

하지만 아이샤의 대답은 쌀쌀맞은 것이었다. 그 여러 가지가 어떤 건지 알고 싶은데⋯.

그렇게 생각했더니.

"알겠습니다. 그럼 다음에 장을 보러 갈 때 같이 가 주세요."
라고 말했다.

데이트다. 여동생이랑 데이트다. 이 얼마나 멋진 말인가.

나는 실피에게 일단 같이 장을 보러 간다고 말했다. 휴일인데도 일하러 가는 실피를 놔두고 데이트. 왠지 미안하다. 하지만 여동생이니까 괜찮다. 바람피우는 게 아니다.

하지만 아이샤는 뭘 살 생각일까. 어쩌면 건장한 남자 노예일까. 집 안에 땀내 나는 녀석을 두고 싶지 않은데. 안 그래도 크고 검고 강한 녀석이 가끔씩 밥을 먹으러 오는데. 아니, 요즘은 안 오지만.

데이트 당일.

아이샤가 간 곳은 잡화점이었다. 시장 구석에 있는 일용잡화를 파는 작은 가게였다. 가게 안에는 물건들은 많은데 손님이 없었다. 낡은 물건만 있다는 인상이었다.

아이샤는 거기서 작은 화분을 세 개 정도 샀다.

"그거 어쩌려고? 지나가는 마왕의 머리 위에 떨어뜨리게?"

"아뇨, 그냥 꽃을 키울까 하는데 이상한가요?"

아이샤는 날 올려다보면서 그렇게 물었다. 내 대답이야 당연히 뻔하다.

"전혀 이상하지 않아."

그저 아이샤가 꽃을 키운다는 게 조금 상상이 가지 않았다.

아이샤에 대한 내 이미지는 기운 넘치는 천재소녀다. 좋아하는 일은 청소와 돈 계산과 손익 감정. 그런 이미지가 있다.

원예는 느긋하게 즐기는 것이다. 자연의 힘에 맡기면서 천천히, 진득하게 하는 것이다. 아무리 천재라도 계획대로 되지 않는 일도 많겠지. 아니, 그러니까 원예일까. 마음대로 안 되니까 재미있는 걸까.

"그럼 흙 같은 것도 사는 게 좋지 않아? 이 근처의 흙은 꽤나 척박하니까 원예에는 안 맞겠고."

"…그건 오빠한테 만들어달라고 할까 했는데, 안 될까요?"

올려다보는 시선. 답이야 뻔하지.

"안 될 거 없어."

나도 남자니까 흙을 갈거나 씨를 뿌리는 것은 좋아한다.

튤립 씨앗에서 바오밥 나무가 자랄 만한 엄청난 흙을 준비하자.

"씨앗은 어떻게 할까?"

"여행 도중에 조금씩 모은 게 있어요."

"주운 거면 싹이 안 트지 않을까?"

"으음, 아마 괜찮아요."

그런 대화를 하면서 가게 안을 적당히 보고 다녔다. 나도 실피에게 줄 선물로 귀걸이를 하나 구입했다. 청색의 돌이 달린 물방울 모양의 귀걸이였다. 분명 어울리겠지.

"그거 실피 언니한테 줄 선물인가요?"

"음. 나는 아내를 소중히 여기는 남자야."

"실피 언니는 행복하겠네요. 오라버니, 틈이 나면 저한테도 총애를 주세요."

올려다보는 시선. 내 답은 당연히 뻔하다.

"안 돼. 아버지한테 두들겨 맞아."

"체엣…."

그런 이야기를 하면서 계산을 끝내고 잡화점에서 나왔다.

다음에 간 곳은 천을 전문적으로 다루는 가게였다. 손으로 짠 천을 두루마리처럼 해서 대량으로 놔둔 가게.

우리 집의 융단을 구입할 때 아리엘에게 물품 구색이 좋다는 추천을 받은 가게다.

가격 폭도 넓어서 딱히 고급품만 있는 것도 아니었다. 다양한 물건을 다루는 곳이었다. 아이샤는 어디서 이런 가게의 정보를 얻은 걸까.

거기서 아이샤는 커튼을 구입했다. 핑크색의 하늘거리는 레이스가 달린 것으로 다소 비쌌다.

아이샤는 열심히 흥정했다. 내 이름을 꺼내고, 아리엘의 이름을 꺼내고, 할 수 있는 거 다 해서 깎았다. 그래도 최종적으로는 다소 비싼 금액이 제시되었다.

"부족하거든 내가 좀 내 줄까?"

"아뇨, 괜찮아요. 딱 맞으니까요!"

그러면서 남은 용돈과 딱 맞는 액수로 구입했다. 받은 용돈에서 한 푼도 남김없이 다 쓴 것이다. 장을 잘 본다고 할까, 뭔가 무시무시한 게 느껴지는데.

"용돈은 조금 남기는 편이 좋을 것 같은데? 만에 하나의 경우를 위해서."

일단 그렇게 충고하였다. 언제 어디서 무슨 일이 일어날지 모르니까. 갑자기 마대륙으로 전이될지도 모른다. 사실 나도 몸 여기저기에 돈을 숨겨두고 있다. 신발바닥이라든가.

"그럼 다음부터는 그러겠습니다!"

그렇긴 해도 화분에 핑크색 커튼이라. 천재라는 이미지가 앞섰지만, 감성은 소녀일지도 모르겠다.

"이렇게 귀여운 게 있었으면 했어요."

"리랴 씨는 안 사 줬어?"

"엄마는 안 된다고 했어요. 메이드는 취미로 가구를 사면 안 된다고…. 안 되나요?"

아이샤는 똑똑하면서 응석도 교묘하다. 내 허리에 달라붙는 퍼포먼스에다가 올려다보는 시선까지. 연기라는 걸 알지만 진짜로 귀엽다.

이렇게 나온다면 내 대답은 정해져 있다.

"안 될 거 없어."

내가 이상한 아저씨라면 데려갔을 판이었다.

그 데이트 이후에 아이샤의 방에 소녀다운 물건이 늘게 되었다.

아이샤는 자잘한 물품들을 좋아하는 모양이었다. 작은 화분에 작은 꽃을 기르거나 주먹 크기의 인형을 선반 위에 나란히 놓거나…. 어느 틈에 에이프런 가장자리에 작은 자수를 놓는 등, 맵시에도 민감하다.

장래에 날라리가 되는 건 아닐까. 조금 걱정되는 오빠입니다.

두 여동생과는 그런 느낌이었다.

여동생은 아니지만, 나나호시도 본래 모습을 되찾았다.

지난번 실험에서는 '페트병'을 소환했다. 현재 그 페트병은 화분으로 삼아서 연구실 창가에 놔두었다. 이 성공을 발판 삼아서 연구는 제2단계로 넘어갔다.

"다음은 이전 세계에서 '유기물'을 소환할 거야."

나나호시는 그렇게 선언했다.

"유기물?"

"그래, 유기물. 먹을 게 좋겠네."

지난 번 일로 나에 대한 나나호시의 호감도가 올랐는지, 그녀는 앞으로의 연구 단계에 대해 말해 주었다.

1. '무기물'을 소환한다.

2. '유기물'로 구성된 물품을 소환한다.

3. '식물' 혹은 '작은 동물' 같은 '생물'을 소환한다.

4. '자잘한 조건'을 붙여서 이 세계의 생물을 소환한다.

5. 마지막으로 소환한 생물을 '원래 장소로 되돌리는' 실험.

페트병은 엄밀히 말해서 무기물은 아니니까 다소 조정이 필요했지만, 사소한 일이라고 했다.

"그 '조건부'라는 건 필요합니까?"

"그래. 저쪽에 갔을 때 갑자기 외국으로 날아가기라도 하면 귀찮잖아?"

말하자면 피소환 대상을 점점 인간에 가깝게 하고, 최종적으로 핀포인트로 일본으로 돌아간다. 그런 실험이라는 것이다.

참고로 현재 소환으로도 어느 정도 조건을 붙일 수는 있다나 본데, 조잡하고 개체 차이가 나온다나.

예를 들어서 '고양이'라는 조건으로 소환한다. 그러면 삼색 고양이나 얼룩 고양이, 혹은 호랑이나 표범이 나온다.

그런 점을 연구로 더 좁혀가는 모양이다. 고양이과가 아니라 고양이가 나오도록. 고양이 중에서도 더 자세한 종류를 특정할 수 있도록.

"이 조건을 연구하려면 또 그 사람과 만나야만 해."

나나호시는 불쑥 그런 말을 하였다. 그 사람이란 전에 말했던 소환술의 권위자란 사람일까.

"그 사람, 조건에 대해 잘 아나요?"

"글쎄⋯."

나나호시는 턱에 손을 대고 잠시 생각했지만, 고개를 끄덕이더니 설명을 시작했다.

"설명할게. 이 세계의 소환술에는 마수소환과 정령소환이라는 두 가지가 있어."

"호오."

마수소환이란 마물을 소환하는 것인 모양이다. 마법진으로
지능 높은 마물을 소환하고 어떠한 대가를 주어서 사역한다.
우리가 일반적으로 '소환 마술'이라고 하면 떠올리는 바로 그
마술이라고 할 수 있겠지.

마수소환으로 소환되는 존재는 다채롭다. 흔히 있는 마물부
터 다른 이세계에 산다고 하는 전설의 생물까지. 물론 생물만
이라곤 할 수 없다. 사실은 지난번 페트병도 마수소환으로 분
류된다. 물품도 소환할 수 있다.

이걸 마스터하면 록시가 입고 있는 팬티를 소환! 하는 것도
가능할지 모른다.

거기에 비해 정령소환은 그 성질이 다르다.

정령소환은 정령이라고 불리는 존재를 '마력으로 만드는' 마
술이다. 마력으로 존재를 만드는 것이다.

프로그래밍에 가깝다나 보다.

"하지만 이건 되도록 입밖에 내지 않는 게 좋아."

"왜?"

"세간에서는 정령은 무의 세계에 있으며 거기서 불러낸다는
걸로 되어 있으니까."

즉, 마수소한과 같은 취급인 모양이다.

마수 쪽은 제어가 어렵지만, 스스로 생각해서 움직이고 응용

력이 있다.

반대로 정령 쪽은 제어 자체는 간단하지만, 같은 행동밖에 할 수 없다. 하지만 사실 정령은 복잡한 프로그램을 짜면 마치 인간처럼 움직인다는 모양이다. 실제로 그녀는 그런 정령을 본 적이 있다고 했다. '그 사람'이 있는 곳에서.

"그리고 조금 다른 이야기인데, 이거 전에 말했던 마법진이야."

그러면서 나나호시가 건네준 것은 스크롤 한 장이었다.

B4용지 정도 안에 치밀한 마법진이 그려져 있었다.

"이건?"

"'등불의 정령'의 소환마법진이야."

등불의 정령이란 밝은 빛을 내면서 술자의 뒤를 따라오는 정령이다. '저쪽을 밝혀라.'라는 간단한 명령에는 따르지만, 시간이 지나면 마력이 고갈되어 소멸한다. 그런 약한 존재라는 모양이다. 담긴 마력이 크면 클수록 오래간다고 했다.

하지만 대단할 것 없군. 제1단계 실험의 보수로는 다소 짠 것 같은데….

"그 마법진, 마술 길드도 몰라. 아까 말했던 사람의 오리지널 이야."

"어, 그런가."

한정품이란 말에 가슴이 뛰는 재패니즈.

"다음 실험에 성공하면 이번에는 더 대단한 걸 줄게. 그러니까 부탁해."

나나호시는 그렇게 말하고 손을 모았다. 그리운 포즈다.

물론 나도 나나호시를 도중에 버릴 생각은 없다.

"아마 당신의 흙 마술로 도장 같은 걸 만들면 양산할 수 있을 거야. 그 판을 마술 길드에 가져가면 상당한 돈을 받을 수 있을 테고."

"판다니. 그러면 오리지널을 만든 사람이 화내지 않습니까?"

"그런 걸로 화낼 만큼 속좁은 사람이 아니니까 괜찮아."

하지만 도장이라. 마법진은 손으로 직접 그리지 않아도 되는 건가.

"혹시 마술 길드에 팔 거면 내 이름을 쓰도록 해. 그러면 괜한 사기 같은 거에 걸리지 않을 테니까."

"알겠습니다."

이렇게 나는 수입원을 하나 손에 넣었다.

그렇긴 해도 정령은 모두 인공정령이었나. 자노바의 연구와도 조금 관련이 있을 듯하군. 합체시키면 '하와와'라고 말하는 로봇을 탄생시키는 것도 가능할지 모른다. 꿈이 넓어진다.

"아, 그렇지. 우리 세계의 무기물을 랜덤으로 소환하면 뭔가 좋은 게 나오지 않을까?"

문득 떠올라서 그렇게 제안해 보았다.

그러자 나나호시는 고개를 내저었다.

"무기물이라고 해도 지금 단계에서는 기본적으로 한 재질로 구성된 것뿐이야. 페트병이 소환되었으니까 꽤나 폭은 넓다고 생각하지만."

한 가지 소재. 페트병에는 뚜껑도 라벨도 없었지. 하지만 조건부 연구를 먼저 하면 부품만 소환해서 조립하는 것도 가능하겠다.

"또 전에도 말했겠지만, 이 세계에 우리 세계의 것을 가져오는 건 별로 바람직하지 않아."

역사가 바뀐다는 건가.

"기우라고 생각하는데."

"그렇게 생각하거든 내가 돌아간 뒤에 시험해. 나는 사양이야."

쌀쌀맞긴.

자노바의 경우 지난번에 드디어 적룡 피겨를 완성했다.

내가 본 적룡과 달리 이마에 뿔 같은 게 있지만 멋지니까 좋은 걸로 치자.

꽤 시간이 걸렸지만 줄리는 기뻐했다. 별로 웃지 않는 아이지만, 피겨를 들고 밑에서 보며 '와아~!'라는 감탄사를 흘렸다.

"마스터! 그랜드 마스터! 감사합니다!"

줄리는 그렇게 말하며 다소 어색하게, 하지만 우아한 동작으로 고개를 숙였다.

"음, 앞으로도 열심히 일해라."

자노바가 거만하게 끄덕였다. 잘난 척하는 듯한 모습이지만,

줄리도 기쁜 듯이 끄덕였다.

"예!"

그렇긴 해도 줄리의 인간어도 꽤나 늘었다. 내 교육법이 좋았다기보다는 진저가 틈만 나면 그녀의 말투를 교정했기 때문이다. 역시 틀렸을 때 바로 정정해 주면 더 쉽게 배우는 모양이다.

"잘 되었네요, 줄리. 소중히 하세요."

"진저, 님도, 감사합니다."

진저는 항상 방 가장자리에 대기하다가 자노바에게 마실 것을 가져다주거나 손님에게 대응하였다.

분명히 학교와 가까운 곳에 방을 빌렸다고 했나. 자노바의 방 옆에 있는 호위용 방에 살면 된다고 했지만, '자노바 님의 옆방이라니 황공한 말씀.'이라며 거부했다.

기사라기보다는 현지처 같다.

어쩌면 광신자란 느낌일까. 죽으라고 하면 기꺼이 배를 가를 느낌이다.

"뭡니까?"

"진저 씨는 왜 자노바에게 충성을 맹세했나 싶어서."

문득 물어보자 진저는 그것 참 좋은 질문이라는 듯이 끄덕였다.

"저는 자노바 님의 어머님께 직접 자노바 님을 부탁한다는 말씀을 들었습니다. 그때 저는 맹세했습니다. 분골쇄신 자노바 님을 모시기로."

"호오. 그거 참 아름다운 이야기로군요…. 그래서?"

"그것뿐입니다만?"

그것뿐인데 그런 대접을 받으면서도 충성을 계속 지키는 건가.

아니, 그것이 바로 충의를 맹세한다는 걸까. 조금 휘둘린 정도로 흔들릴 만한 충성이라면 버리는 편이 낫다는 건가. 아니, 잠깐. 그리고 보면 예전에 무슨 만화에서 본 적이 있지. 봉건 사회는 일부 새디스트와 다수의 마조히스트로 구성되었다나 뭐라나.

진저는 M인가.

그렇게 생각하면 조금 이해할 수 있군. 물론 야한 쪽의 이야기는 아니겠지.

크리프의 연구에도 진보가 보였다.

저주의 증상을 억누르는 마도구의 시작품 제1호가 나왔다는 모양이다.

크리프는 아주 콧대가 높아져서 나에게 그걸 보고하러 왔다.

"외부에서 마력을 보내어 체내의 마력을 상쇄하는 거야. 완벽하게 억누를 정도는 아니지만, 리미트를 몇 배로 늘릴 수 있어."

바깥의 마력을 안의 마력과 동조시켜서 엘리나리제의 자궁에 있는 저주의 마력을 어떻게 한다는 어려운 설명이었다.

이론에 대해서는 크리프의 자기식 이론이란 느낌이라서 적당히 하자.

아무튼 저주의 증상을 완화했다는 모양이다.

"하지만 두 가지 문제가 있어."

그렇게 말하며 크리프는 물건을 보여주었다. 요코즈나[*]가 두를 만한 앞치마가 달린 투박한 샅바였다. 보기에 따라선 기저귀로도 보였다.

"과연, 문제점 중 하나는… 겉모습이 좀 아니군요."

"그래. 이런 걸 리제에게 입힐 수는 없지."

그 문제로 크리프와 엘리나리제는 오래간만에 싸웠다는 모양이다.

엘리나리제는 그런 걸 신경 쓰지 않는다고 했지만, 크리프는 양보하지 않았다. 자기 여자가 못난 꼴을 하는 게 도저히 마음에 안 드는 모양이다. 크리프다운 이유라서 안심했다.

참고로 하룻밤 만에 화해했다나. 바보 커플.

"일단 자노바와 사일런트에게 도움을 받은 덕분에 소형화는 가닥이 섰어. 효과도 아직이지만, 나 같은 천재라면 여유지."

목표는 팬티 사이즈라는 모양이다. 실제로 얼마나 작게 만들 수 있을지는 모르지만, 장갑 정도 크기로 할 수 있으면 자노바도 기뻐하지 않을까. 인형 제작도 자기 손으로 할 수 있게 되겠고.

아니, 그 녀석은 애초부터 손재주가 없으니까 저주가 없어져

※요코즈나 : 일본의 스모 선수 중 서열이 가장 높은 이를 가리키는 말. 씨름으로 비유하면 천하 장사와 비슷하다.

도 무리일지 모르지만.

"또 하나의 문제는?"

그렇게 묻자 크리프가 쓰디쓴 얼굴을 했다.

"이번에 널 부른 게 그 문제 때문이야, 루데우스."

"호오."

"실은 말이지. 이 마도구, 소비하는 마력이 너무 커."

소비 마력. 마도구는 사용자가 마력을 넣어서 기동한다. 그게 너무 커서 실용에 써먹을 정도가 아니라나 보다. 착용자 엘리나리제가 계속 차고 있어도 괜찮을 소비 마력이 이상적.

하지만 현재는 엘리나리제가 아니라 크리프의 마력으로도 한 시간을 못 버틴다는 모양이다.

"이제부터 조금씩 개량할 거니까 그때마다 테스트를 해 보고 싶어. 우리로는 하루에 실험할 수 있는 횟수가 제한되어 있으니까."

"과연, 알겠습니다."

크리프는 자칭 천재인 만큼 마력 총량도 그럭저럭 많다. 그런데도 도저히 부족하다. 내 차례란 소리다.

그런고로 이 날부터 크리프의 실험에 참가하게 되었다.

참고로 이 마도구.

발정을 억누르는 효과는 없는 모양이다.

최근 좋은 생활을 한다고 생각한다.

아침에 일어나서 트레이닝을 하고. 아침을 먹고. 학교에 가서 자노바를 만나고, 크리프를 만나고, 연구 진전을 듣고, 가끔씩 조언 같은 걸 하고. 점심을 먹은 뒤에 나나호시를 만나서 실험을 돕고. 방과 후에는 노른에게 한 시간 정도 공부를 가르친다.

귀가하는 길에 실피와 함께 장을 보고 집에 돌아가면 아이샤가 맞아주고, 실피와 함께 목욕을 하고 셋이서 함께 저녁을 먹고. 그리고 다 함께 잡담을 하면서 마술 훈련을 하고.

아이샤를 재운 뒤에 실피와 아이를 만들고. 그리고 실피를 껴안고 푹 잠든다.

비슷한 매일 속에 한 걸음씩 나아가면서 살아간다.

이런 생활을 '행복'이라고 하겠지.

생전에 내가 얻을 수 없었던 것이다. 앞으로 1년 정도 뒤에 파울로가 돌아오면 분명 더 행복해지겠지.

제7화 터닝 포인트 Ⅲ

사건이 일어난 거 어느 날의 일이었다.

아침에 나는 평소처럼 트레이닝을 했다. 바디가디는 한동안 보이지 않지만, 신경 쓸 것 없다. 그 녀석은 변덕쟁이라서 일일이 신경 써 봤자다.

…엘리나리제가 흔히 하는 말이었지만, 정말로 그렇다.

트레이닝을 마치고 돌아오니 아이샤와 실피가 뭔가 심각한 얼굴을 하고 있었다.

내가 돌아오자 나란히 내 얼굴을 응시했다.

"…아."

"루디…."

뭐지? 무슨 문제라도 일어난 걸까. 조금 불안.

"어어, 아하하, 막상 하려니까, 왠지 좀 무섭네…."

실피는 귀 뒤를 벅벅 긁적이면서 쓴웃음을 지었다.

"무서워할 일이 아니에요. 자, 실피 언니, 용기를 내서!"

아이샤의 재촉에 실피가 앞으로 나왔다. 그녀는 가슴 앞에서 손을 꼼지락거리면서 얼굴을 붉히고 내 앞까지 왔다. 그리고 배에 손을 대고 말했다.

"어어, 루디. 나… 요 두 달 동안, 안 왔어."

안 왔다니… 뭐가? 라고는 물을 수 없었다.

"그리고 말이지, 조금 몸도 안 좋아서, 혹시나 싶어서 말이지."

나는 실피의 배를 응시했다. 날씬한 배지만, 설마. 아니, 설마.

"그, 그래서 말이지, 어제 아이샤랑, 근처 의사한테 가 봤는데…. 저기, 아마도, 축하한다, 고."

"오… 오오…."

목소리가 떨렸다. 손도 떨렸다. 다리도 떨렸다.

축하한다. 생겼단 소린가. 내게 아이라니. 꿈이 아닐까. 뺨을 꼬집어 보았다. 아프다. 꿈이 아니다.

꿀꺽 침을 삼켰다.

그래, 그렇구나. 그 콤비도 말했잖아. 하면 된다. 나도 그럴 생각으로 했다. 예정대로라면 맞는 말이다. 엘프족은 그렇게 간단히 생기지 않는다고 했으니까 의외로 빨리 생겨서 조금 당황스러울 뿐이다.

"어어, 루디…, 어때?"

실피가 불안한 얼굴을 하였다. 어떠냐니, 나는 어떤 반응을 하면 좋을까.

너무 갑작스러워서 알 수 없었다.

"마, 만져 봐도 돼?"

"어? 으, 응, 자."

나는 실피의 가는 배를 쓰다듬었다. 가늘고 지방이 적어서 잘록한 허리. 만지면 따뜻하고 부드러운 감촉이 돌아왔다. 평소에 만지는 것과 같은 감촉인데, 듣고 보니 조금 커진 것도 같나.

아니, 기분 탓이다. 아직 만져서 알 수 있을 정도도 아니겠지.

"그래, 여기에, 내 애가…."

말로 하고 보니 목 안쪽에서 뭐가가 생긴 것 같았다. 치솟는 게 있었다.

이게 뭐지. 소리를 치고 싶다.

내게, 아이가. 자식이 생겼다. 현실감이 없다. 하지만 왠지 몰라도 너무나도 기쁘다. 아니, 기쁘다는 말로는 도저히 표현할 수 없다. 이게 뭐지, 대체 뭐야….

"오라버니. 언니에게 하셔야 할 말이 있지 않나요?"

아이샤의 말에 정신을 차렸다.

"어?"

해야 할 말, 뭐지. 축하한다? 아냐, 그게 아냐.

고마워. 그래, 고맙다는 말이다.

"실피, 고마워."

"어? 고마워?"

실피는 쓴웃음을 지으면서도 웃어 주었다. 아니었다. 그럼 뭐가 정답이었을까. 머리를 굴렸다. 파울로는 제니스에게 뭐라고 했던가. 노른이 생겼을 때 파울로의 말을 떠올렸다.

'잘했다'. '큰일했다'. 그런 느낌의 말이었다. 그 녀석은 그렇게 잘난 듯이 내려다보는 말이었다. 임신이 여자 마음대로 되는 거라고 생각했을까? 그 인간이라면 진짜 그럴 수도 있겠다.

…임신. 실피가 임신했다. 이 귀여운 여자애가 내 아이를. 내가….

그렇게 생각하기만 해도 말로 할 수 없는 감동이 솟았다. 왠지 눈물이 나왔다.

"미안, 왠지, 뭐라고, 말을 잘 못 하겠어. 실피…."

"…우와, 루디?"

나는 실피를 끌어안았다. 그대로 들어올려서 빙글빙글 돌고 싶어졌다. 안 되지, 너무 난폭하게 다루면 안 돼. 조심, 조심. 배 속의 아이에게 지장이 갈지도 모른다.

"…후후, 루디, 항상 아이를 원했잖아."

실피는 내 등에 팔을 두르고 탁탁 두들겨 주었다.

나는 꼭 끌어안은 뒤에 몸을 떼었다. 실피와 마주보았다. 동그란 눈동자에 내가 비쳤다. 눈물이 흘러서 보기 흉한 얼굴이었다.

실피는 곧 눈을 감았다. 나는 그녀의 머리를 쓰다듬으면서 그 입술에 입을 맞추었다. 부드러운 입술의 감촉. 이게 사랑인가.

"어흠."

아이샤의 헛기침에 나는 정신을 차렸다.

어느 틈에 실피의 가슴과 엉덩이를 주무르고 있었다.

"오라버니, 마님의 몸에 지장이 있으니 당분간 성행위는 엄금입니다."

이런, 이런. 지금 시기는 손대선 안 되지. 아무리 사랑스럽다고 해도 손을 대서 안 된다. 으으, 하지만 2개월 전이라면 그동안에도 했으니까 조금 정도는…. 아니, 안 돼. 참자.

"그래, 물론이야."

아이샤는 가볍게 웃더니 스커트 자락을 살짝 들어올렸다.

"뭣하면 그동안은 제가 상대해 드려도 좋은데요."

"잠꼬대는 자면서 해."

아이샤는 추욱 고개를 숙였다. 유혹은 고맙지만, 나는 왜인지 너에게 욕정하지 않는다.

물론 나도 여동생에게 손을 댄다는 것 자체를 나쁘게 생각하는 게 아니다.

그러니까 잘 된 일이다. 나는 이 세계에서 가정 붕괴로 이르는 짓을 하지 않는다.

"그럼 오라버니, 저는 이제부터 아리엘 님에게 이 일을 전하러 다녀오겠습니다. 마님도 일을 쉬시는 편이 좋겠고요."

아이샤는 새침한 얼굴로 그렇게 말했다.

"아니, 내가 갈게. 내가 설명하는 게 도리겠지."

"하아…. 오빠는 실피 언니랑 같이 있어. 할 말이 더 있을 거 아냐?"

여동생이 한숨을 쉬면서 잔소리했다. 할 말. 그래, 앞으로의 일 같은 걸 말해야 한다.

"그럼 다녀오겠습니다."

"그래, 부탁해."

아이샤가 나가고 나와 실피가 남았다.

나는 실피와 나란히 소파에 앉았다.

조심조심 실피의 손을 잡자 그녀도 맞잡고 내게 몸을 기댔다.

"……."

"……."

무슨 말을 해야 좋을지 모르겠다.

책임을 진다는 단어가 떠올랐지만, 이미 결혼을 했고.

"저기, 실피."

"왜, 루디?"

"앞으로 고생이겠지만, 저기, 잘 부탁합니다."

"응, 맡겨줘."

실피는 후훗 웃더니 내 무릎 위에 머리를 올렸다. 나는 맞잡지 않은 쪽의 손으로 실피의 머리를 쓰다듬었다. 귀 뒤쪽을 건들건들.

"루디."

"응."

"아들이 좋아? 딸이 좋아?"

갑작스러운 질문에 나는 당황했다. 그래, 자식은 어느 쪽일까.

"뭐, 고를 수 있는 게 아니지만."

실피는 그렇게 말하고 부끄러운 듯이 웃었다.

아들과 딸. 어느 쪽이 좋을까. 어느 쪽이 태어날까.

역시 집안을 잇는다든가 하는 이유로 첫째는 아들인 게 좋을까. 아니, 무인 집안도 아니잖아. 딸에게 물려줘도 문제없겠지. 지금으로선 내 재산이래야 빤하고.

그렇게 어렵게 생각하지 않아도 될까.

아들이나 딸. 생전의 나라면 망설임 없이 딸이라고 말했겠지. 천박한 얼굴로 딸의 여자다운 부분이 어떻게 성장할지 매일 디카로 촬영하고 관찰일기를 쓰겠다고 말하겠지. 바보 같은 녀석이다.

하지만 지금이라면 어느 쪽이든 좋다. 건강하면 그걸로 된다.

"하지만 루디. 난 왠지 안심이야."

"뭐가?"

"이걸로 겨우 진짜 루디의 아내가 되었구나 하고."

"……."

어느 세계고 짝이 된다는 것은 자손을 남긴다는 뜻이다. 실피도 아마 불안하게 생각했든가, 다소 조급해졌을지도 모른다. 잘 안 생기는 체질이니까 물론 그런 걱정은 필요 없다.

"하지만 이제부터 루디는 그쪽으로 참아줘야 해."

"참는 게 아냐."

당연한 의무다. 나는 파울로와 다르다.

"혹시 내가 다른 여자한테 손을 대면 진짜로 화내도 돼."

"…딱히 화 안 내. 하지만 조금 쓸쓸하다고 생각할지도 몰라."

쓸쓸한 것만으로 끝날까. 아니, 하지만 상식적으로 생각해서 배신할 수 없잖아.

반대 입장으로 생각해 봐라.

"나는 다른 남자가 실피한테 손대면 화낼 거야."

그렇게 말하자 실피는 우후훗 하고 웃었다. 이 미소가 나만을 향한다. 기쁘구나.

우리는 잠시 말도 없이 평온한 시간을 보냈다.

저녁 무렵에 아이샤가 노른을 데리고 돌아왔다.

"추, 축하드립니다, 실피 언니."

"응, 고마워, 노른."

노른은 실피를 향해 꾸벅 머리를 숙였다. 실피는 빙그레 웃으며 그 머리를 쓰다듬었다.

그 손길에 노른의 입가가 풀어졌다. 꼭 싫지만은 않은 얼굴이었다. 그녀는 누가 머리를 쓰다듬어주는 걸 좋아하는 걸까. 아무튼 사이가 좋아보여서 다행이다.

"모두에게 오늘 중에 인사를 드리긴 했지만, 후일 찾아와 주십사 말씀드렸습니다."

아이샤는 담담하게 말했다. 오늘은 가족들에게만 내 의향을 읽어준 모양이다.

그러니까 노른만 데리고 돌아온 것이다.

그런 의향을 비친 적은 없는데. 뭐, 괜찮겠지. 분명히 지금 시점에서 이런저런 말을 들어서 기죽는달까, 부끄럽고. 며칠 시간을 가져야 한다.

"아리엘 님으로부터 마님은 최소한 2년 쉬라는 말씀이 있었습니다. 학교에도 휴학계를 내라고요. 엘리나리제 할머니가 그동안 책임을 지고 호위를 맡겠다고 말씀해 주셨습니다."

"할머니, 괜찮을까. 저주도 있고…."

"어떻게든 한다고 말씀하셨으니 문제없겠지요."

엘리나리제는 자기 관리가 능한 모양이고 마도구도 있다.

문제는 없겠지. 빈 교실이든 체육창고든, 수업 중에라도 쓸 수 있는 장소는 많이 있고.

"자노바 님은 닷새 뒤 저녁에 오신다고 합니다. 이쪽에서 식사를 하시겠다니 준비해 두겠습니다. 아리엘 님은 열흘 뒤에, 마찬가지로 저녁에 오신다는 말씀이었습니다. 저녁을 드시고 가시겠냐고 물었더니 필요 없다고 하셨습니다. 크리프 님과 엘리나리제 할머니는 아리엘 님과 함께 오신다는 모양입니다. 리니아 님과 프루세나 님은 얼마 뒤에 적당히 얼굴을 내밀겠다고 하셨습니다. 구체적인 날짜는 모르겠습니다. 나나호시 님은 축하해, 라고 한마디 축사를 보내셨습니다. 바디가디 님은 찾을 수 없었지만, 전언을 남겼습니다."

담담히. 마치 비서 같군. 아이샤는 우수하다.

"그래, 수고했어, 아이샤."

"예, 오라버니."

아이샤는 그렇게 말하고 흐흥, 콧소리를 내며 노른을 보았다. 노른은 뚱한 얼굴로 아이샤를 마주보았다.

아이샤는 내 앞에서 멋진 모습을 보여주고 싶은지 곧잘 이런 동작을 한다. 배다른 자매란 것에 다소 응어리가 있는 모양이다.

신경 쓰지 마, 평등해, 그렇게 말해 주지만, 이 두 사람은 별거 아닌 일로 곧잘 입씨름을 한다. 싸울 만큼 사이가 좋다고 하고, 냉전 상태가 되지 않으면 괜찮겠지. 싸울 때도 치명적인 소리는 안 하고.

"그렇긴 해도 아이가 태어났다고 하면 아버지가 오셨을 때 깜짝 놀라겠지."

"아빠!"

그렇게 말하자 노른의 얼굴이 화악 밝아졌다.

노른은 아빠를 좋아한다. 분명 장래의 꿈은 아빠랑 결혼하는 거라고 하겠지.

"아빠가 놀라는 얼굴, 보고 싶어요!"

"그래, 아버지는 손주 응석을 다 받아줄 타입이니까 분명 기뻐할 거야. 노른과 아이샤가 태어났을 때도 엄청 좋아했으니까."

그렇게 말하자 아이샤와 노른은 어색한 눈치였다. 자기 기억에 없는 때의 이야기를 하면 조금 어색해지나.

"기대되네요, 오빠."

노른의 그 말에 우리는 함께 웃었다.

나와 실피가 결혼하고, 파울로와 제니스와 리랴가 있고. 그리고 여동생 둘이 있다.

부에나 마을에 있을 적에 꿈꾸었던 이상이 바로 거기에 있다고 생각했다.

안 좋은 소식은 그로부터 두 달 뒤에 도달했다.

긴급 속달편으로 배달된 그 편지를 보낸 날짜는 반년 전. 발신인의 이름은 기스.

속달편 특유의 지극히 짧은 내용이었다.

'제니스 구출 곤란, 구원을 청함.'

그 글을 본 순간 나는 눈앞이 새하애졌다.

어느 틈에 새하얀 방에 있었다.

나는 뚱뚱하고 비굴한 모습으로 돌아와 있었다. 동시에 정신이 거칠어졌다. 짜증스럽게 눈앞을 바라보았다.

거기에는 녀석이 있었다. 모자이크에 숨어서 계속 웃는 인신이.

"여어."

어이, 어떻게 된 거야?

"뭐가?"

그 편지 말이야. 기스한테서 온 편지. 제니스가 구출 곤란이라니, 어떻게 된 거야?

"어떻게고 자시고 고생이겠네."

너는! 말했잖아! 베가리트 대륙에 가면 후회한다고!

그 말은 대체 뭐였어. 난 속인 거야?!

"속이지 않았어. 너는 베가리트 대륙에 가면 후회해. 그건 지금도 변함없어."

아하, 그러냐. 알았어. 그러니까 그거로군. 너는 이렇게 말하고 싶은 거네.

베가리트 대륙에 가면 후회한다. 하지만 가지 않아도 후회한다. 그렇지?

"그런 건 아냐. 현재 너는 어제 시점까지 후회했던가? 친구도 많이 생겼어. 여러 사람과 만나서 너 자신도 조금 성장했어. 몸도 나았어. 여동생과도 친해졌어. 게다가 결혼해서 자식까지 생겼어."

…분명히 나쁘지 않다. 나쁘지는 않다. 하지만! 너는 말했잖아!

베가리트 대륙에는 가지 않는 편이 좋다고! 속였잖아!

"속이지 않았어. 실제로 나는 지금도 같은 말을 하겠어. 베가리트 대륙에는 가지 않는 편이 좋아. 후회하게 될 거야."

하지만, 하지만, 가족이 위기야. 하다못해 이유를 가르쳐 줘.

"그건 말 못 해."

제길. 그러고 보면 넌 그런 녀석이었지.

"심한 말이네. 내 조언에 항상 도움을 받았으면서."

도움을 받은 것과 속은 건 다른 이야기지. 어이, 하다못해, 하다못해 좀 가르쳐 줘. 나는 뭘 후회하지? 이래선 저울에 걸고 비교할 수도 없잖아.

"보통 사람은 저울에 걸 수도 없는데 말이지. 너는 배부른 소리를 하네.”

배부른 소리고 뭐고 좋아. 나는 후회하고 싶지 않아.

“조금만 생각해 보면 알겠지. 너는 1년 반 동안 학교 생활을 보냈어. 여동생들은 1년 걸려서 여기까지 왔어. 틀림없이 엇갈렸겠지?”

아니, 여동생은 내 편지를 보고 여기까지 왔어. 혹시 편지가 없었으면 미리스에 남든가, 항구도시에 남았을 거야.

“아니, 편지가 없어도 파울로는 딸을 아슬라 왕국까지 보냈어. 그 나라에는 리랴의 가족이 있으니까.”

…그래. 듣고 보니 그렇군.

“지금도 그래. 지금부터 여행을 떠난다, 그러면 실피와의 아이는 어떻게 되지? 베가리트 대륙에 가서 돌아온다. 그 동안 너는 네 아내를 혼자 남겨둘 거야?”

결국 어떻게 움직이든 후회한다는 건가.

“그래. 후회는 피하려고 해도 피할 수 없어. 베가리트 대륙에 가면 너는 커다란 기회를 놓치게 돼. 그러니까 가지 않는 편이 좋아.”

칫….

뭐… 네가 그렇게 말한다면 나는 분명히 후회하겠지. 알았어.

“그래, 그래서 조언은 들을 거야?”

그래, 일단 말해봐.

“어흠, 루데우스여, 다음 발정기를 기다리거라. 그럼 리니아와 프루세나가 당신에게 다가오겠지. 이 둘 중 누군가와 관계를 가지도록. 그럼 당신은 더욱 행복해질 것이니라."

어이, 갑자기 바람피우란 소리냐. 나는 실피에게 정조를 지키기로 했어! 그리고 애초에 그 녀석들하고 그런 관계가 아냐!

"니라… 니라… 니라…."

메아리를 남기며 의식이 흐려졌다.

눈을 뜨자 침대 위에서 자고 있었다. 실피가 걱정스럽게 내 얼굴을 바라보고 있었다.

"어, 루디, 괜찮아? 가위 눌렸어."

"응…."

그 편지를 받은 뒤에 어떻게 되었던 걸까. 잘 기억이 안 난다. 망연자실한 상태가 된 것은 기억한다. 최근 너무 순조로웠던 탓인지 쇼크가 컸다.

기스에게서 온 편지. 구원을 청한다는 말. 무슨 일이 일어났다.

하지만 인신이 한 말도 있다. 내가 지금 여행을 떠났다가 엇갈릴 가능성.

너무 낙관적일지도 모르지만, 그 편지는 기스가 성급하게 보낸 것일지도 모른다.

그래, 발신인은 파울로가 아니라 기스였다. 그 신참 원숭이 자식이다.

왜 녀석이 내게 이런 편지를 보냈을까. 녀석이 제니스를 찾아 주고 있기 때문이다. 적어도 파울로의 편지에 기스라는 이름은 없었다. 기스는 단독으로 제니스를 찾다가 발견한 거겠지.

편지를 보낸 것도 반년 전. 어쩌면 그가 편지를 보낸 건 파울로 일행과 합류하기 전일지도 모른다. 그때는 어쩔 줄 몰라서 편지를 보냈다. 어쩌면 파울로에게도 비슷한 편지를 보냈을지 모른다. 하지만 곧바로 파울로와 합류하여 별일 없이 넘겼다… 일지도 모른다.

모든 것이 '일지도 모른다'다.

실제로는 어떨까. 먼 곳에 있는 나로서는 도저히 짐작도 가지 않는다.

실피의 아이 문제도 있다. 베가리트 대륙까지 아무리 서둘러도 1년은 걸린다. 항구도시 이스트포트까지는 한 번 가 본 길이다. 그러니까 어쩌면 더 시간을 단축할 수 있을지도 모른다. 하지만 가령 반년이라고 해도 왕복에 1년.

역시 무리니. 임신한 실피를 놔두고 갈 수는 없다.

"역시 그 편지 때문이구나."

"……."

나는 대답할 수 없었다. 실피아의 약속도 있다. 갑자기 없어지지 말라고 했다. 분명히 나는 약속했다.

165

사전에 한마디 하면 갑자기 없어진 게 아니라는 말은 궤변이다.

설령 잘 이야기했더라도, 납득 갈 만한 글을 남겼더라도, 남겨진 쪽은 역시 괴롭다.

"루디, 나는… 별로 마음두지 않아도 돼. 아이샤도 있고."

실피는 조금 힘든 얼굴로 그렇게 말했다. 불안하지 않을 리가 없다. 그녀는 당연하게도 임신 경험이 없다. 나날이 불러가는 배. 계단을 오르기도 힘들어지는 나날.

나는 어쩌면 여행 도중에 객사할지도 모른다. 돌아오지 못할지도 모른다.

그런 불안과 싸워야만 한다.

"…나는 안 가. 실피랑 있을래."

그렇게 말하자 실피는 난처한 표정을 하였다.

인신의 말이 머리에 남았다. 결국 어느 쪽을 택해도 후회는 남는다. 그런 말이.

그로부터 사흘이 지났다.

실피도, 아이샤도, 노른도, 다들 불안한 얼굴이었다. 나는 베가리트 대륙에 가지 않겠다고 선언했다. 하지만 정말로 그게 잘한 짓인지 알 수 없었다. 판별이 가지 않았다. 선언은 했지만 아직도 망설였다.

의논할 수 있을 만한 상대는 그리 많지 않았다.

그 중 한 명, 엘리나리제는 이렇게 말했다.

"그렇군요, 당신은 남는 편이 좋겠어요."

당신은. 그런 말에 나는 엘리나리제의 참뜻을 읽었다.

"엘리나리제 씨. 혹시 갈 건가요?"

"루데우스. 실피는 내 손녀. 손녀 부부를 위해서 팔을 걷어붙이게는 해 주세요."

아무래도 구원을 청하는 그 편지는 그녀에게도 도착한 모양이었다.

하지만 그녀는 간다고 한다. 남겨지는 이도 있는데.

"아리엘 왕녀의 호위는 어떻게 합니까?"

"학교에 있는 동안이라면 거의 위험이 없지요. 호위하는 게 바보 같을 정도예요."

위험이 적다고 해도 여차할 때도 있고, 바로 그걸 위한 호위인데. 아니, 그걸 생각하는 건 아리엘이다. 엘리나리제는 선의로 호위를 맡아준 것이니 붙들 만한 이유도 없다.

"크리프는 어쩔 겁니까?"

"헤어져야죠. 원망을 살지도 모르지만, 어쩔 수 없답니다."

"아무 설명도 안 할 겁니까? 말하면 이해해 줄 텐데요."

엘리나리제는 조용히 웃었다. 평소의 요염한 웃음이 아니라 쓸쓸한 웃음이었다.

"크리프는 순수한 아이예요. 재능도 있고 긍정적이고. 장래 교황이 될지도 모르는 그릇. 저에 대한 사랑은 젊었을 적의 치기…. 라는 걸로 해 두는 게 제일 좋겠지요."

그런 식의 말로는 크리프가 가엾다.

미리스교에는 한 명의 상대를 사랑해야 한다는 교의가 있다. 혹시 엘리나리제가 없어지면 크리프의 신앙이 흔들릴지도 모른다. 그 녀석은 심지 굳은 남자지만, 신앙을 잃으면 어떻게 될지 모른다.

"게다가."

엘리나리제는 마지막으로 이렇게 말했다.

"당신에게 이곳에 남으라고 말한 건 저니까요. 뒤처리 정도는 하게 해 주세요."

가볍게 던지는 그 말에 나는 말을 잃었다.

"당신은 나한테 맡기고 느긋하게 기다리면 된답니다. 돌아왔을 때는 씩씩한 증손자를 보여주세요."

엘리나리제의 마음은 흔들림 없는 듯했다.

자노바와도 의논했다. 그는 그 말을 들어도 표정 하나 바꾸지 않았다.

"그렇습니까. 스승님이라면 금방 해결하고 돌아오실 수 있겠죠."

태연하게 그렇게 말했다.

"저는 여기서 계속 연구하며 기다릴 테니까, 조속한 귀환을 빌겠습니다."

"너는 가지 말라고 하든가, 아니면 따라오겠다고 할 줄 알았어."

이전에 실론에서 헤어질 때는 울면서 매달렸다. 이번에도 그런 걸 기대했을지도 모르겠다. 하지만 자노바의 말은 반대였다.

"스승님이 동행을 바라신다면 저도 거절하지 않겠지만… 저는 여행에 익숙하지 않기에 방해만 되겠죠. 게다가…."

그러면서 자노바가 슬쩍 본 것은 줄리였다.

"그녀를 긴 여행에 데려갈 수도 없습니다."

줄리는 아직 어리다. 진저에게 맡겨서 여기에 놔두는 것도 방법이지만, 그렇게 되면 연구가 지체된다. 여행을 나가면 아슬아슬할 때까지 마력을 쓰는 것도 위험하다.

"자노바…. 난 가야 할까?"

"그건 스승님이 결정하실 일입니다."

내가 결정할 일. 차갑게도 들리는 말이었다. 의논하고 싶은데.

그때 자노바가 말했다.

"하지만 스승님. 한 말씀만 드리겠습니다."

"음?"

"아버지가 보고 있지 않더라도 자식은 태어납니다. 불안하다면 가서야겠지요. 그동안 제가 책임 지고 사모님을 지키겠습니다."

자노바의 말에는 실감이 담겨 있었다. 그래, 국왕은 일일이 자기가 임신시킨 왕비나 측실을 보고 있을 수 없다.

"물론 저도 항상 스승님의 곁에 있고 싶습니다만."

"그래⋯. 고마워, 자노바."

실피는 혼자가 아니다. 아이샤도 있고, 아리엘 일행도 있다.

혼자가 아냐. 혼자가 아니다.

베가리트 대륙에 가야 할까.

가지 말아야 할까.

엘리나리제는 자기가 갈 테니까 기다리라고 한다. 자노바는 자기한테 맡기고 다녀오라고 한다.

나는 어째야 할까. 가야 할까. 자노바의 말은 지당하다. 분명히 어머니가 건강하면 자식은 자연스럽게 태어난다. 아버지가 있든 없든 상관없다.

아니, 그건 바보 같은 소리다. 나는 왕 같은 게 아니다. 당연히 아버지가 있는 편이 좋다.

실피는 신경 쓰지 말고 다녀오라고 하지만, 초산이니까 불안하겠지.

사실은 가지 말아달라고 울며 말하고 싶겠지.

게다가 나는 실피에게 자식을 바라는 말을 실컷 하였다. 실제로 그렇게 바랐냐 하면 스스로도 잘 모르겠다. 하지만 실피는 그 바람을 받아들여 주었다.

그렇게 임신을 했더니 여행을 다녀오겠다는 것은 배신이 아닐까.

하지만 나는 지금까지 파울로 일행의 일을 뒤로 미루었다고도 생각되었다. 내 일을 우선하였다. ED 치료 같은 이유로 학교에 갔다.

그러니까 이 타이밍이야말로 내가 가서 파울로를, 가족을 도와야하지 않을까?

뒤로 미루었던 일들을 처리해야 할 때가 아닐까.

…모르겠다. 어느 쪽을 택해도 후회할 것 같았다.

고민한 지 나흘째.

잠들지 못하는 나날이 계속되었다. 새벽에 트레이닝을 할 마음도 들지 않아서 현관에서 멍하니 있었다.

이 도시는 여름에도 꽤나 시원하다. 특히나 아침에는 다소 쌀쌀할 정도였다.

나는 솟아오르는 아침해를 멍하니 바라보고 있었다.

"…아!"

뒤에서 목소리가 들렸다. 돌아보니 현관이 열려 있고, 거기에 노른이 서 있었다. 그녀는 내가 모험가 시절에 썼던 커다란 가방을 짊어지고 있었다. 안이 빵빵하게 부풀어서 긴 여행을 예감하게 하는 모습이었다. 하지만 열 살이기 때문인지, 마치 소풍이라도 가는 듯한….

"……."

나는 묵묵히 그녀를 보았다. 노른은 어색하게 시선을 돌렸다.

장난치려던 현장을 들켰을 때 같은 얼굴을 하고 있었다.

"어디 가는 거야?"

"……."

노른은 대답하지 않았다. 나는 다시 물었다.

"어디, 가는 거야?"

노른은 나를 보고 결심한 것처럼 입을 열었다.

"오, 오빠가, 안 간다면, 내가, 갈까 했어요."

나는 그녀를 다시 똑바로 바라보았다. 간다, 간다는 소리는 베가리트 대륙에 가겠단 말인가.

다시 노른을 보았다. 노른은 작다. 너무나도 작다. 아직 열 살이다.

"……."

준비한 짐, 필요한 게 부족하지는 않을까. 돈은 가진 모양이지만, 어떻게 써야 할지는 아는 걸까. 루트는 아는 걸까. 위험을 회피하기 위한 수단은 있을까. 이 도시를 나가면 당장이라도 유괴범에게 잡혀가지 않을까.

"노른, 너로는 무리야."

"하지만, 하지만, 오빠… 아빠랑 엄마가 큰일이잖아요?!"

노른은 눈물이 맺힌 눈으로 나를 바라보았다.

"왜, 왜 오빠는 도우러 가지 않나요?!"

왜? 그야 아이가 태어나기 때문이다. 가족이 있다.

"오빠, 그렇게 강한데, 여행도 할 수 있는데! 왜…."

나는 여행을 할 수 있다. 엘리나리제 정도는 아니지만, 5년이나 모험가로 지내왔다.

나름 노하우도 있다. 아직 내 위의 존재는 숱하게 많지만, 그럭저럭 실력도 있는 편이다.

지금이라면 루이젤드 없이도 마대륙을 답파할 수 있을지도 모른다.

"……."

그래. 나는 할 수 있다. 간다, 안 간다의 양자택일로 생각했지만, 노른처럼 가고 싶어도 갈 수 없는 건 아니다. 내게는 능력이 있다. 여기서 베가리트 대륙까지 왕복할 수 있는 능력이 있다. 그러니까 기스도 내게 구원의 편지를 보냈다. 다른 누구도 아닌 내게.

"…노른, 알았어."

"오, 오빠…?"

실피에게는 달리 돌봐줄 수 있는 사람들이 있다. 하지만 구원을 하기 위해서는 내가 가야만 한다.

나 이외에는 없다. 베가리트 대륙을 답파하고 미궁도시 라판에 가서, 거기서 일어나 문제를 해결할 수 있는 녀석은.

"내가 갈게. 노른, 집안일을 맡겨도 될까?"

노른의 얼굴이 환해졌다. 하지만 곧 입을 꾹 다물고 진지한 얼굴로 끄덕였다.

"예."

"아이샤와 싸우지 말고, 실피를 도와줘."

"…예!"

"좋아, 착하지."

실피에게는 미안하게 생각한다. 곧 태어날 아이에게도. 어쩌면 내게 정을 뗄지도 모른다.

아니, 그건 아니야. 여기선 실피를 믿어야 한다.

"나는 베가리트 대륙으로 가겠어."

거기서 가족을 구한다. 그렇게 결의했다.

제8화 작별 인사

베가리트 대륙은 바다 건너에 있는 대륙이다. 목적지인 미궁도시 라판은 대륙 동쪽 내륙에 있다.

대륙으로 넘어가기 위한 루트는 두 종류.

하나는 중앙대륙의 끝, 왕룡왕국의 항구도시 이스트포트까지 이동해서 배를 타는 방법. 베가리트 대륙의 동쪽으로 진입하게 되어서 다소 돌아가는 길이지만, 베가리트 대륙 안을 이동하는 거리는 짧다. 안전한 코스다.

또 하나는 아슬라 왕국의 항구도시에서 배를 타고 베가리트 대륙에 북쪽으로 진입하는 루트. 베가리트 대륙을 횡단하기 때문에 다소 위험하지만, 대폭 시간을 단축할 수 있다.

위치를 생각하면 전자는 18개월, 후자는 12개월 정도일까. 효율적인 이동방법을 찾아도 7개월 이내에 왕복해서 돌아오는 건 일단 불가능하다. 즉, 출산에는 맞출 수 없다.

걱정거리는 그것만이 아니었다.

이번에는 인신의 조언에 정면으로 거스르는 형태다. 그 녀석이니까 의외로 내가 거스르는 것도 계산에 넣었을지 모른다. 하지만 정면에서 맞서는 건 역시 이야기가 다르겠지.

말하자면 중앙대륙에 건너왔을 때 실론 왕국에 가지 않은 꼴이다. 자노바와도 만나지 못하고, 리랴와 아이샤는 그대로 붙잡힌 채다. 다만 그 경우는 시기가 어긋나니까 올스테드와 만나지 않을 수 있었겠군.

그랬다면 지금쯤 어떻게 되었을까. 딱히 문제없이 난민 캠프에 도달했겠고. 역시 에리스와는 하룻밤을 보내고 헤어졌을까? 십년 정도 후에 리랴와 아이샤의 위치를 알아서 후회했을까.

그래, 녀석은 내게 '후회한다.'고 말했다. 지난번 조언도, 이번 조언도 변함없이 후회한다고.

아마도 시기적인 문제는 관계없겠지. 나는 베가리트 대륙에 가면 후회한다.

어떤 후회인지는 모른다.

상상이 가는 건 몇 가지 있다. 예를 들어서 어쩌면… 나는 뭔가를 잃을지도 모른다. 오른손이나 왼손. 아니면 파울로나 제니스…. 아니, 깊게 생각하는 건 그만두자.

안 가면 안 가는 대로 1년이나 2년은 괴로워하며 지내게 된다.

그 결과 누군가가 죽었다는 소식이 오고, 심신이 다친 파울로나 기스에게 책망을 듣는 일도 있을 수 있다.

가능성은 얼마든지 존재한다. 갈 수밖에 없다. 후회하리라고 알면서도.

나는 일단 엘리나리제에게 말하기로 했다. 실피와 이야기했다가 그녀가 울기라도 하면 결심이 흔들릴 것 같으니, 일단 주위에 이야기해서 결심을 다지고 싶었다.

학교의 빈교실에 엘리나리제를 불러냈다. 거기서 베가리트 대륙으로 가겠다고 말하자, 그녀는 씁쓸한 얼굴을 했다.

"저기, 루데우스. 저는 당신에게 남으라고 했는데요?"

"예, 하지만."

머뭇거리는 내게 엘리나리제는 말했다.

"애초에 그 편지, 기스가 헛짚은 걸지도 모르는데요?"

"헛짚는다고요?"

"루데우스도 아는 모양이지만, 그 남자는 중요한 걸 확인하지 않고 섣불리 일을 저지를 때도 있지요."

뭐, 그런 일도 있을 법하다. 분명히 기스는 진실을 얼버무리면서 뒤에서 움직이려는 타입이었다.

"이번에도 그럴 가능성은 충분히 있지요. 의외로 한 달 정도 뒤에 '전언철회, 제니스 무사' 같은 편지가 오는 수도 있어요."

"그 가능성은 나도 생각했습니다."

가 봤더니 파울로 일행이 이미 해결하고 엇갈릴 가능성은 분명히 있지만….

"하지만 생각해 보면 기스가 내 위치를 아는 게 이상하지 않나요?"

"…예?"

"우리가 살 곳을 정하고 편지를 보낸 건 1년 반 전. 기스가 반년 이상 전부터 베가리트 대륙에 있었다면 어떻게 우리가 여기 있는 줄 알고 편지를 보낼 수 있었을까요?"

이동하는 데에만 1년 가깝게 걸린다. 편지 이동도 나름 시간이 걸린다. 휴대전화로 메일을 보내는 게 아니다. 특별한 속달편이라도 도착까지 반년 이상 걸린다. 시간이 안 맞는다. 혹시 기스가 엘리나리제와 함께 왔다가 곧바로 헤어져서 베가리트 대륙으로 이동했다면 또 몰라도, 계속 베가리트에 있었던 녀석이 어떻게 우리가 여기 있는 줄 알았을까?

"그걸 생각하면 아마도 기스는 아버지와 합류한 겁니다. 그래서 내가 어디 있는 줄 알고 속달편으로 편지를 보낸 거죠."

"그럼 왜 발신인이 기스인 거죠?"

"기스의 독단이든가, 아니면 아버지의 자존심이겠죠."

"자존심…."

엘리나리제는 턱에 손을 대고 생각했다. 파울로는 내게 보내는 편지에도 뒷일을 자기에게 맡기라고 했다. 그 자존심 때문에 도와달라는 말을 꺼내기 힘들었을지도 모른다.

엘리나리제는 나를 보고 한차례 신음하였다. 마지막에는 그녀도 고개를 끄덕였다.

"…어쩔 수 없군요. 둘이서 가죠."

그녀의 안에서 어떤 갈등이 있었는지는 모르겠다. 하지만 쓴웃음을 지으면서 엘리나리제는 그렇게 말했다.

마치 이렇게 될 것을 알고 있었다고 하듯이.

베가리트 대륙에는 둘이서 가게 되었다.

한 시간 뒤.

"그럼 얼른 루트를 정하죠."

엘리나리제는 일단 자기 방으로 돌아가서 커다란 지도를 가져왔다. 여행을 위해 미리 준비해 두었겠지. 둘이서 얼굴을 맞대고 지도를 들여다보았다.

자세한 길이나 마을의 위치도 적혀 있지 않았다. 대륙의 형태와 산의 위치를 알 수 있을 정도의 간단한 지도였다.

엘리나리제는 며칠 동안 길을 조사했겠지. 라판의 대략적인 장소나 도중의 중요거점에 표식이 있었다. 역시나 내 생각대로 루트는 두 가지다.

"일단 라판에는 빨리 도착할수록 좋겠죠."

엘리나리제는 지름길을 짚었다. 북쪽으로 진입하는 루트다.

"하지만 북쪽에서 진입하는 루트는 위험하지 않나요?"

이 루트는 위험하다. 길도 잘 모르고, 위험한 대륙을 횡단해야만 한다. 나도 마물과의 싸움에는 그럭저럭 자신이 있으니 전력에 불안한 면은 없다. 그렇다고 해도 모르는 곳은 역시나 무섭다.

"루데우스, 분명히 투신어를 할 줄 알았지요?"

"예? 어, 현지인만큼은 아니지만요."

"그럼 현지에서 안내인과 호위를 고용하면 되겠네요."

"그렇군요."

여행에 익숙한 엘리나리제의 조언에 따라서 순식간에 루트가 정해졌다.

그 뒤에 대략적인 여행의 흐름을 정했다.

일단 이 도시에서 말을 구입. 짐은 아슬라 왕국까지 아슬아슬한 양으로 줄인다. 짐이 너무 무거우면 이동속도가 느려지기 때문이다. 도중에 말을 교환하면서 아슬라의 항구도시까지 체력이 닿는 한 서둘러 이동한다.

아슬라의 항구도시에 도착하면 거기서 장비나 식량 등을 갖춘다. 특히나 식료품은 베가리트 대륙에서 만족스럽게 얻을 수 있다고 장담할 수 없다. 아슬라는 물가가 비싸지만, 식료품이라면 확실하게 장만할 수 있다.

준비가 되거든 배를 타고 베가리트 대륙까지 이동. 항구도시에서 안내인을 고용한다. 경우에 따라서는 호위도 몇 명 고용한다. 이때의 교섭은 엘리나리제가 하고, 나는 통역이다. 안내인을 따라서 라판까지 베가리트 대륙을 횡단한다.

거기서 파울로 일행과 합류하고 문제를 해결. 같은 루트를 따라서 돌아온다.

"아슬라까지는 몇 차례 여행했으니까 괜찮아요. 문제는 베가리트에 가져갈 짐을 선별하는 건데…."

이것저것 다 챙겨갈 수는 없다. 마차 같은 걸 입수하면 편하겠지만, 베가리트는 사막이 계속되는 곳이다. 마대륙에서 도마뱀을 이용했던 것처럼 아마도 별도의 운반수단이 있겠지. 내 예상으로는 낙타다.

"그쪽은 경험으로 어떻게든 해 보겠어요."

"역시나 연륜."

"장난치지 말아 주겠어요?"

나도 5년 정도 모험가 생활을 하였다. 그렇다고 해도 엘리나리제 같은 베테랑과 비교하면 병아리나 마찬가지다. 꽤나 의지하게 되겠다.

"우리는 체력도 있으니까 상당히 무리해서 이동할 수도 있겠지요."

"그렇군요."

엘리나리제는 괜찮겠지만, 내가 얼마나 버티냐는 게 문제다. 운동을 계속했다지만, 여행에 익숙한 엘리나리제에게 방해만 되는 꼴이 되지 않을까.

괜찮을 거라고 생각하지만.

"이 근처에서는 장거리용 말을 기르고 있으니까 딱 좋지요."

목표는 두 달 내로 아슬라에 도달. 배여행이 얼마나 걸릴지는 모르지만 한 달로 가정.

베가리트는 두 사람 다 가 본 적이 없지만, 힘든 곳인 모양이니까 반년을 목표로 이동.

…편도 8개월, 왕복 16개월이다.

상정한 것보다 꽤 빠르다. 마술을 쓰면 더 단축할 수 있을 것 같지만, 초보자의 얕은 지혜로 뭔가 했다가 실패하면 괜히 시간이 걸릴 가능성도 있다. 여기선 확실한 도착을 우선하고 싶다.

그 외에 도중에 조심해야 할 점 등을 하나씩 확인하였다.

엘리나리제는 역시나 베테랑다웠다. 나와의 인식 차이를 없애고, 여행 도중에 착오나 의견 차이가 없도록, 하찮은 말다툼으로 하루를 낭비하는 일이 없도록, 세심한 것까지 하나하나 확인했다.

"문제는."

마지막으로 엘리나리제는 턱에 손을 대고 복잡한 얼굴을 하였다.

대충 끝났다고 생각하는데, 아직도 있나.

"제 저주 문제로군요."

"음…."

남자와 성행위를 하지 않으면 그녀는 죽는다. 그런 저주에 걸렸다.

마음대로 여행하는 거라면 문제없다. 도중에 들른 도시에서 적당히 상대를 물색하면 된다. 여행이 길어지면 어디 파티에 빌붙는 것도 괜찮겠지. 하지만 바쁜 여행에서는 어떻게 할 수 없는 때가 있겠지.

"……."

"……."

나란히 침묵했다.

해결방법은 있다. 내가 상대하면 된다.

ED는 나았다. 입학 전의 여행과는 달리 상대하라고 하면 할 수 있겠지.

하지만 나는 실피도 크리프도 배신하고 싶지 않다.

"여행 동안 나와 엘리나리제 씨는 하지 않아요."

"예, 그렇죠."

"도중에 창관이나 그런 걸 이용하기로 하지요."

여행 동안 서로에게 손을 대지 않는다. 그걸 명확하게 해 두자. 그러지 않으면 술렁술렁 흐름에 넘어갈 것만 같고.

"그러고 보면 그 마도구는? 저주의 효과를 약하게 만들 수 있잖아요?"

"그걸 가져가려면 크리프가….."

"크리프에게 말하지 않았습니까?"

엘리나리제는 크리프 몰래 떠날 생각이었을까.

그건 아무리 그래도 크리프가 너무 가엾지 않은가.

"크리프에게는 꼭 말해야 합니다."

"하지만 전…."

"나한테 맡겨주세요. 문제 안 되게 할 테니까요."

우리는 크리프에게 갔다.

크리프의 연구실에 가자, 그는 활짝 웃으면서 문제의 마도구를 보여주었다.

"이거 봐. 조금 개량해서 작아졌어. 이거면 오랫동안 입어도 쓸려서 아플 일은…."

"크리프 선배, 엘리나리제 씨를 사랑합니까?"

나는 말을 가로막으며 단도직입적으로 물었다. 크리프는 놀란 얼굴로 나를 보았다.

"당연하잖아?"

어제 밥 먹었어? 라는 질문을 들은 듯한 얼굴이었다. 역시나.

"무슨 일이 있어도 계속 사랑하겠습니까?"

"당연하지, 나는 리제를 사랑해. 너도 알잖아?"

"그 말을 듣고 싶었습니다."

나는 상황을 설명했다.

내 가족이 궁지에 빠졌을 가능성이 있다는 것. 내 아버지는 엘리나리제와도 관계가 깊어서 도우러 가고 싶다는 것. 긴 여행이라는 것. 그동안 엘리나리제가 다른 남자와 관계를 가질 가능성이 크다는 것. 기타 여러 가지를 말했다.

"……."

크리프는 이야기가 진행됨에 따라 침묵했다. 그리고 불쑥 말했다.

"…내가 같이 가도 짐만 되겠지."

정확한 말이었지만, 그렇기에 대답하기 어려운 질문이었다. 대답한 것은 내가 아니라 엘리나리제였다.

"그래요. 솔직히 크리프의 체력으로는 못 버텨요."

엘리나리제는 평소라면 더 온건하게 대답했겠지.

하지만 이번에는 딱 잘라 내치듯이 말했다.

"그래…."

크리프는 분한 듯이 시선을 내렸다. 그 모습이 가슴에 꽂혔다.

그의 마음속은 어떨까. 여행에 나가면 엘리나리제는 다른 남자와 성행위를 해야만 한다. 아무리 마음이 크리프를 향하더라도, 크리프가 저주를 이해한다고 해도, 역시 괴롭겠지.

"저기, 엘리나리제 씨, 역시 크리프 선배도 함께 가는 걸로 하죠. 그는 결계 마술도 쓸 수 있고, 신격도 상급입니다. 분명히 체력은 없을지도 모르지만, 어딘가 도움이…."

"아니, 됐어, 루데우스. 전에 함께 모험에 나갔을 때에도 나는 짐만 됐어. 분명 이번 여행에 따라가도 방해가 될 뿐이야."

그렇게 말하고 크리프는 내 손에 그 마도구를 쥐어주었다.

"루데우스."

"예."

"리제를 부탁한다."

솔직히 아우성을 칠지도 모른다고 생각했다.

하지만 역시 크리프는 내 생각 이상으로 자기 힘을 이해하는 듯했다.

"리제."

크리프는 엘리나리제 쪽을 돌아보았다. 그리고 그보다도 작은 몸을 한껏 뻗어서 끌어안았다.

"크리프…."

두 사람은 그대로 서로 얼싸안았다.

"리제. 돌아오거든 식을 올리자. 저주는 아직 못 풀었지만, 둘이서 집을 사고 같이 살자. 지금까지 그렇게 하지 않아서 불안했지? 말뿐이 아닐까 하고 말이야."

"아, 크리프. 하지만 저는 못난 여자예요. 사실은 이번에도 당신 몰래 갈까 하고 있었어요."

"결혼식은 미리스식일 텐데 괜찮을까? 리제는 미리스교도가 아닌데…."

크리프는 엘리나리제의 말을 의도적으로 무시했던 걸까. 아무튼 엘리나리제에게는 아무래도 좋았다. 그녀는 그런 크리프의 말마으로도 감격한 모양이었다.

"아아, 크리프… 사랑해요! 이 세상의 누구보다도!"

엘리나리제가 크리프를 쓰러뜨렸다.

크리프의 상반신이 벗겨질 즈음에 나는 연구실을 뒤로 했다.

여기서부터는 두 사람의 시간. 훼방꾼은 사라져야지.

하지만 크리프 녀석, 결혼 약속이라니, 사람 불안하게 만들고 있어.

기타 관계자들에게 인사하고 다녔다.

18개월. 즉, 1년 반은 돌아올 수 없다. 저쪽의 트러블에 따라서는 2년은 걸리겠지. 2년은 긴 시간이다. 사람들에게 인사는 확실히 해 둬야 한다.

제일 먼저 지너스 수석교사를 만나러 갔다. 사무적인 수속만큼은 먼저 해 두는 편이 좋겠지.

교무실에서 그는 여전히 서류더미를 앞에 두고 정력적으로 일하고 있었다.

"안녕하십니까, 지너스 수석교사."

"아, 루데우스 씨. 오래간만입니다. 들었습니다, 세븐스타 씨와 함께 대규모 실험에 성공했다고요?"

"예, 자노바와 크리프의 도움이 있었던 덕입니다."

"그랬습니까."

그 실험 이야기는 지너스 수석교사에게도 전해진 모양이다. 그런 정보는 의외로 들어오는 걸까.

"그런데 오늘은?"

"예. 2년 정도 자리를 비울까 해서 그 수속을 좀."

"2년이나 말입니까?"

"조금 멀리 나가게 되어서요."

"그렇습니까…."

이유를 말할 수 없는 건 아니지만, 지너스 수석교사는 그 이상 추궁하지 않았다.

"알겠습니다. 휴학 수속을 밟아둘 테니까 돌아오거든 또 제게 오세요."

"2년이나 휴학해도 괜찮습니까?"

"보통 학생이라면 문제겠지만, 특별생이라면 특례로 허용됩니다."

보통이라면 퇴학이겠고.

"감사합니다."

"아뇨, 그러기 위한 특별생 제도니까요."

"그럼 내친김에 엘리나리제라는 사람도 휴학으로 해 주시겠습니까? 그녀는 특별생이 아닙니다만, 제 사정 때문에 호위로 함께 갈 예정이라서."

"그렇습니까…. 알겠습니다. 어떻게든 손을 쓰지요."

지너스 수석교사는 쾌히 승낙해 주었다. 고마운 이야기다.

나는 지너스 수석교사에게 인사하고 교무실을 뒤로 했다.

교무실을 나서서 곧바로 리니아와 프루세나와 맞닥뜨렸다.

둘은 내 모습을 보자 손을 들고 다가왔다. 두 사람에게도 2년 정도 자리를 비우겠다고 말했다.

"그래, 쓸쓸해지겠다냐."

"2년이면 우리는 졸업이야. 이젠 못 만나."

그 말에 깨달았다. 그녀들은 6학년. 앞으로 2년이면 졸업이다. 대삼림으로 돌아간다.

그때 있어 줄 수 없는 것은 서글프군.

"그런가요…."

그러고 보면 인신은 이 둘과 관계를 가지라고 했다. 앞으로 2개월 후에 발정기가 오면 그런 전개가 되겠지. 두 사람을 잘 보았다.

"뭐냐, 뭐 묻었냐?"

리니아. 까딱까딱 움직이는 고양이 귀와 건들건들 움직이는 꼬리, 건강한 다리가 특징적. 가슴 사이즈도 크다. E나 F 정도일까. 수족은 다들 크니까 평균적이겠지. 건강한 왕가슴 여캐란 느낌이다. 침대 위에서도 건방진 반응을 보이며 즐겁게 해 주겠지.

"킁킁…. 보스 혹시 더 못 만나게 될 거면 한 번 정도, 같은 생각해?"

프루세나. 부드러워 보이는 개 귀와 빵빵한 몸이 특징. 수족 중에서도 개 쪽은 특히나 큰지, 가슴은 G 정도 되는 것 같다. 몇 번 주물렀지만 아주 부드럽다. 그녀에게 파묻히듯이 안기면 정말로 기분 좋겠지.

"실례. 얼마 전에 어느 분에게 두 사람이 발정기가 되거든 덮쳐 버리라는 충고를 들어서요. 그게 떠올라서."

"진짜냐, 보스. 그런 마음이 있었냐?"

"유혹에도 넘어오지 않으니까 싫어하는 줄 알았어."

두 사람은 황당해하면서도 히죽히죽 웃었다.

그녀들과 자식을 만든다. 게다가 인신의 말로는 실피가 그걸 탓하지 않는 모양이다.

임신 중이기 때문일까, 아니면 수라장 끝에 수습될지는 모른다. 하지만 보다 행복해진다는 소리는 내게도 좋은 결과로 끝나겠지.

실피에게 정조를 지키는 몸이지만 나도 남자다. 역시 하렘은 남자의 꿈이니 다소 동경한다.

그녀들을 방에 데려와서 실피와 4P. 그런 미래도 있었다.

…아니, 없어. 그런 미래는 없어.

"리니아. 프루세나."

"예이냐."

"예이."

부름에 두 사람은 다소 긴장한 얼굴로 나를 보았다.

"친구로 지내죠."

두 사람은 표정을 풀었다. 어깨를 으쓱이고 양옆에서 옆구리를 찔러댔다.

"…어쩔 수 없다냐. 보스는 외로움을 타니까."

"친구로 있어 줄게. 배신하면 안 된다?"

나는 두 사람과 악수를 나누었다. 생각해 보면 악수한 건 처음일지도 모르겠다.

여자랑 친구라. 남녀 사이에 우정은 성립하지 않는다는 말은 들었지만. 뭐, 다소 성욕이 섞였어도 우정은 우정으로 성립하지. 중요한 건 서로의 거리감이다.

"그럼 또 보죠. 10년 뒤가 될지, 20년 뒤가 될지는 모르지만."

"그래냐. 10년 지나면 우리는 출세했을 테니까 그 앞에 무릎 꿇도록 해라냐."

"대삼림을 정복할 거야."

야망을 말하는 두 사람에게 나는 '하극상이 없기를 빌겠습니다.'라는 말을 하고 헤어졌다.

운이 좋으면 또 만날 수 있겠지.

나나호시의 연구실 앞에 도착했다.

뭐라고 말을 꺼내야 할까. 그녀는 외로움을 많이 탄다. 툴툴 대는 겉모습과 달리 마음속에는 대량의 '쓸쓸함'이 자리 잡고 있다.

2년이나 자리를 비운다면 연구도 지체된다. 그녀가 원래 세계로 돌아가는 것도 늦어진다.

당연하지만 날 붙들겠지. 이러니저러니 이유를 대면서. 협

박할지도 모른다. 혹시 여행을 떠나면 실피를 XX한다, 식으로 말하면 어쩐다. 그렇게까지 얀데레는 아니라고 생각하지만.

"후우…."

심호흡을 하고 노크를 한 번.

"들어와."

대답을 기다린 뒤에 연구실로 들어갔다. 나나호시는 책상에서 고개를 들고 이쪽을 바라보았다.

"뭐야? 평소랑 시간이 다른데."

"실은 한 가지 안타까운 소식을 전하러 왔습니다."

"안타까운 소식?"

나나호시가 의아한 표정을 하였다. 뭐, 어떻게 말하든 변함없나. 있는 그대로 말하자.

"여행을 떠나겠습니다. 가족이 위기에 처하여 베가리트 대륙의 미궁도시 라판까지. 왕복으로 약 2년 정도."

"…뭐?"

잠시 아연해진 뒤에 나나호시는 의자를 걷어차면서 일어섰다.

책상 위에 손을 집고 멍한 얼굴로 나를 바라보았다.

"…베가리트, 미궁도시 라판, 2년…?"

내 말을 반추하듯이 되풀이했다.

"돕겠다고 말하고서 이렇게 되어서 미안합니다. 하지만 꼭 가야만 하는 일입니다."

나나호시는 눈을 치뜨고 흐읍 숨을 들이마셨지만, 털썩 의자에 앉더니 천장을 올려다보았다.

"2년….."

"돌아오면 반드시 연구를 계속 돕겠습니다."

"…2년."

나나호시는 팔짱을 끼고 2년이라고밖에 하지 않았다.

그 이상 아무 말도 없었다. 붙잡지도 않았고 소리치지도 않았다. 다만 뭔가 생각하듯이 천장을 바라보았다. 그대로 5분 정도 시간이 흘렀다. 아무래도 불편한 시간이.

"그럼 실례하겠습니다."

어쩔 수 없다. 그녀도 내가 어디까지나 호의로 도운 걸 알겠지.

사실은 붙잡고 싶겠지만 참아주는 것이다.

나는 발길을 돌렸다.

"기다려."

라는 목소리에 발을 멈추었다.

솔직히 별로 말하고 싶지 않았다. 날 붙잡을 것은 알고 있었다. 하지만 제대로 이야기를 나누는 편이 좋겠지. 그렇게 생각하며 돌아보았다.

나나호시는 책상 제일 아래쪽 서랍에서 무슨 책자 같은 것을 꺼냈다.

그걸 훌훌 넘기다가 어느 페이지를 펼쳐서 내게 보여주었다.

"이거 봐."

시키는 대로 들여다보았다.

책자에는 지도조각이 붙어 있었다. 그 지도 자체는 기억에 있었다. 이 도시 주변이다. 그렇더라도 다소 축척이 큰가.

지도 위쪽에는 크게 'N1'이라는 글자가 적혀 있고, 남서쪽의 숲에 붉은 X표시가 있었다. X표시 위에는 'B3'이라는 글자가 적혀 있었다.

"이건?"

"……."

나나호시는 분명히 망설이고 있었다. 말해야 할지, 말아야 할지를. 하지만 최종적으로는 말했다.

"세계 각지에 있는 전이마법진 유적의 장소를 기록한 지도야."

전이마법진?

"어?"

나는 다시 책자로 시선을 내렸다. 'B3'이라는 글자. 이건 혹시.

"베가리트 대륙으로 가는 전이마법진이야."

"너…."

그러고 보면. 그러고 보면 나나호시는 올스테드와 함께 여행하였다고 말했다.

분명히 세계 각지에 흩어진 전이마법진을 이용하여 여기저기로.

"장소는 기억 못 한다고…."

그렇다. 나나호시는 전이마법진의 장소를 기억 못 한다고 말했다.

"올스테드가 발설하지 말라고 입막음했어. 금기고… 그때는 어차피 기억 못 할 테니까 말할 수도 없을 거라고 그랬지만…"

하지만 여차할 때를 위해 기록으로 남겨놨나. 그때, 그때 몰래 지도를 사서, 혹은 직접 지도를 그려서. 올스테드에게 슬쩍 그 지역의 이름을 물어서. 근처 도시나 대략적인 위치를 이렇게… 기억이 아니라 기록으로.

나는 책자를 훌훌 넘겨보았다.

완성도는 낮았다. 지도를 사지 않았거나 도시에도 들르지 않았던 곳은 '왼편에 산이 보인다. 아마도 동쪽으로 사흘, 강을 한 번 건너서 또 이틀.'이라는 식으로 적혀 있었다.

알파벳은 대륙명을 가리키고, 번호는 통과한 순서를 기록한 것인 듯했다.

N이 중앙대륙 북부. S가 중앙대륙 남부. W가 중앙대륙 서부. MT가 마대륙. ML이 미리스 대륙.

천대륙은 아무래도 없지만… B가 베가리트 대륙.

어느 대륙인지 모르는 곳은 X나 Y 알파벳을 사용하였다. 나나호시의 노력의 흔적이 엿보이는 한 권이었다.

"라판이라는 도시 이름은 분명히 들었어. 기억해. 이 전이마법진 근처에 있는 바자르에서 북쪽으로 한 달 정도 이동하면 도착할 수 있댔어. 그러니까 틀림없어."

"한 달…이라면….”

방금 전의 페이지로 돌아갔다. 라노아 왕국, 마법도시 샤리아에서 남서쪽 숲까지. 이 지도의 축척으로는 알기 어렵지만 열흘 정도 거리일까? 더 가까울지도 모르겠다.

거기에 있는 마법진을 써서 ‘B3’ 위치로.

책자를 넘겼다. ‘B3’은 앞쪽 페이지였다. ‘B3’ 마법진에서 근처의 도시까지 1주일 정도일까. 거기서 한 달이라면….

47일. 왕복으로 94일. 고작 석 달로 왕복할 수 있다. 저쪽에서 일을 한 달 만에 끝내면… 넉 달.

안 늦는다. 실피의 출산에 맞출 수 있다.

리니아와 프루세나의 발정기에는 안 맞지만, 그건 아무래도 좋다.

"하지만 괜찮아? 발설하지 말라고 했다면서.”

"고민했지만, 당신에게는 저번에 신세졌고. 하지만 너무 퍼뜨리진 말아줘. 전이마법진은 금기니까 세간에 퍼지면 금방 나라에서 없애 버려.”

나라에서 없애면 올스테드의 이동수단이 줄어드나. 퍼뜨린 나나호시나 나한테 화를 내겠군.

올스테드…. 그 이름을 떠올리기만 해도 몸이 떨린다…. 나는 아무한테도 말 안 할 거다.

"고마워, 나나호시. 덕분에 살았어.”

"나는 빨리 돌아가고 싶을 뿐이야.”

나나호시는 그렇게 말하고 콧방귀를 귀었다. 츤데레라서 큰일이군.

나는 책자를 손에 들고 깊이 고개를 숙였다. 그리고 의기양양하게 발길을 돌렸다.

"아, 이 말을 잊었는데, 첫 페이지에 마법진이 있는 유적의 표식과 은폐 마술을 깨는 법이 적혀 있으니까 잘 읽어둬."

"알았어. 고마워."

"나는 은혜를 갚았을 뿐이야."

나나호시의 대답에 쓴웃음을 지으면서 나는 연구실을 뒤로했다.

그리고 엘리나리제에게로 돌아갔다.

빨리 돌아올 수 있다. 낭보다. 그녀도 기뻐하겠지. 내 계획도 변경해야만 한다. 한 달 반이다. 어쩌면 크리프도 데려갈 수 있을지 모른다.

입가가 풀어졌다. 철썩철썩 뺨을 때리면서 크리프의 연구실 문을 열었다. 다음 순간 내 눈에 르네상스풍의 비너스가 뛰어들었다.

"미안해요, 루데우스. 전 역시 못 가겠어요!"

엘리나리제가 안겨들었다. 모델 같은 몸에 모포를 둘렀을 뿐인 당혹스러운 모습으로.

엘리나리제의 나이아가라 폭포 같은 가슴과 훌쩍하게 균형

잡힌 몸은 언뜻 보면 예술적이다. 하지만 내게는 예술적인 면이 전혀 느껴지지 않았다. 그저 단순히 에로할 뿐이지. 애초에 내가 예술 같은 걸 알 리도 없고. 피겨라면 야하면서 벗지다고 생각할 뿐이다.

크리프는 연구실 구석에서 파라오처럼 되어 있었다.

미이라다. 행복한 얼굴이군. 이쪽이 훨씬 예술적이다. '성과 죽음의 틈사이'라는 타이틀이 붙을 것 같다.

"크리프와 2년이나 떨어져 있는 건 견딜 수 없어요. 이러는 것도 도리가 아니라고 생각하지만 저는 가지 않겠어요!"

여자는 감정적으로 사는 동물. 그런 말이 머리를 스쳤다.

"애초에 루데우스가 간다면 제가 억지로 갈 필요는 없지 않나요? 저는 아직 파울로에게 응어리가 있고요? 저랑은 얼굴도 마주치고 싶지 않을 걸요? 루데우스가 간다면 초산인 손녀딸을 지키는 게 제 일이겠고요?"

"……."

거기에는 '저한테 맡기고 느긋하게 기다리세요.'라고 멋지게 말하던 여자의 모습이 없었다.

실로 여자답다. 분명 요 몇 시간 사이에 꽤나 기분 좋은 낙원이라도 다녀왔겠지.

"그렇습니까. 사실은 짧으면 석 달 만에 왕복할 수 있는 방법을 입수했는데요…."

"예?!"

엘리나리제가 움직임을 멈추었다.

"그게 뭔가요?"

나는 크리프가 자는 걸 확인한 뒤에 엘리나리제에게 귓속말을 했다.

"실은 나나호시가…."

"아, 귀, 귀는 안 돼요. 느끼니까."

"진지하게 좀 들어요."

"노, 농담이었어요."

나는 나나호시의 책자를 보여주고 간략하게 설명했다. 그리고 나나호시가 이것에 대해서 엄히 입단속했다는 사실도. 엘리나리제는 책자를 훌훌 넘겨보고 경악을 숨길 수 없는 눈치였다.

"고작 이 정도 기간에…."

"그렇습니다. 이거라면 실피의 출산에 맞출 수 있어요."

"…할 수 있겠군요."

편도 한 달 반. 긴 여행은 아니다. 엘리나리제의 눈빛도 변했다. 이 날짜라면 가능하다는 얼굴이다.

"뭐, 이거라면 문제없겠네요. 역시 가겠어요."

마음이 변한 모양이다. 참 간단한 녀석이다. 뭐, 하지만 2년은 역시 길지.

"한 달 반이라면 체력적으로 크리프 선배를 데려가는 것도 괜찮겠죠."

"…아뇨, 크리프는 두고 가겠어요."

"괜찮습니까?"

"크리프는 분명 전이마법진에 대해 알면 떠벌릴 것 같으니까요."

아니, 크리프 선배는 그런 사람이 아니야…. 아닐 텐데….

하지만 내 지인 중에서 제일 입을 잘못 놀릴 것 같은 사람이기도 하다.

음. 역시 여럿이서 가는 건 그렇군. 아는 사람이 늘면 그만큼 비밀도 퍼지기 쉽다.

하지만 궁지라고 하니까 실력 있는 사람을 데려가고 싶다. 소수 정예로군.

예를 들자면 루이젤드를 데려간다든가. 그 사람만큼 든든한 인물은 없다. 과묵하니까 누구에게도 전이마법진에 대해 누설할 것 같지 않다.

아니면 바디가디. 천년 단위로 사는 녀석이라면 전이마법진에 대해서 사실은 알고 있을지도 모른다. 올스테드랑도 아는 눈치였으니 말해도 문제 없을 것 같다.

뭐, 어느 쪽이든 최근 못 봤으니까 부탁할 수 없지만. 그렇다면 달리 데려갈 만한 인물은… 없군. 자노바도 여행에 별로 익숙하지 않은 모양이고.

…그래. 아예 저쪽에서 사람이 부족하거든 부르러 돌아오는 것도 수다.

지금은 미지의 노정을 가는 거라서 경계하지만, 한 번 지나가본 길이라면 누군가를 데리고 가는 것도 그리 어렵지 않다. 전이마법진에 대해 말해야 하지만, 급하니까 어쩔 수 없다.

왕복으로 석 달이지만, 반대로 말하자면 석 달만 있으면 확실히 증원이 도착한다.

"아무튼 둘이서 가 볼까요."

"얼른 끝내고 돌아오죠."

그리고 엘리나리제의 한때의 망설임은 사라졌다.

그리고 마지막으로 실피에게 말했다.

자택의 거실에서, 실피와 아이샤, 노른을 모아놓고 나는 말을 꺼냈다.

"아버지와 어머니를 도우러 갈까 해."

실피는 작은 목소리로 엇 소리를 흘리며 불안한 빛을 보였다. 당황한 얼굴이었다.

하지만 곧 고개를 내젓고 진지한 표정으로 끄덕였다.

"응, 알았어. 집안일은 맡겨줘."

"갑자기 없어지지 않겠다는 약속을 못 지켜서 미안해."

"지키는 거야. 전혀 갑자기가 아냐."

실피는 부끄러운 듯이 미소 지었다. 하지만 그 미소는 다소 억지로 만든 듯한 느낌이었다. 이러니저러니 하면서 그녀도 동요했겠지. 조금 가슴이 답답한 기분이 들었다.

"그럼 얼마나 걸려? 2년 정도?"

"아니, 실은 나나호시의 협력으로 전이마법진을 쓸 수 있게 되었어. 그러니까 출산까지 돌아올 수 있을 것 같아."

전이마법진에 대해 말하였다. 실피에게 말하지 않으면 누구에게 말하란 말인가.

"어?!"

실피는 놀란 얼굴로 날 보았다. 그리고 역시나 불안한 얼굴을 하였다.

"전이라니, 괜찮아?"

서로 전이사건으로 고생한 몸이다. 그런 말도 나오겠지.

"모르겠어. 하지만 나나호시도 실제로 써 본 모양이니까 괜찮을 거야."

"으, 응."

실피는 아직 불안한 얼굴이었다. 나는 그녀를 끌어안고 귓가에 속삭였다.

"괜찮아, 꼭 돌아올 테니까."

"응."

"미안."

"아냐."

뒷일을 맡기는 것도 신뢰의 증거다. 실피의 뒤에 선 메이드복의 여동생에게도 말했다.

"아이샤."

"오빠…."

아이샤는 실피보다 불안한 얼굴을 하고 있었다.

"부탁할 수 있을까?"

"괜찮…을 거야. 임산부에 대해선 엄마한테 다 배웠으니까."

"안 되겠다 싶으면 부탁할 수 있는 사람에게 부탁해. 뭐든지 혼자 하려고 들지 마. 너는 우수하지만, 아직 경험이 부족해. 경험 있는 어른의 도움을 받아."

"으, 응."

아이샤가 끄덕였다. 조금 불안하지만, 어쩔 수 없다. 매사에 완벽이란 없다.

"노른."

"예.

"아이샤와 실피가 힘들겠다 싶으면 넌지시 도와줘. 이야기나 불평을 들어주는 것만이라도 좋아. 정신적인 괴로움은 너도 알겠지?"

"예, 오빠!"

"또 공부도 소홀히 하지 말고."

"예!"

노른은 애쓰고 있다. 너무 애쓰다가 아이샤랑 싸우지나 않으면 싶다.

자, 이제 뭐가 남았지. 무슨 말을 해야 할까.

"…그래. 아이 이름만이라도 가기 전에 정해둘까."

돌아올 생각이다. 하지만 만에 하나의 일도 있을 수 있다. 하다못해 이름 정도는 지어두는 편이 좋겠지.

어떤 이름으로 할까. 이 세계는 중2병틱한 쪽이 멋있다는 반응이니까 그런 쪽으로 할까.

여자라면 시엘이나 시온. …남자라면 네로나 왈라키아.

아니, 게임이 아니니까.

어어, 루데우스와 실피의 아이니까. 남자라면 시우스나 시리우스? 여자라면 루시나 루루시? 너무 안이할지도 모르겠다. 파울로에게 이 세계의 명명법에 대해 들어두는 편이 좋았을지도 모르겠군.

슬쩍 보니 세 사람은 미묘한 얼굴을 하고 있었다.

"이, 이름이라니, 루디…."

"오빠, 왜 그런 소릴 해?"

"오빠…."

다들 불안해하는 눈이었다. 아이샤를 보자면 눈가에 눈물이 맺혀 있었다. 뭐 이상한 소리를 했을까. 이 세계에서는 태어나기 전에 아이 이름을 지으면 안 된다는 거라고 있을까?

"여행에 나서기 전에 아이에게 이름을 지으면 못 돌아와…."

실피의 얼굴은 불안해 보였다. 이 세계의 사망 플래그를 나만 몰랐다.

아, 아니, 떠올랐다. 그러고 보면 페르기우스의 전설에 그런 부분이 있었다.

페르기우스의 동료 중 한 명인 '행운의 남자' 화제급 마술사 프로우즈 스타가 돌아올 수 없을지도 모른다면서 여행에 나서기 전에 자식에게 이름을 붙였다. 그것도 자기랑 같은 이름을.

하지만 프로우즈 스타는 싸움 도중 목숨을 잃었다. 자기 아들을 생각하면서 마왕 라이넬 카이젤의 손에 쓰러졌다.

그 아들은 위대한 아버지의 이름을 이어서 훌륭한 마술사로 성장하였다.

…라고 한다면 꽤나 그럴싸한 이야기겠지만, 실제로는 꽤나 실의에 빠졌다는 이야기였다.

그런 일화가 유명하기 때문에 여행에 나서기 전에 임신한 자기 자식에게 이름을 붙이는 것은 좋지 않다고 한다. 딱히 이름을 붙인 탓에 프로우즈가 죽은 건 아니지만, 재수가 없다는 소리겠지.

"…역시 지금은 정하지 않는 편이 좋을까?"

"그, 글쎄."

"하지만 나도 이름 지을 때 함께 있고 싶고…. 만에 하나를 생각해도…."

"만에 하나 같은 소리 하지 마."

"미안."

아무래도 첫 아이다. 아직 별로 실감이 안 나지만, 이름 정도는 붙여 주고 싶다.

"어흠."

아이샤가 헛기침을 했다. 무슨 생각이 있는 모양이다.

"오빠, 이렇게 하지요. 아이가 태어나면 루데우스 주니어라고 부르기로 하고, 오빠가 돌아오시거든 그 시점에서 이름을 짓는 겁니다. 저 북신 칼맨처럼 '루데우스'를 미들네임으로 하면 됩니다."

루데우스 주니어인가. 이 세계에서는 자기랑 같은 이름을 아들에게 붙이는 게 그리 드물지도 않다. 예를 들어서 루시라는 이름을 붙인다면 루시 L 그레이랫이 되나.

나쁘지 않군. 위인을 따라한다는 생각에 조금 멋쩍기는 하지만….

의외로 다들 하는 일이고.

음? 잠깐, 혹시 딸이고, 게다가 내가 돌아오지 않으면 어떻게 되지? 평생 루데우스 주니어라고? 이름 때문에 비딱해지지 않을까? 이름 때문에 놀림받아서, 루데우스가 여자 이름이라서 뭐가 나쁜데! 라고 고함치며 주먹을 휘두르는 아이로 성장하지나 않을까.

아니, 설마. 어디의 광견도 아니고.

…그래, 내가 돌아오면 되는 거야.

"알았어. 그렇게 할까, 실피."

"예."

…으음. "

나는 실피에게 뭐라고 말하려고 했지만 말을 찾을 수 없었다.

이럴 때에 뭐라고 해도 안 좋은 예감이 드는 말 밖에 안 나올 것 같으니까.

"실피."

나는 실피의 정면에 서서 두 어깨에 손을 얹었다.

"어…. 응."

실피는 눈치 빠르게 눈을 감았다. 턱을 살짝 올리고 손을 가슴 앞에 모으고 바들바들 떨었다. 딱히 처음은 아니지만, 이런 느낌으로 긴장한 건 처음일지도 모르겠다.

살짝 아이샤를 보니, 왠지 몸을 내밀고 이쪽을 보고 있었다.

노른은 눈을 손으로 가리면서 손가락 틈새로 이쪽을 보았다.

두 사람에게 슬쩍 윙크를 하였다.

그러자 노른은 손가락 틈새를 가렸다. 반대로 아이샤는 깜박깜박 윙크를 돌려주었다. 조숙한 녀석이군. 그렇게 키스 신을 보고 싶냐.

뭐, 이럴 때 정도는 괜찮나.

나는 실피에게 가만히 키스했다. 아이샤의 꺄아~ 라는 작은 비명을 들으면서….

제9화 베가리트 대륙으로

여행 계획을 변경했다.

일단 말을 구입한다. 그걸 둘이서 타고 전이마법진이 있는 숲으로 간다. 거기서 전이마법진을 사용하여 베가리트 대륙으로.

나나호시의 이야기로는 북쪽으로 1주일 정도 이동하면 오아시스와 바자르가 있다고 했다. 다만 꽤나 힘든 사막이라는 모양이다. 나나호시는 완전히 그로기 상태라서 올스테드에게 업혀서 이동했다나. 그러니 준비를 착실히 해 두라고 했다.

나에게는 마술이 있다. 사막 한가운데에 거대한 얼음덩이를 만들어낼 수도 있다. 어떻게든 할 수 있겠지.

바자르까지의 지도는 없었다. 그렇지만 엘리나리제가 방향 감각에는 자신이 있는 모양이라서 맡겨달라고 장담하였다. 엘프족은 깊은 숲에서도 방향감각을 잃지 않는다는 모양이다.

숲과 사막은 경우가 다르다고 지적하자 "제가 몇 년 살았다고 생각하나요?"라고 야단맞았다. 그만큼 자신이 있으면 괜찮겠지.

바자르에 도착하면 거기서 안내인을 고용한다. 라판까지 북쪽으로 한 달 정도.

엘리나리제 왈, 방향이라면 알지만 누군가를 고용하는 편이 빠를 거라고 했다.

라판까지 이동하거든 신속하게 파울로 일행을 돕고 같은 루트로 돌아온다. 전이마법진에 대해 알려지는 건 두렵지만, 어쩔 수 없다. 파울로 일행만 일반적인 루트로 돌려보내는 것도 이상한 이야기고.

저쪽에 있는 건 분명히 여섯 명이었나. 기스를 포함하면 일곱 명인가. 입단속을 잘 시켜야 하겠군.

참고로 실피와 여동생들에게도 입단속을 시켰다. 떠들고 다녔다간 루이젤드도 간단히 이겨 버리는 사람이 올지도 모르니까 부디 비밀로 해 달라고.

계획을 토대로 준비를 갖추었다.

기본적인 장비들은 다 있다. 내 단짝인 아쿠아 하티아에 실피가 골라준 로브. 그 외에는 나나호시에게 받은 소환술 스크롤을 가져가는 정도일까. 뭐에 쓸지는 모르지만, 일단 열 장정도 가져갈까. 원판은 하루만 있으면 만들 수 있지만, 염료는 짐이 된다. 종이 상태인 편이 가볍고, 어쩌면 염료는 저쪽에서 살 수 있을지도 모른다.

돈에 대해 이야기하자면 베가리트 대륙의 화폐가 없다. 어떤 화폐를 쓰는지도 불명이다. 돈을 마련하기 위해서 뭔가 환금용 물품을 준비해 둘까.

그 외에는 보존식을 사들이는 정도일까. 베가리트 대륙 여행은 처음이니까 뭔가 특별히 필요한 게 있을지 모른다. 저쪽에서 입수하는 편이 좋은 것도 많겠지.

한 달 반 여행이라면 짐에도 상당히 여유가 있다. 필요 없는 것도 몇 개 가져갈 수 있다. 그렇다고 해서 뭐든지 다 가져갈 수는 없다. 괜한 것은 두고 가는 편이 낫다.

전이장소에서 1주일 걸려서 바자르에 도착한다고 했고, 전인 미답지인 것도 아니다.

서기서 필요한 것을 조사해서 갖추자. 하지만 일단 보험으로 전이마법진에 대해 자세히 적힌 책을 가져가기로 했다. 아무리 올스테드가 사용했다고 해도 내가 쓰게 된다면 불안하니까.

다시 교무실에 가서, 지너스 수석교사에게 머리를 숙이며 책의 장기대여 허가를 받았다. 내친김에 도서관에서 투신어 책을 한 권 빌렸다. 만에 하나 말이 통하지 않았을 때를 위한 보험이지.

'전이의 미궁 탐색기', '베가리트 대륙과 투신어'. 책은 이 두 권이면 되겠지.

진저가 말에 대해 잘 알고 있다고 해서 말가게까지 동행을 부탁했다.

내친김에 자노바에게도 인사를 해 두었다.

"그렇습니까, 반년 정도로 돌아오시는 겁니까."

"그래. 뭐, 사정은 말할 수 없지만."

"그렇습니까…. 그렇다면 진저를 데려가시겠습니까?"

"말도 안 되는 소리."

진저에게 원망을 사고 싶지 않다.

"흠, 그렇습니까."

"나보다도 실피랑 여동생들을 부탁해."

"그런 말씀 하실 것도 없습니다. 뭣하면 그녀들의 호위로 진저를 붙이죠."

나도 모르게 쓴웃음이 나왔다.

"너 왜 그렇게 그 사람을 멀리하려고 하는데?"

그렇게 묻자 자노바는 진저를 힐끗 본 뒤에 몰래 내게 귓속말을 했다.

"잔소리가 좀 많습니다. 제가 어렸을 적부터 사소한 일로 이러니저러니 하고. 줄리 문제로도 최근 이러니저러니 시끄럽기 짝이 없습니다."

잔소리 때문에 곁에 두고 싶지 않다. 완전히 대학생이 어머니에게 하는 불평 같군. 자노바도 아직 20대 중반. 모를 것도 아니지만…. 하지만 진저도 불쌍하군. 그녀는 아직 젊은데 이렇게 커다란 친구를 돌보는 일에 귀중한 20대를 낭비하고.

"줄리는 어떻게 생각해?"

일단 옆에 붙어 있는 줄리에게도 물어보았다. 그녀에게는 내가 없는 동안 매일 수련을 빼먹지 말고 착실히 해 두라고 일러두었다. 루이젤드 인형을 만드는 건 돌아온 뒤라도 되겠지.

"진저 님. 마스터의, 잘못된 부분, 말해줍니다."

"그렇구나. 자노바, 안 좋은 건 고쳐야지. 줄리에게 모범을 보이라고."

"으음…."

보호자가 없는 생활을 만끽하던 남매 앞에 어머니가 나타났

211

다는 분위기마저 있군. 실로 웃음이 나온다.

"아, 그렇지, 줄리. 내가 없어도 시킨 대로 해야 한다."

"예, 그랜드 마스터. 열심히 하겠습니다."

줄리의 인간어도 제법 늘었다. 이것도 진저의 교육의 산물이겠지.

그때 진저가 말을 찾아서 돌아왔다. 손으로 고삐를 잡아서 말을 끌고오고 있었다.

"루데우스 님. 이쪽 말이 좋을 듯합니다."

"오오."

커다란 말이다. 이 근처의 말은 눈 속에서도 팍팍 달리기 때문에 전체적으로 억세다. 반에이 경마*의 말을 한층 더 키운 듯한 느낌이다. 속도는 안 나오겠지만 체력이 있어서, 하루 종일 달려도 괜찮다나. 이 세계의 말은 괴물 같은 게 많군.

아무튼 마츠카제*라는 이름이라도 붙여 줄까.

"고마워, 진저 씨."

"아뇨, 그 정도는 아닙니다."

"상으로 자노바한테 뭐 좀 시켜 줄까? 어깨를 두드린다든가."

"루데우스 님, 아무리 루데우스 님이라고 해도 왕족 분을 그렇게…."

"아, 아니, 미안합니다, 농담입니다."

※반에이 경마 : 일본 홋카이도에서 실시되는, 농경마가 쇠로 된 썰매를 끄는 형태의 경마.
※마츠카제 : 전국시대 무장 마에다 케이지가 타고 다니던 명마.

진짜로 날 째려보았다.

아무튼 말은 구입했고, 학교 관계자에게도 인사를 다 마쳤다.

…어라? 누굴 잊어버린 것 같은데. 아니, 지인들에게는 다 인사했어.

바디가디는 없으니까 좋다고 치고…. 응, 괜찮아. 전이마법진에 대해선 모두에게 입막음 했다. 문제없어.

출발 당일. 현관 앞에서 아내와 두 여동생이 배웅했다.

"실피, 금방 돌아올게."

"루디…."

실피는 눈가에 눈물이 맺힌 채 안겨왔다. 반년 동안 완전히 익숙해진 감각이었다. 작지만 확실하게 온기가 있고 작은 동물 같다. 그 어깨는 바들바들 떨리고 있었다.

"훌쩍…."

실피는 말없이 코를 훌쩍였다. 이런 반응을 하면 가고 싶지 않아지는군.

―역시 집에 있을까.

―출산한 뒤에 가도 파울로는 어떻게 해 주지 않을까.

―그래, 일반적으로 생각해 보면 편도로 1년 걸린다.

―앞으로 7개월 동안 집에 있으면서 무사히 출산하는 걸 지켜본 뒤에 출발해도 되지 않을까?

―한 달 반이면 가니까 그래도 충분히 안 늦지 않을까?

그런 생각이 스쳤다.

하지만 기스는 일부러 속달편으로 보내왔다. 베가리트 대륙에서 다른 대륙과 연락을 취하기 위해 편도로 가는 고속편. 지극히 짧은 몇 글자밖에 못 보내는데다가 비싸서 몇 번이나 쓸 수 있는 게 아니다. 일부러 그런 방법으로 편지를 보냈다. 긴급한 일이다. 사태는 한시를 다툴 게 틀림없다.

그렇다고 해도 출산에는 맞출 수 있다. 잠시 출장을 다녀오는 거다.

나는 실피의 눈물을 닦고 뒤에 선 두 여동생에게 말했다.

"아이샤와 노른도. 부탁해."

뭘 부탁하는 건지 스스로도 잘 모르겠다. 하지만 두 여동생은 차분한 얼굴로 끄덕였다.

"오빠. 아무 걱정도 하지 마세요. 열심히 할 테니까요."

"알았어. 오빠도 무운을!"

나는 그 말에 조용히 고개를 끄덕였다.

"응. 아무튼 두 사람 다 싸우지 말고."

"예."

"예."

얌전하게 끄덕이는 두 사람에게 쓴웃음을 보여주었다.

"실피!"

말에 탄 엘리나리제가 다가왔다. 말에는 2주 분량의 짐이 실려 있지만, 그 움직임은 조금도 둔해지지 않았다. 역시나 마츠

카제다.

"괜찮아, 남편이 없어도 아이는 태어나요. 제가 하는 말이니까
틀림없답니다."

"…예, 할머니도 조심하세요."

"걱정 마요. 다 잘 풀릴 테니까요."

엘리나리제가 시원스럽게 머리를 빗어올렸다. 멋지군. 마치 옛
날이야기에 나오는 여기사 같다.

이렇게 되면 저번에 엘리나리제가 떼쓰던 장면을 보고 싶지
않아. 감동이 줄어들잖아.

뭐, 항상 초연한 엘리나리제에게도 약한 면이 있는 걸로 하자.

누구든 망설일 때는 있다.

"그럼 다녀올게."

나는 말에, 엘리나리제의 뒤에 올라탔다. 가늘긴 하지만 든
든한 등이었다.

그리고 따뜻하다. 미안, 크리프. 잠시 빌릴게.

"루디?"

실피가 살짝 고개를 갸웃거렸다. 아니, 아닙니다. 안 잡으면 떨
어지니까요.

"다녀올게."

출발이다.

마법도시 샤리아에서 남서쪽으로 닷새 달려서 숲에 도착했다.

이 닷새 동안의 여행에는 모험가 길드에서 고용한 한 남자를 동행시켰다. 말을 가지고 돌아가도록 하기 위해서였다.

숲에서 말은 방해가 되고, 전이마법진의 사이즈도 모른다. 사막 여행에서 짐을 운반할 때에 편리할지도 모르지만, 그것도 저쪽에서 조달하는 편이 좋겠지. 그 지방에는 그 지방에 적합한 동물이 있을 것이다. 그렇다면 말은 돌려보내는 편이 낫다. 가격이 싼 것도 아니니까 집에서 쓰게 하자.

나는 말을 탈 줄 모르니까 엘리나리제의 뒤에서 그녀를 껴안고 이동. 물론 아무것도 안 하는 건 아니다. 어차, 야한 의미는 아냐. 하루 걸러서 문제의 기저귀형 마도구에 마력을 넣었다. 허리 주위에 팔을 두르고 있으니까 동행한 모험가는 부러운 시선으로 보았다.

숲 입구에서 말과 헤어졌다. 잘 가, 마츠카제.

씩씩하게 살아라. 아마도 아이샤가 돌봐줄 테니까 잘 지내고.

자, 남서쪽 숲. 이름이 뭐라고 했더라. 분명히 루멘 숲인가 그런 느낌의 이름이었던가.

직역하면 위장 숲이군. 이 숲을 한마디로 표현하자면 '울창'일까. 나무 밀도가 높다.

나무들은 키가 크고 줄기도 굵다. 빽빽한 나뭇잎에 태양광은 가려져서 전체적으로 어둑어둑하고, 지면도 지면이라기보다는 굵직한 뿌리 위를 걷는 느낌이라서 그렇게 걷기 편하지 않았다.

나무가 크면 뿌리도 굵고, 고저차가 상당히 난다. 나무뿌리가 계단처럼 된 곳이 있었다. 천연 던전이다.

이래선 숲을 걷는 데에 익숙한 사람이라도 간단히 길을 잃겠지. 그리고 숲속에서 마물의 습격을 받거나 높은 위치의 뿌리에 다리를 헛디뎌서 사망한다. 결과적으로 숲의 양분이 될 뿐이다. 위장이란 건 잘 빗댄 말이다.

아마도 이 숲에는 나무꾼도 좀처럼 오지 않겠지. 마물이 나오는 빈도가 높든가, 다소 강하든가, 혹은 다른 숲이 목재 조달용으로 더 낫든가, 이유라면 그런 거겠지.

어차, 나무꾼이라고 얕보면 곤란하다. 이 세계의 나무꾼은 어지간한 모험가보다 강하고 조직적이다.

숲에는 풍부한 목재가 있지만 마물이 나온다. 나무를 베려고 해도 상당한 위험을 감수해야만 한다. 팀을 짜서, 때로는 모험가를 고용해서 전력으로 삼고, 한 번 원정을 나가면 마물과 대판 싸워가면서 나무를 벤다. 나무꾼 길드의 사람들이 약할 리가 없다.

나무꾼이 들어가지 않으면 나무를 벨 수 없다. 나무를 베지 않으면 멋진 트렌트가 자란다.

"루데우스, 미리 이야기한 대로 전과 같은 포메이션으로 가지요."

"예이."

물론 우리 같은 베테랑에게는 별것 아니다. 딱히 겁먹는 일도 없이 숲속으로 들어갔다. 엘리나리제가 전위, 내가 후위다.

엘리나리제는 역시나 엘프족이라고 해야겠지. 실로 숲을 걷는 모습이 각이 잡혀 있다. 귀도 밝아서 적을 꽤나 일찌감치 발견했다.

"오른쪽 방향, 세 마리 있어요!"

"예이."

시키는 대로 그쪽을 향해 스톤 캐논을 쏘았다. 그러자 멀리서 녹색 멧돼지가 피보라를 일으켰다. 나머지 두 마리가 황급히 도망치는 게 보였다.

서치 앤드 디스트로이. 엘리나리제가 발견하고 내가 마술로 처리한다. 마물은 접근도 못 하고 숨이 끊어졌다.

편해서 좋다. 솔직히 전투다운 전투는 없었다. 엘리나리제는 무리 지은 마물의 영역을 피해서 가는 모양이었다. 엘프족의 특성이라기보다는 그녀 자신의 경험에 의한 바겠지만.

"찾았어요. 이 비석이로군요."

한동안 걸었을 때 엘리나리제가 목표를 발견했다.

울창하게 우거진 담쟁이넝쿨의 벽 같은 것 앞에 있는 것은 문장이 새겨진 비석이었다.

숲속을 2~3일 돌아다닐 것을 각오했는데, 해가 지기 전에

쉽사리 발견하였다. 분명 엘리나리제에게는 '비밀문 발견'이라는 스킬이 있는 게 틀림없다.

비석에는 칠대열강의 비석으로 익숙한 용신의 문장이 새겨져 있었다.

삼각형을 조합한 예각의 디자인. 왠지 모르게 이마에 떠오른 순간 압도적인 힘을 발휘하는 문장과 비슷한가. 세세한 부분은 전혀 다르지만, 역시 드래곤의 얼굴을 따온 것일까.

하지만… 이 문장, 어디서 본 것 같은데….

아, 그런가. 집의 지하에 있던 자동인형의 연구자료에 실린 문장과 비슷하다. 하지만 그 문장과도 세세한 부분은 달랐다. 분위기가 비슷할 뿐이었다. 어쩌면 그 인형의 제작자는 용신의 관계자였을까….

아니, 비슷한 문장은 얼마든지 있겠지. 생전 세계의 국기도 비슷한 게 많이 있었고.

"왜 그러나요?"

"아뇨, 아무것도 아닙니다."

엘리나리제의 질문에 나는 고개를 내저었다. 지금은 그런 걸 신경 쓸 때가 아니다.

"아무튼 결계를 해제하지요."

"부탁해요."

짧은 대화 후에 엘리나리제가 주위를 경계하기 시작했다.

나는 비석 위에 손을 올리고 메모를 보았다. 나나호시에게 받은 컨닝페이퍼다. 거기에 적힌 것은 영창 주문이었다.

"그 용은 그저 신념만으로 산다. 굉장한 팔에서는 아무도 도망칠 수 없다. 두 번째로 죽은 용. 가장 덧없는 눈동자를 가진, 은녹색 비늘의 용장. 성룡제 시라드의 이름을 빌어, 그 결계를 지금 여기서 깨노라——"

그 순간 내 팔에서 비석으로 마력이 빨려들어가고, 동시에 비석의 눈앞에 있는 공간이 일그러졌다.

우지직 일그러진 곳. 나무가 울창하고 벽처럼 된 곳에 돌로 된 건물이 출현하였다.

"오오."

"이런 마술은 처음 보는군요…."

그 광경에 나란히 감탄사를 흘렸다.

하지만 마력이 빨려나가는 이 감각은 기억에 있군. 마도구를 사용했을 때의 감각이다.

아마도 이 비석 자체가 마도구의 일종이겠지. 어쩌면 칠대열강의 비석도 마도구일까. 갈라 보면 안에 마법진이 들어가 있다든가.

하지만 이 주문, 용신의 오리지널일 것 같은 생각이 든다. 성룡제 시니르라는 말이 나오고. 이건 그거겠지. 옛날이야기에 나오는 '오룡장'이라는 녀석들 중 하나겠지?

이 주문, 마술명이 없으니까 아마 중간에 끊어진 걸 텐데, 끝까지 알면 이 비석과 같은 효과를 내지 않을까? 결계를 모두 해제할 수 있다든가. 그럴 듯해서 문제다.

"가지요."

"예이."

가능하면 비석을 뽑아서 가져가고 싶지만, 올스테드가 알면 날 죽이려고 들지도 모른다. 그만두사.

"그렇긴 해도 정말로 유적이란 느낌이네요."

"가끔씩 미궁 입구가 이런 느낌이랍니다."

출현한 건 돌로 된 단층 건물로, 벽에는 담쟁이넝쿨이 뒤얽혔고 곳곳이 낡아서 무너진 모습이었다.

"루데우스는 미궁이 처음이지요?"

"예, 과거 전쟁 때의 유적 같은 곳은 들어간 적 있지만…."

"그럼 제가 밟은 곳 외에는 밟지 말아요."

"예이…. 아니, 여기는 미궁이 아닌데요."

"만일을 위해서랍니다."

덫은 무서우니까.

하지만 엘리나리제는 딱히 시프인 것도 아닌데 괜찮을까?

일단 마안을 열어두었다. 무슨 일이 있으면 즉각 대응할 수 있겠지.

"그럼 가지요. 뭔가가 있거든 원호를."

"예이."

엘리나리제와 함께 유적 안으로 들어갔다.

"……."

안도 돌로 되어 있어서, 여기저기서 담쟁이넝쿨이나 나무뿌리가 엿보였다. 그야말로 숲속의 유적이란 느낌이다.

그렇긴 해도 그렇게 큰 건물도 아니었다. 방은 고작 네 개. 순서대로 살펴보기로 했다.

입구 근처의 두 방에는 아무것도 없었다. 텅 빈 세 평 정도 크기의 공간이 있을 뿐이었다.

세 번째 방에는 옷장 같은 게 있었다. 옷장을 열어 보니 남자 방한구가 보관되어 있었다. 사용한 흔적이 있었다. 누가 여기서 옷을 갈아입은 걸까? 누굴까? 올스테드 외에는 떠오르지 않지만.

사막으로 전이한다고 그랬고, 여기는 겨울이 되면 폭설이 오는 곳이다. 사막에서 방한구를 입수할 수 없다. 그러니까 여기에 미리 준비했겠지.

흠, 이런 방이 있다면 짐을 더 가져와도 될 걸 그랬다.

뭐, 이제 와선 늦었지.

"왜 그러나요? 그 옷을 계속 쳐다보던데 뭐 마음에 걸리는 거라도 있나요?"

"아뇨, 여기에 짐을 놔두면 뭔가에 써먹을 수 있을까 싶어서요."

"…여기면 버리고 가는 거나 같아요."

뭐, 식료품은 아무래도 보관되지 않나. 결계는 있어도 벌레 같은 게 늘어올 것 같고.

"가지요."

"예."

마지막 방에는 계단이 있었다. 지하로 가는 방이었다.

"어머, 수상해라⋯."

엘리나리제는 계단 주위를 꼼꼼히 조사했다. FPS에서 클리어링하는 느낌의 동작이었다.

계단 부근에는 덫이 많은 모양이다.

"괜찮군요."

하지만 아무것도 찾을 수 없었던 듯했다. 애초에 덫을 설치할 거면 다른 장소에 하겠지. 유적 입구라든가.

"내려가겠어요. 따라오시기를."

"예이."

엘리나리제는 주의 깊게 내려갔다. 나도 엘리나리제의 발자국을 따라갔다. 그녀의 발자국을 잘 보고 같은 곳을 밟았다. 지하로 내려가는데도 이상하게 주위가 밝았다.

그 이유는 지하로 내려갔을 때 명확해졌다.

"⋯있었네요."

계단을 내려간 곳에는 커다란 마법진이 있었다. 크기는 3평 정도일까. 실론 왕궁의 지하에서 본 것과 비슷한 정도의 크기였다. 그런 게 푸르스름한 빛을 띠고 있었다.

"이게 전이마법진인가요?"

"아마도 그렇겠죠."

일단 짐에서 책을 꺼내 대조해 보았다. 쌍방향으로 전이 가능한 타입의 마법진과 흡사했다. 자세하게는 다르지만, 특징은 틀림없다.

나나호시의 이야기가 사실이라면 여기에 발을 디디면 순식간에 베가리트 대륙이다.

하지만 엘리나리제는 전이마법진을 가만히 바라보며 주저하였다.

"왜 그러나요? 어서 가죠."

"아뇨, 저는 전이에 좀 안 좋은 추억이 있어서."

전이에 안 좋은 추억이라. 모험가 시절에 무슨 일이 있었을까.

"안 좋은 추억 정도야 나도 있어요."

"그랬군요."

엘리나리제는 머리를 흔들고 마법진을 보았다.

"이상한 곳으로 날아가면 나나호시에게 벌을 주지요."

"…예. 제가 두 팔을 붙잡을 테니까 당신이 쑤욱 넣어 주세요."

"아니, 성적인 의미로는 조금."

"딱히 그걸 넣으라고는 말 안 했잖아요. 코에 손가락을 넣으란 소리예요. 바로 그런 발상이 나오는 걸 보니 수상하군요!"

"어지 코에 손가락을 넣나니, 흥분하잖습니까."

"어머, 그런가요? 다음에 크리프한테 해 달라고 할까."

"책임은 못 집니다."

적당히 농담을 하면서 엘리나리제가 내 손을 붙잡았다. 가늘지만 힘이 있는 손이었다. 모험가의 손이구나. 따뜻하고 약간 땀이 배어있다.

　조금 두근두근한다. 내게는 실피가 있는데. 엘리나리제에게도 크리프가 있는데.

　손을 대면 어떻게 될까. 바람이라기보다는 불륜일까.

　서로 딱히 좋아하는 것도 아닌데.

　"뭔가 착각하시는 모양인데, 전이는 몸의 일부가 접촉하지 않으면 같이 날아가지 않거든요?"

　"아, 그랬지요. 실례."

　이런, 이런. 동정도 아니고 이런 착각을 하면 안 되지.

　"아아, 손녀의 남편도 유혹하는 저는 왜 이리 죄 많은 여자인지!"

　"죗값을 치르고 이혼이로군요."

　"아니, 그런 말 하지 말아요."

　음, 이 정도 장난스러운 느낌으로 가면 일선을 넘을 일은 없겠다.

　엘리나리제의 분위기를 읽는 능력은 대단하다.

　"그럼 갈까요."

　"예."

　우리는 전이마법진으로 발을 디뎠다.

제10화   천적과의 조우

갑자기 잠에서 깨어난 듯한 감각이 있었다.

퍼뜩 정신이 들었다는 느낌일까. 분명히 순간 의식이 끊어졌다.

주위를 보니 엘리나리제가 여우에게 홀린 듯한 얼굴로 주위를 둘러보고 있었다.

"날아왔군요."

"글쎄요."

주위는 방금 전과 마찬가지로 석조 유적. 그렇게 차이가 있는 걸로는 보이지 않았다.

아니, 구석에 약간의 모래가 쌓여있다. 벽에 담쟁이넝쿨이 얽히지도 않았다. 전체적으로 갈색의 느낌이 늘었다. 다른 장소다.

슬슬 신중하게 마법진에서 나왔다.

몸에 딱히 이상은 없었다. 짐도 있다. 엘리나리제와 영혼이 뒤바뀐 것도 아니다.

우리가 나오자, 마법신은 또 활성화되었는지 푸르스름한 빛을 띠기 시작했다.

편리하다. 언뜻 보기론 마력결정이 설치된 것도 아닌데 어떻게 작동하는 걸까. 땅속 깊숙한 곳에 결정을 놔둔 걸까. 주위 마력을 흡수하는 식이라면 꼭 그 방법을 알고 싶은데….

"아, 일단 돌아갈 수 있는지 확인해 둘까요."

"그렇군요."

쌍방향 통신의 마법진이지만, 무조건 돌아갈 수 있는 것도 아니다.

일방통행의 경우는 걸어서 돌아가게 된다. 여기까지 왔다지만 반년으로는 돌아갈 수 없군.

"그럼 내가…."

"아뇨, 제가 가지요. 시간이 지나도 돌아오지 않거든 먼저 가세요."

엘리나리제는 그렇게 말하고 나를 물러나게 했다.

"만에 하나의 경우 당신이 없어졌다고 파울로에게 보고하는 건 사양하고 싶네요."

"그런가요. 그럼 맡기겠습니다."

뭐, 어느 쪽이 가든 상관없다. 전이는 한 모양이지만, 여기가 베가리트라고 장담할 수도 없고.

"그럼 갑니다."

엘리나리제는 마법진으로 뛰어들었다. 다음 순간 마법진에 빨려들듯이 모습이 사라졌다.

전이하는 순간을 보는 건 처음이었다. 지면에 빨려드는 느낌이로군. 지면 안을 이동하는 걸까.

"……."

아무튼 느긋하게 기다릴까. 나나호시의 말은 믿을 수 있다. 올스테드도 딱히 주문 같은 걸 외우지 않았다고 했다. 무슨 마도구가 필요할 가능성도 있었지만, 일단 한 번 전이에 성공했다. 그럼 돌아가는 길도 괜찮을 거라고 생각하고 싶다.

5분. 10분. 15분.

"늦네…. 어?"

15분 정도 만에 엘리나리제가 돌아왔다. 출현할 때는 사라질 때와 역재생이었다. 지면이 내뿜는 느낌으로 나왔다.

엘리나리제는 주위를 두리번거리다가 내 모습을 보고 고개를 끄덕였다.

"제대로 돌아왔군요."

"그렇긴 해도 좀 늦은 것 같은데요."

"그런가요? 바로 돌아온 건데요."

타임랙이 있나. 그렇긴 해도 고작 몇 분인가. 편도 7분 정도다. 시차가 관계 있는 걸까. 아, 그러고 보면 피트아령의 소실과 난민의 출현에 다소 차이가 있었다는 이야기를 어디서 들은 적도 있는 것 같다.

그걸 말한 건 실피였던가?

전이는 순간이동이 아니라 고속이동일지도 모른다. 어쩌면 보ㅇ점프 같은 것일까.

"어찌 되었든 돌아올 수 있으니 문제는 없겠죠."

"그렇군요."

위험한 것이라면 올스테드도 쓰지 않겠고, 돌아올 수 있다고 확인되었으니 됐다.

"그럼 갈까요."

마법진 사용이 확인되었으니 우리는 계단을 올라갔다.

1층에 도달한 순간 기온이 쑤욱 상승한 것을 느꼈다.

숨막히는 열기다. 하지만 습도는 낮은지 끈적대는 느낌은 없었다.

유적 주위에는 사막이 펼쳐졌다고 들었다. 그럼 이 더위도 납득된다.

1층도 숲의 유적과 비슷한 석조 건물. 차이점이라면 벽이나 천장에 엉킨 담쟁이넝쿨이 없고, 통로에는 모래가 쌓인 점일까. 모래로 바닥이 거의 보이지 않을 정도였다. 어, 발자국이 몇 개 남아 있군. 어쩌면 올스테드의 것 아닐까? 딱 맞닥뜨린다면 항복의 포즈다.

방은 네 개. 같은 설계겠지. 그 중 하나에 두꺼운 하얀 망토와 수통이 보관되어 있었다. …역시 이건 올스테드의 물건이겠지.

"발자국은 어쩔까요. 지워둘까요?"

"올스테드인가 하는 그 사람 말인가요? 괜찮을 거라 생각하지만…."

하지만 무섭다. 메모 같은 거라도 남겨둘까. 나나호시의 소개로 개인적인 일에 좀 사용하였습니다. 비밀은 잘 지키겠으니 제발 화내지 말아 주세요. 같은 느낌.

…언제 올지 모르고, 의외로 알려지지 않을 가능성도 크다.

메모 그 자체가 괜한 짓이 될 가능성도 있다. 아무튼 그만둘 까.

그 뒤에 유적을 얼추 조사했지만, 물론 올스테드와 마주치는 일은 없었다.

방을 조사한 뒤에 밖으로 나갔다.

밖은 뜨거웠다. 더운 게 아니다. 뜨겁다. 얼굴에 닿는 바람이 아팠다.

눈앞에는 생전에 사진으로 몇 번 보았던 모래언덕 풍경이 펼 쳐졌다. 사막이다.

하지만 태양이 지기 시작했다. 이제 곧 밤이 되겠지. 사막을 걸으려면 밤이 낫다고 했나. 아니, 밤에는 영하로 내려가니까 움직이면 안 된다고 했던가. 이 세계에서도 그런 상식이 통하 는 걸까.

…분명히 사막의 마물은 야행성이 많을 거다. 어둠 속을 이 붕아나가 마물에게 기습을 당하면 위험하겠지.

"엘리나리제 씨, 어쩔까요?"

"지금부터 걸어도 대단한 거리는 벌 수 없겠네요. 조금 이르 지만 지붕이 있는 곳에서 쉬지요."

오늘은 이 유적에서 머물게 되었다.

밤에는 혹한이었다.

사막에는 밤낮의 기온차가 심하다고 하는데, 정말 맞는 말이었다.

지금은 유적 안이니까 낫지만, 야숙일 때도 생각해야 하나. 흙 마술로 쉘터를 만들고 거기서 지내는 게 좋을까. 흙 마술 '어스 포레스트'는 편리하지만, 마력의 공급을 멈추면 무너진다. 하지만 조금만 손을 보면 눈 집 같은 형태를 유지하는 건 가능하다. 그 안에서 모닥불을 피워서 온기를 얻는다. 응, 그렇게 하자.

오늘은 유적의 한 방에 침낭을 깔고 자기로 했다. 일단 자기 전에 엘리나리제의 마도구에 마력을 공급하였다. 기저귀에 손을 대고 마력을 넣는다. 얼빠진 광경이다.

엘리나리제는 조용히 말했다.

"…루데우스, 혹시 마력이 부족해질 것 같거든 그 때는 마도구를 나중으로 미루세요."

"하지만 이 마력 공급을 멈추면 엘리나리제 씨가 못 참게 될 텐데요?"

"전투에 당신 마술은 필요불가결하지요. 그쪽을 우선시하세요."

베가리트 대륙은 마대륙만큼 마물이 강하지 않다. 그렇다고 해도 비슷한 정도의 마물은 나오겠지.

방심할 수 없다.

"아뇨, 이 정도라면 마력이 바닥날 리도 없으니까요."

"그래요? 정말로 끝이 없군요…."

"엘리나리제 씨의 성욕만큼은 아닙니다."

"어머, 그 정도는 아니랍니다."

애초에 마도구에게 마력 주입을 게을리 했다가 엘리나리제가 음수가 되면 큰일이다.

날 덮친다면 분명 나도 참을 수 없어지겠지. '딱 한 번만, 단 둘만의 비밀로 하면'. '나는 저항했지만 어떻게 할 수 없어서' 같은 변명은 얼마든지 할 수 있으니까.

참지 않으면 서로 불행해질지도 모른다.

엘리나리제가 임신을 한다면. 크리프에게 평생 원한을 사겠고, 실피는 차가운 눈으로 보겠고, 여동생들은 경멸하겠지. 아아, 엘리나리제에게 손을 댔다간 안 좋은 미래밖에 보이지 않는다.

혹시 못 참게 된다면 하다못해 입으로 해 달라고 하자. 아니, 안 돼.

이런 생각이 떠오르는 시점에서 나도 쌓인 모양이다. 1주일 동안 계속 엘리나리제에게 안겨 있었으니까. 딱히 야한 짓은 하지 않았지만 젊어서 어쩔 수 없다.

오늘 밤에 불침번 설 때 처리하자.

"그럼 자죠. 한동안 이 사막이 계속되는 모양이고, 체력을 온존해야만 하겠지요."

"그렇군요."

체력을 온존해야만 하는데, 할 일을 해 둬야만 한다. 남자는 괴롭다.

그 날 밤. 유적의 한 방에서 대기하는데 문득 달콤한 냄새가 났다.

동시에 갑자기 심장이 뛰었다. 가슴이 두근거렸다.

눈을 뜨니 거기에는 엘리나리제가 검을 껴안고 뒤척이고 있었다.

목덜미가 하얗다. 손이 하얗고 매끄럽다. 얼굴은 실피와 비슷하지만 실피보다는 어른스럽다.

실피보다 키가 크고 늘씬하다.

특히나 허리에서 엉덩이에 이르는 몸매는 지금까지 본 어느 여자보다도 완벽한 곡선을 그렸다.

엘리나리제는 분명히 엄청… 잘 한댔지….

"하아… 하아…."

어느 틈에 내 거기가 커져 있었다. 머리가 멍했다.

"으응…."

엘리나리제가 몸을 뒤척였다. 모포가 벗겨지고 착 달라붙는 가죽바지로 덮인 다리가 보였다.

좋은 엉덩이다. 주무르고 싶어졌다. 나는 무의식 중에 그녀의 다리로 손을 뻗었다. 만지고 싶다. 만지고 싶다.

감정에 이끌려서 다리를 만졌다. 산양 같은 다리였다.

내가 만지자 엘리나리제가 으음 소리를 내며 살짝 다리를 벌렸다.

이거, 유혹하는 건가….

어느 틈에 내 하반신은 이미 못 참을 상태가 되어 있었다. 괜찮아, 한 번뿐이야, 한 번뿐. 엘리나리제는 거부하지 않아. 입 다물어 줄 거야. 문제 없어.

"크리프…."

그녀의 잠꼬대에 정신이 들었다.

나는 기어서 방 밖으로 나갔다. 그대로 뭔가에게서 도망치듯이 유적 밖으로 나갔다.

아직 괜찮다고 생각했는데, 조금 쌓였던 모양이다.

이런, 이런, 한때의 감정에 휩쓸리다니. 이런 나쁜 액체는 배출해야 한다.

그렇게 생각하며 모래 위에 앉았다. 그리고 바지를 내리려던 때에 문득 기척을 느꼈다.

"…음?"

엘리나리제일까? 그렇게 생각하면서 기척이 난 방향을 보니 거기에는 요염한 여성이 서 있었다.

추운데도 무희 같은 옷차림이었다. 얇은 천이라서, 밝은 곳에서 보면 비쳐보일 듯했다. 짧은 머리는 흑발일까. 머리카락 끝이 살짝 말려 있었다. 어두워서 피부색은 판별하기 힘들었다. 하지만 어둠 속에서 희미하게 희게 빛나는 듯하였다.

그렇긴 해도 좋은 몸이다. 껴안고 싶어진다는 게 이런 거겠지. 다이너마이트 바디다. 그녀와 비교하면 엘리나리제는 나뭇가지다.

그녀는 입가에 손가락을 대고 손가락을 낼름 핥았다. 그 요염한 동작에 나는 눈을 빼앗겼다. 그녀의 입가에서 눈을 뗄 수 없었다.

그녀는 그대로 천천히 내 옆으로 걸어왔다. 그리고 내 앞에 앉아서 천천히 다리를 벌렸다. 그 순간 방금 전에 맡았던 달콤한 냄새가 후욱 코를 찔렀다.

방금 전보다 압도적으로 농후한 냄새가 내 코를 자극했다.

"꿀꺽…."

침을 삼켰다. 내 턱에서 뭔가가 흘러내리는 것을 느꼈다. 닦아 보니 손이 시뻘겋게 물들어 있었다. 어느 틈에 코피가 나고 있었다.

"우후후…."

그녀는 이리 오라는 듯이 손을 내밀었다. 나는 그 손을 잡고 쓰러지듯이 그녀에게….

"루데우스!"

다음 순간 외침이 유적 안에 울렸다.

동시에 여자가 펄쩍 뛰어 물러났다. 여자가 있던 자리에 검을 든 엘리나리제가 뛰어들었다.

그대로 여자와 나 사이를 가로막듯이 섰다.

"정신차려요!"

"예?"

당황스러웠다. 엘리나리제는 방패를 들고 여자를 향해 돌진했다.

"키에에에에에!"

여자는 새된 고함을 지르며 이상할 만큼 긴 발톱을 뻗었다. 순식간에 골격이 변하고 등에 날개가 생겼다. 그 날개를 움직여서 하늘을 날려고 했다. 거기에 엘리나리제가 뛰어들었다.

그녀가 방패로 후려치자, 카앙 하는 둔한 금속음과 함께 여자가 지면을 뒹굴었다.

엘리나리제는 재빨리 여자의 몸을 발로 짓누르고, 날뛰는 여자의 몸에 검을 꽂았다.

"키에에에에…."

여자는 기분 나쁜 소리를 냈다. 엘리나리제는 방심하지 않고 몇 번이나 여자의 몸에 검을 찔렀다.

그리고 뒷걸음질로 거리를 벌렸다. 여자는 꿈틀꿈틀 움직였지만, 잠시 뒤에 움직이지 않게 되었다. 죽었다.

"어…?"

나는 멍하니 그 광경을 보고 있었다. 무슨 일이 일어난 건지 잘 모르겠다. 여전히 내 하반신은 쌩쌩하고.

어라? 뭐지? 무슨 일이 일어났지?

혼란스러워하는데 엘리나리제가 내 뺨을 때렸다.

"정신차려요, 서큐버스였어요!"

"어? 서큐버스? 지금 그게?"

죽은 여자. 아무리 봐도 보통 여자다. 등에 박쥐 같은 날개가 있고, 발톱이 이상하게 길지만.

아, 잘 보니 피부가 파란가. 얼굴도 잘 보니 인간과 약간 다르다.

하지만 좋은 몸이군. 죽었지만. 죽었으면 주물러도 화내지 않겠지.

사체라도 구멍은 있어….

"저도 처음 보지만요. 소문으로 들었던, 코가 비뚤어질 정도의 냄새, 틀림없네요…."

"냄새?"

오히려 좋은 냄새라고 생각하는데. 엄청 흥분된다. 그렇긴 해도.

엘리나리제의 몸을 봐라. 가슴은 없지만 예쁜 얼굴에 주욱 뻗은 다리. 허리 주변의 멋진 곡선.

"엘리나리제 씨는, 몸이 참 멋지네요…?"

"예? 루데우스. 정신 좀 차려요."

괜찮아, 이 여자는 음란하다. 칭찬하면 하게 해 준다. 할 수 있어. 쉽게 대주는 여자다.

"난 엘리나리제 씨 같은 여자한테 부드럽게 안기고 싶다고 생각했어요….."

"실피한테 이르겠어요."

"말 안 하면 안 들키죠….."

일어서서 엘리나리제 쪽을 향했다. 엘리나리제는 방패를 들고 뒷걸음질 쳤다.

"아, 그러고 보면 서큐버스는 남자를 홀린다고 그랬지요."

"저기, 엘리나리제 씨…. 야한 짓 하죠….."

엘리나리제는 눈썹을 찌푸리고 한숨을 한 번.

"흠!"

꽈앙!

방패로 얻어맞아서 모래 위에 나뒹굴었다. 눈앞이 번쩍거렸다.

아니, 됐어. 그런 것보다 엘리나리제, 지금 눈앞에 있는 여자를 범하지 않으면.

"하악… 하악… 한 번, 한 번이면 돼요. 분명 만족시켜 줄 테니까….."

"하아, 참나…. 루데우스, 열 셀 동안 해독 마술을 쓰세요."

"해독 마술? 그러면 하게 해 줄 건가요?"

"…됐으니까 얼른 쓰세요."

나는 가쁜 숨을 숨기지도 않고 해독 마술을 외웠다. 초급부터 시작해서 중급까지 낱낱이 외우자 어느 순간 갑자기 몸이

239

가벼워졌다.

"…어라?"

머리가 맑아졌다. 하반신이 조금 무겁지만, 견디기 힘들던 성욕은 이미 없었다.

엘리나리제가 나를 보았다. 뭐, 몸은 에로하네. 분명히 에로해. 하지만 그것뿐이다.

"서큐버스가 풍기는 냄새는 남자를 홀리는 효과가 있다고 들었는데, 정말 대단하군요."

엘리나리제는 천천히 검을 칼집에 넣었다. 그리고 팔짱을 끼더니 다시 한숨을 내뱉었다.

"…참나."

"……."

내가 지금 뭘 했지? 내가 방금 했던 말을 돌이켜보았다.

…이런.

"자, 얼른 자요. 다음에는 방심하지 않도록 부탁할게요."

엘리나리제는 그렇게 말하면서 방 안으로 돌아가려고 했다.

나는 손을 모아서 꼼지락거리며 그녀에게 말했다.

"저기, 엘리나리제, 씨. 어어, 죄송했습니다."

부끄러운 마음을 억누르면서 말하자 엘리나리제는 의심 어린 얼굴로 돌아보더니 씨익 웃었다.

"'난 엘리나리제 씨 같은 여자한테 부드럽게 안기고 싶다고 생각했어요….'"

얼굴이 뜨거워지는 게 느껴졌다. 그건 서큐버스 때문에 억지로 한 말이야!

"'야한 짓 하죠.'"

"끄아아."

뭐야, 이거. 왜 이렇게 창피한 거야.

엘리나리제는 히죽히죽 웃으면서 내게로 다가와서 머리를 톡톡 두들겼다.

"다 알아요. 서큐버스는 그런 마물이니까요. 어쩔 수 없지요. 물론 실피한테도 파울로한테도 말하지 않겠어요."

"엘리나리제 씨!"

엘리나리제가 여신으로 보였다.

"하지만 너무 과신하면 안 됩답니다? 저도 지금은 어떻게든 되지만, 점점 저주가 강해지니까 언젠가는 못 참게 될 거예요."

"알겠습니다. 그때는 잘 부탁드립니다."

"그게 아니라 그때는 당신이 참으라고요!"

"예이."

그렇게 말하자 엘리나리제는 조용히 미소 지었다.

"그럼 저는 잘 테니까 계속해서 불침번 부탁해요. …아, 또 사체는 태워 주세요."

"예이."

엘리나리제는 유적 안으로 들어갔다. 미안한 짓을 했구.

나는 서큐버스의 사체를 태우고 뼈를 묻었다.

가까이서 본 서큐버스는 별로 예쁜 얼굴이 아니었다. 박쥐 같은 얼굴이었다. 보기에 따라선 어떨지도 모르지만… 왜 이런 것에 욕정했을까.

아까 보았을 때는 인간의 얼굴이라고 생각했는데. 본성을 보이면 진짜 얼굴이 되는 걸까.

영화 속의 뱀파이어 같군.

하지만 몸은 좋다. 그래, 몸이, 이 몸이 문제다.

쭉쭉빵빵. 엘리나리제에게 옵션으로 가슴이 있는 느낌이다.

아니, 안 되지, 안 돼. 그렇긴 해도 위험했다. 혹시 엘리나리제가 거기에 난입하지 않았으면 어떻게 되었을까. 그대로 그 손을 잡고 생기를 빨아먹혀서 죽었을지도 모르겠군.

그래, 그렇긴 해도 하반신이 무겁다. 이거고 저거고 다 서큐버스 때문이다.

이런 게 계속되면 정말로 엘리나리제를 덮칠지도 모르겠다.

유적에 들어가기 전에 처리해 둘까. 어찌 되었든 앞으로도 서큐버스에게는 주의하자.

이렇게 베가리트 대륙에서의 첫날 밤이 지나갔다.

제11화 사막의 생태

사막 여행이 시작되었다.

서큐버스에게 기습을 받은 덕분에 마음이 바짝 조여졌다. 요 몇 년 동안 학교 같은 곳에 있었던 탓일까, 조금 감이 둔해진 걸지도 모르겠다. 애초부터 감이 날카롭지 않았는데 더 둔해졌다.

여기는 베가리트 대륙. 안전한 중앙대륙과 다르다. 마음을 다 잡지 않으면 죽을 지도 모른다.

"일단 옷을 잘 챙겨 입죠. 수분 보급은 꾸준하게 하도록. 수통의 물이 떨어질 것 같거든 말씀하세요."

"알겠어요."

우리는 후드를 쓰고 코트를 둘렀다. 피부를 노출해선 안 된다. 혹시 여기에 크리프가 있으면 이 더위에 왜 껴입어야 하냐고 불평했을까.

사막이라고 해도 마술로 물도 얼음도 만들 수 있다. 그렇긴 해도 무슨 일이 일어날지 모른다. 나도 엘리나리제도 사막 여행에 대해선 모른다. 어느 틈에 열사병으로 마술을 못 쓰게 되는 일이 있어선 안 된다.

"길은 똑바로 북쪽으로 가면 되나요?"

"예, 부탁합니다."

지도에 따르면 제일 가까운 도시는 북쪽에 있다.

엘리나리제는 나침반 저리 가랄 정도로 정확하게 북쪽을 향해 걷기 시작했다. 엘프족은 태양이 보이지 않는 숲속에서도 방향감각을 잃지 않는다. 엘리나리제는 오랜 경험을 바탕으로 똑같은 방향으로 이동할 수 있다. 물론 엘프족이 아니더라도 지도만 있으면 헤매는 일 없이 도시에 갈 수 있다는 사람은 이 세계에 의외로 많다. 경험이겠지.

"그렇긴 해도 덥군요."

"아예 이 일대에 비라도 좀 내리게 할까요?"

"마물이 꼬일 테니까 그만두는 편이 좋겠네요."

어느 사막이라도 생물은 물을 필요로 한다. 대삼림의 우기에도 도마뱀 같은 마물이 대량으로 출몰했다.

그렇긴 해도 베가리트 대륙의 마물은 추위에 약하다고 들었다. 여차하면 이 일대를 얼려 버리자. 엘리나리제가 휩쓸리지 않게 주의해야겠지.

그런 생각을 하면서 엘리나리제의 뒤를 따랐다.

사막을 걷는 건 처음이었다. 한걸음 걸을 때마다 부드러운 모래에 발이 빠지는 감각이었다.

북방대지의 눈 속을 걷는 훈련을 하길 잘했다. 똑같지는 않지만 하반신에 걸리는 부담은 비슷한 정도였다. 이거라면 하루 종일 계속 걸어도 문제없다.

그렇게 생각했지만, 고작 몇 시간 만에 헐떡거렸다. 강한 햇살이 문제겠지. 강한 햇살과 열풍, 상승한 체온으로 어질거렸다. 빈번하게 수분보충을 하여 체온을 조절하지만, 발생한 허탈감은 어떻게 하기 힘들었다. 역시 머리 위에 구름 하나라도 만들어야 할지 모르겠다.

그런 나와 비교해서 엘리나리제는 쌩쌩했다.

"루데우스, 의외로 체력이 없군요?"

"눈길을 걷는 데에 익숙하니까 모래 자체는 괜찮지만, 역시나 더위가 문제인 것 같아요."

"하지만 분명 크리프나 자노바라면 이미 뻗어 버렸을걸요. 데려오질 않길 잘했어요."

역시 이 세계 전사의 체력은 괴물인가. 이것도 투기인가 하는 것 덕분일까. 부럽다.

하지만 더위가 문제군. 흐르던 땀이 순식간에 증발하는 감각마저 있었다.

북방대륙에 있을 무렵에는 추위가 문제였다. 그때는 내 주위 공간에 마술로 열을 발생시켰다. 불 마술 '버닝 프레이즈'의 응용이다. 그걸 조금 손보면 지금도 괜찮아지겠지.

즉각 실행해 보았다.

"어머, 시원해라. 뭐라도 했나요?"

"주위 온도를 조금 내려 보았습니다."

체감으로는 섭씨 5도 정도일까. 아직 덥다. 사정없이 쨍쨍 내리쬐는 태양 때문이겠지. 후드를 쓰고 있는데도 정수리가 불타는 것 같다. 양산을 준비하는 게 좋았을지도 모르겠다.

아무튼 주변 온도를 내리면서 수통 하나를 얼음베개 삼아서 옷 안에 넣고 걷기로 했다.

녹으면 마술로 또 얼린다.

꽤나 편해졌다. 이걸로 더위는 괜찮다.

하루 동안 마물과 몇 차례나 맞닥뜨렸다.

처음에 본 것은 커다란 전갈이었다. 2미터는 될까. 꼬리가
두 갈래로 갈라졌고 각각 독자적으로 움직이며 공격해 왔다.

엘리나리제의 말로는 트윈 데스 스콜피오라고 하는 듯했다.
꼬리에는 맹독이 있어서 중급 해독 마술이 아니면 치유할 수
없다나. 중급 해독을 배워두길 잘했다.

트윈 데스 스콜피오는 외피가 다소 딱딱하지만 움직임은 둔
했다. 엘리나리제가 붙들고 내가 스톤 캐논을 한 방. 2초면 해
치울 수 있는 상대였다. B급이라고 하는데 파티와의 상성이 좋
다. 피라미로군.

다만 엘리나리제 혼자서는 공격력이 다소 부족해서 고전할 것
같았다.

"후우, 꽤나 크군요."

"이 정도가요?"

"마대륙하고 비슷한 정도의 크기네요."

"아, 그러고 보면."

베가리트 대륙의 마물은 마대륙보다 다소 약하다고 들었는
데, 이 크기에는 조금 놀랐다. 이 절반 정도 사이즈일 줄 알았다.

"이 녀석이 유독 큰 걸지도 모르지만요."

"처음에 만난 녀석이 최강이었다. 흔히 있는 이야기입니다."

"흔한 이야기는 아니랍니다."

"그럼 이 근처 적이 단순히 강할 뿐일지도 모르지요."

"그 가능성이 크겠네요."

그런 대화를 나누면서 발을 옮겼다.

다음에는 트렌트였다. 이 마물은 정말로 어디에나 있구나.

이번에는 선인장 모습을 하고 있었다. 참고로 이름은 '캑터스 트렌트'다.

랭크는 C급. 바늘을 날리거나 흙 마술 같은 것을 쓰기도 했지만, 역시 대단한 상대는 아니었다.

"트렌트를 보니까 왠지 안심이 되는군요."

"어디에나 있으니까요. 완전히 슬라임 같네요."

"예? 슬라임은 동굴 안에만 있을 텐데요?"

"아뇨, 이쪽의 이야기입니다. 하지만 이 선인장, 장작도 안 되겠는데요?"

"수분이 너무 많네요. 마술이 없다면 고마운 존재지만요."

지금은 엘리나리제도 물 마술을 쓸 수 있다. 수업을 땡땡이 쳤나 싶었는데, 배워야 할 것은 착실히 배웠던 모양이다.

그 녀석은 갑자기 나타났다.

"적습!"

엘리나리제가 갑자기 소리치면서 백스텝을 밟았다.

다음 순간 엘리나리제의 몇 걸음 앞의 지면에서 거대한 뭔가가 튀어나왔다.

지렁이다. 직경 1미터, 길이는 5미터 정도 될 만한 거대한 웜이 튀어나온 것이다. 그 녀석은 공중에서 우직! 하는 기분 나쁜 소리를 낸 뒤에 즉각 모래 속으로 기어들어갔다.

"휴우, 깜짝 놀랐네요."

"지금 그건 뭡니까?"

"샌드웜이랍니다. 조금 크지만요."

샌드웜은 흙 속에서 가만히 대기하다가 사냥감이 위를 지나치면 튀어나와서 포식하는 마물이다.

나는 본 적 없지만, 대삼림에도 비슷한 게 있다나 보다. 다만 크기가 달랐다. 대삼림에 있는 녀석은 직경 20에서 30센티미터 정도로, 경우에 따라서는 다리 하나를 물어간다.

"마대륙에는 큰 것도 있다는 모양이에요. 본 적 없나요?"

"내가 마대륙에서 본 건 뱀이나 늑대뿐이었거든요. 또 이상한 갑옷."

"갑옷이라면… 소울브레이커?"

"아뇨, 익스큐셔너인가 하는 이름이었던가. 커다란 검을 든 놈이요."

"아하, 강한 쪽이로군요. 혼자서는 만나고 싶지 않은 상대랍니다."

하지만 베가리트 대륙의 샌드웜은 크군. 지상에 나온 부분만도 5미터는 되었다. 땅속에 있는 부분도 포함하면 총 길이가 10미터 가까이 되지 않을까? 인간 하나를 통째로 삼킬 수 있는 사이즈다. 그런 놈이 땅속에 숨어 있다가 위를 지나치면 덥석. 즉사 트랩의 일종 아닌가.

물론 첫 공격만 회피하면 아무것도 아니다.

땅속에 있는 샌드웜을 흙 마술로 갈아버리자 단말마의 비명조차 없이 즉사했다.

지표 부분이 체액으로 젖어서 웅덩이가 생겼다. 조금 기분 나쁘다.

"이렇게 커다란 유충에게서는 얼마나 예쁜 나비가 나오는 걸까요."

"어쩌면 서큐버스가 될지도 모르는데요? 밤의 나비처럼."

"하하, 그럼 엘리나리제 씨는 유충에서 태어난 게 되겠네요."

서큐버스라는 부분을 부정할 수 없군.

그렇긴 해도 엘리나리제의 과거는 어떤 모습이었을까. 안경을 쓰고 도서관에 있을까? 아니면 오버올을 입고 밭에서 농작업을 했을까.

크리프에게 그 무렵의 영상이라도 보여주면 분명 흥분하겠지.

갭이란 것은 훌륭한 것이고.

마지막으로 만난 것은 개미였다. 모래언덕을 하나 넘었을 때

발견했고, 발견한 순간 엘리나리제가 날 넘어뜨렸다. 모처럼 올라간 모래언덕의 중턱까지 굴러 떨어졌다.

"갑자기 뭡니까?"

"팔랑크스앤트 떼예요!"

팔랑크스앤트. 그 말을 들어도 나는 알 수 없었다. 아무튼 엘리나리제를 흉내내어 전진포복으로 모래언덕을 다시 슬금슬금 올라갔다. 눈앞에는 가죽바지로 뒤덮인 엘리나리제의 엉덩이. 여전히 엘리나리제는 좋은 엉덩이를 가졌다. 실피도 스무 살 정도가 되면 이런 느낌이 되는 걸까. 지금의 작은 엉덩이도 충분히 매력적이지만.

"조용히 있어요. 자극하지 않도록."

모래언덕 정상에서 사면에 숨어서 팔랑크스앤트 떼란 것을 관찰하였다.

새빨간 몸을 가진 개미가 대열을 이루어 걷고 있었다. 크기는 30센티에서 1미터 정도일까. 크기가 다양하였다. 형태도 실로 가지가지라서, 날개가 난 녀석이나 인간 같은 상반신을 가진 녀석도 있었다.

그게 서로 부대끼고 우글거리며 한 점을 향해 행군하였다. 한마디로 말해서 군대개미다. 군대개미가 새빨간 강을 이룬 듯하였다. 길이는 지평선 끝부터 끝까지. 엄청난 장사진이었다.

"저 사이즈, 저 숫자라면 틀림없이 S급이로군요."

"호오, S급인가요. 참고하게 설명을 부탁드립니다."

"팔랑크스앤트는 모든 것을 먹어치우는 최강의 마물 중 하나랍니다. 대삼림에도 있지만, 저 크기는… 분명 베가리트의 고유종이로군요."

팔랑크스앤트는 군대개미가 변이한 것인 듯했다. 개미지만 둥지를 짓지 않고 그저 여행을 하며 도중에 있는 모든 것을 먹어치운다. 몇 종류의 천적은 있지만, 지상을 걷는 상대라면 설령 떠돌이 용이라도 먹어치운다. 그리고 어느 시기가 오면 둥지를 만들고 다음 세대로 교대한다. 여기까지는 평범한 군대개미로군.

하지만 마물인 탓인지 통상의 군대개미보다 지능이나 호전성이 높은 듯했다. 예를 들어서 우리가 모래언덕에서 당당히 모습을 보이면 딱히 적대적인 행동을 취하지 않았더라도 진로를 변경하여 공격해 온다는 모양이다.

"한 마리, 한 마리는 그렇게 강하지 않지요. 지금 보이는 것만 해도 작은 게 E급, 큰 게 D나 C급이랍니다."

"그래도 C급이 있나요."

언뜻 보기론 1, 2천 이상의 숫자였다. 이 세계의 마물의 랭크에는 무리의 숫자도 포함된다. D급이나 C급이라도 열 마리가 모이면 B나 A가 된다. 그게 천 마리 이상이라면 S급이란 것도 납득이 간다.

생전에 했던 모 게임에서는 인간의 세 배 정도 크기인 개미가 대량으로 나왔는데, 그만큼 클 필요는 없다. 이 세계의 마물은 꽤나 운동성능이 좋고.

"아, 저건 여왕이로군요."

엘리나리제가 가리킨 곳에는 한층 큰 개체가 있었다. 2미터 이상은 되고 상반신이 여성의 몸이었다. 드ㅇ드퀸이라는 느낌이다. 스턴이 약점이로군.

생전 세계의 군대개미는 여왕개미라도 기껏해야 50밀리미터라고 그랬는데, 그걸 참고로 하면 저 팔랑크스앤트는 단순 계산으로 50배 크기를 가졌다는 소리가 된다.

위협적이군. 이 세계에서는 무리 짓는 마물이 꽤나 많다. 게다가 왜인지 집단전에 능하다. 그러니까 저 개미랑은 싸우고 싶지 않다. 분명 시비를 건 순간 로마군 저리 가랄 정도의 아름다운 방진을 짜서 덤벼들겠지.

어쩌면 마술을 쓰는 녀석이나 원거리 공격을 하는 녀석도 있을지 모른다.

단번에 쓸어 버릴 만한 거대한 마술을 쓰면 승기는 있겠지만. 아니, 그런 마술을 쓰면 우리에게도 피해가 미칠 것 같군.

"잠깐, 루데우스. 왜 그렇게 신이 난 얼굴을 하나요?"

"신이요? 아뇨, 그런 거 전혀 없습니다."

"어떻게 싸워야 할지 생각하는 얼굴이었어요."

내가 그렇게 호전적인 얼굴을 할 리가 없다. 내가 무슨 전투민족이냐. 두근거리지 않아.

"아뇨, 혹시 들켰을 때 어떻게 도망칠지를."

"그럼 좋지만… 무리가 지나칠 때까지 기다리지요."

"예이."

엘리나리제의 말에 수긍했다.

딱히 짓밟는다고 경험치가 들어오는 것도 아니다. 소재를 가져가면 돈은 되겠지만, 이렇게 무더운 와중에 저 시뻘건 외피를 가져갈 생각은 들지 않았다.

위험은 피하자. 지금 목적은 라판에 도착하는 거니까. 공을 세울 때가 아냐.

정찰이 임무인 병장처럼 굴어선 안 된다.

그 뒤 한 시간 정도 만에 개미는 모습을 감추었다.

사막의 저녁은 붉다. 모래가 붉게 물들고, 지면에 또렷한 대비의 무늬가 남았다. 붉은색과 검정색의 줄무늬가 지면에 생겨나서 환상적인 광경이 펴졌다. 별세계다.

하지만 사막은 사막이다. 원래 세계에서도 이런 광경은 있었겠지.

"기온이 내려가네요. 이런 식이면 밤에 더 거리를 벌 수 있겠는데요."

"그러네요. 쭉쭉 가 보죠."

"예이… 음?"

그런 소리를 하는데, 문득 공중에 뭔가가 날아다는 것을 깨달았다. 올려다보니 50센티미터 정도의 박쥐였다. 녀석들은 퍼덕퍼덕 하는 커다란 소리를 내면서 주위를 날아다녔다. 낮에는 나오지 않았다. 보통 벌레나 도마뱀 같은 걸 먹고 사나.

"거대박쥐로군요."

"아, 마물인가요?"

"마물이라면 조금 미묘하지만, 숫자가 많군요. 일단 주의를."

이 박쥐의 이름은 거대박쥐라는 모양이다. 랭크는 F급. 숫자가 많으니까 E급일까. 공격력은 딱히 없고 경이적이지도 않다. 사람을 공격하는 일도 없다. 날갯소리가 짜증날 뿐인 존재라나.

"어, 어라? 이 녀석들 뭔가요?"

놈들은 왠지 엘리나리제에게 모여들었다. 딱히 공격하는 것도 아닌 모양인데, 그녀의 주위에 모여들었다. 수컷인 걸까.

"아니…. 루데우스! 보고만 있지 말고 어떻게 좀 해요!"

"예이."

아무리 엘리나리제라도 이만큼 모여들면 이동도 여의치 않다. 소용돌이라도 일으켜서 쫓아버릴까. 그렇게 느긋하게 생각하는데.

"음?"

박쥐 떼 안쪽. 한층 커다란 실루엣이 섞여 있었다. 커다란 박쥐 날개를 가지고 요염한 몸짓으로 띔뛰듯이 다가왔다. 동시에 내 코를 간지럽히는 달콤한 냄새.

서큐버스다.

"우오오오! '스톤 캐논'!"

나의 굵고 단단한 포탄이 보디블로우처럼 서큐버스를 때렸다. 서큐버스는 괴로운 표정을 하면서 배를 누르며 백스텝. 그대로 도망쳤다.

으음. 무의식중에 위력을 억눌렀다. 아무래도 상대가 인간의 얼굴인 게 틀렸다. 나한테는 죽일 각오 같은 게 되어 있지 않다.

인정하자. 나는 서큐버스라는 마물에 약하다.

죽이지도 않고, 그 냄새라고 할까, 페로몬을 맡은 순간 이성이 날아간다. 근접전투라도 하는 날에는 순식간에 포로가 되겠지. 물론 거리만 있으면 스톤 캐논 한 방이다. 당할 일은 없다.

서큐버스의 전투력은 E급 정도지만, 분류적으로는 C급에 해당한다. 강력한 마물이다. 혹시 내가 아직 동정이었으면, 아니, 실피와의 달콤한 밤의 경험이 없었으면 이길 요소는 없었겠지.

서큐버스라는 존재 자체는 생전에도 좋아했으니까.

이쪽의 서큐버스는 화장이 지워지면 좀 아닌 얼굴이지만, 남자 앞에서 맨얼굴을 보이지 않으면 문제 없다.

그런 거라고 이해하면 받아들이는 것도 간단하다.

그러니까 어쩔 수 없다. 거대박쥐를 정리한 뒤에 불끈대며 엘리나리제를 뒤에서 껴안았다고 해도. 이건 어쩔 수 없는 일이다. 상태이상이다.

"아니, 루데우스! 루데우스, 정신차려요! 얼른 해독을! 어이!

들이대지 마!"

"조금만, 조금만이니까요! 끝에만, 아니, 아예 뒤면 되니까, 뒤로 하면 바람이 아니니까!"

"헛소리 말아요!"

"커헉!"

안겨서 비비다가 엘리나리제에게 단단한 방패로 얻어맞아서 휘리릭쾅. 이게 야겜이었으면 엘리나리제는 틀림없이 폭력계 히로인이라고 불리겠지. 틀린 건 아니지만.

아무래도 고통에 정신이 좀 돌아와서 해독을 걸었다.

"허억… 허억… 폐를 끼쳤습니다."

"어쩔 수 없지요…. 그런 마물이니까요."

우우, 맞은 데가 욱신거린다. 방패는 둔기구나.

"휴우…. 서큐버스는 정말로 좀 안 나타났으면 싶은 상대로군요…. 아아…. 근질거리기 시작했어요…."

엘리나리제는 붉어진 뺨을 두드리면서 고개를 내저었다. 내 구애행동에 꽤나 불끈대기 시작한 모양이다. 어디까지나 서큐버스의 페로몬 때문이지, 사실은 진심이고 뭐고 없는 육욕이지만. 뭐, 그건 됐다.

그녀도 때리는 것으로 참았다. 어쩔 수 없다. 이건 어쩔 수 없는 일이다.

"저 박쥐, 아무래도 서큐버스의 부하인 모양이군요."

"그런가 봅니다."

중앙대륙에서도 자기보다 하위 마물을 부리는 마물은 있다. 분명히 내가 이 세계에서 처음 본 마물도 그랬을 거다. 이름이 뭐였더라. 한 번밖에 못 봤으니까 잊어버렸다. 이족보행하는 멧돼지 같은 녀석이다.

서큐버스는 거대박쥐들을 부하로 부리는 듯했다. 남녀가 여행하는 걸 보면 여자에게 박쥐를 붙이고 그 틈에 남자를 매료시켜 잡아간다. 잡혀간 남자는 서큐버스의 굴에서 성적인 의미로 잡아먹히고, 최종적으로는 물리적인 의미로도 잡아먹힌다나.

나는 원거리에서 일격으로 해치울 수 있으니까 어떻게든 된다. 하지만 검사나 전사 계열이라면 고생이겠지. 그 냄새를 근처에서 맡으면서 싸워야만 하니까. 장기전이 되면 될수록 불리해진다. 어떤 고결한 기사라도 저항하기 어려워서 무릎을 꿇겠지.

서큐버스에게 이길 수 있는 건 호모 정도다.

"…이번에는 뭐지?"

서큐버스와의 전투 후에 모래언덕 너머에서 벨로시랩터 같은 이족보행 도마뱀이 슬쩍 고개를 내밀었다. 차례로 나타나서 이쪽으로 다가왔다.

크지는 않지만 십여 마리. 몇 마리가 지면에 떨어진 박쥐들을 먹기 시작했다.

"처음 보는 놈들이네요."

엘리나리제는 방심하지 않고 검과 방패를 들었다. 나도 지팡이를 쥐고 일단 상황을 보았다.

"엘리나리제 씨도 모르는 마물이 다 있군요."

"저라고 딱히 마물박사인 건 아니니까요."

이날 본 도마뱀의 이름을 엘리나리제도 모른다. 그렇다면 베가리트의 고유종이겠지.

랩터들은 우리를 보더니 위협하면서 공격해 왔다. 사냥감을 빼앗으려 한다고 생각한 걸까. 아니, 박쥐를 해치운 건 우리니까 너희가 사냥감을 빼앗은 거잖아.

날카로운 이빨도 있고 발도 빨랐다. 그렇다곤 해도 대단하진 않았다.

순식간에 일곱 마리 정도가 쓰러졌다. 남은 건 열 마리 정도인가. 그러자 놈들도 경계하여 우리와 거리를 벌렸다.

어디, 상급 마술로 단방에 정리할까…라고 생각한 순간.

"루데우스! 조심해요! 큰 게 와요!"

랩터와 싸우고 있는데 또 큰 놈이 나타났다. 한마디로 말하자면 커다란 닭이다. 5미터 정도는 될까. 완전히 공룡이군. 시뻘건 볏이 눈을 아프게 한다.

이 녀석은 벨로시랩터의 천적인 모양이다. 대여섯 마리가 무리를 지어서 벨로시랩터를 강습, 순식간에 짓밟았다. 도망치는 랩터, 그걸 잡아먹는 닭.

"가루다의 일종이로군요…."

가루다는 단독으로 C급. 무리지은 현재는 B급에 해당하는 모양이다. 하지만 이 사이즈라면 A급도 가능하겠다.

랩터와의 싸움으로 다소 거리가 벌어진 탓에 닭은 우리 쪽으로는 위협하는 것에 머물렀다.

랩터는 불쌍하게도 정신없이 계속 도망치고 있지만, 과연 언제까지 버틸까. 먹잇감을 다 잡아먹으면 다음에는 우리를 덮치겠지. 해치우지 못할 건 없지만….

"루데우스, 도망치죠. 뭔가가 와요."

하지만 엘리나리제의 예민한 감각은 가루다의 뒤에 뭔가 거대한 육식동물의 기척을 감지하였다.

"예이."

철수 중에 엘리나리제는 슬쩍 랩터의 사체를 회수했다. 박쥐보다는 맛있겠다.

랩터와의 전투 장소에서 떨어져서 안전한 곳에 쉘터를 만들었다. 오늘은 여기서 하룻밤을 보낸다.

일단 랩터의 사체를 그날 저녁식사로 삼았다. 가져온 식량이 부족한 것은 아니지만, 도중에 자급자족하는 것은 모험가의 기본이다.

그렇긴 해도 밤의 사막은 낮과 딴판이로군. 차례로 마물이 나타났다. 그대로 계속 닭과 싸웠으면 또 다른 마물이 나타났겠지. 엘리나리제의 예상으로는 그 서큐버스의 페로몬이 마물도 끌어들이는 것이라고 했다.

남자에게는 좋은 냄새. 여자에게는 불쾌한 냄새. 마물에게는 어떨지 모르지만, 그 냄새가 나는 장소에 먹잇감이 있다면 모여들 만도 하겠지.

그리고 서큐버스는 인간 남자를 먹잇감으로 삼는다.

결과적으로 인간이 다니는 곳에 마물이 모여든다는 소리다. 처음에 서큐버스를 퇴치했을 때 박쥐도 마물도 오지 않았던 것은 그 장소가 결계의 보호를 받기 때문일까.

거기에 운 나쁘게도 서큐버스 한 마리가 들어온 걸까.

아…. 혹시 그 서큐버스, 올스테드의 지인이 아니었을까.

아, 아니, 아니. 그렇다면 느닷없이 그렇게 유혹하지 않았겠지. 저쪽도 이쪽이 올스테드의 관계자인지 물었을 거고.

잠깐. 단순한 문화의 차이일 뿐이지, 서큐버스에게는 그게 인사일지도 모른다. 일본에서 알몸의 교제라는 말이 있었다. 외국인이 이해할 수 없는 문화란 소리다. 서큐버스도 사실은 그런 식으로 단순히 날 기분 좋게 만들려는 느낌이었을지도 모른다.

그렇다면 큰일이다. 나는 나도 모르는 사이에 올스테드에게 시비를 건 걸지도 모른다. 지금이라도 돌아가서 묘라도 만들어 줄까. 무슨 일이 있었는지는 몰라도 정중하게 매장해 주면 화가 가라앉을지도 모르고….

아니, 혹시 그 유적에 누가 있다면 나나호시가 한마디 이야기라도 했을 것이다. 그래, 애초에 올스테드는 저주 때문에 사람들에게 미움을 받는다고 그랬잖아. 어쩌면 인간만이 아니라 마물에게도 미움을 받을지 모른다.

응, 그러니까 그 서큐버스는 관계없다.

"후아암…. 베가리트 대륙, 들은 것과는 전혀 다르네요."

내 초조함을 아는지 모르는지 엘리나리제는 쉘터 안에서 하품을 하면서 그런 소리를 하였다. 참 마음도 편하다. 올스테드를 모르는 녀석은 이러니까 문제야.

물론 나의 이런 생각도 분명 기우겠지. 이 마물은 어쩌면 누구누구의 지인이 아닐까 하는 생각을 하다간 앞길의 모든 마물들에게 물어보고 다녀야만 한다.

저쪽은 포식하려고 덤빈다. 이쪽은 격퇴했다. 그것뿐이다.

"그러네요. 생각 이상으로 마물이 많았습니다."

나는 내 생각을 털어내고 엘리나리제에게 대답했다. 솔직히 마물의 밀도가 마대륙보다 심했다.

알고 보니 천대륙으로 전이한 건 아니겠지.

"뭐, 지금은 어떻게든 되니까 괜찮지요."

"방심은 금물입니다."

"그런 소리 들을 것도 없답니다. 하지만 지금까지와 마찬가지로 대응할 수 있으면 대부분의 마물은 격퇴할 수 있을 거예요."

"내가 서큐버스에게 당할 것 같을 때도 계속해서 같은 대응으로 부탁합니다."

"그쪽은 조금 더 긴장하세요."

그런 말을 하면서 첫날이 경과했다. 꽤나 긴 하루였다.

그보다 이제 하루인가. 앞날이 까마득하군….

제12화 사막 여행

다음날도 마물과의 싸움은 극에 달했다.

이 사막에는 마물이 많다. 특히나 샌드웜은 주의가 필요하다. 그 유충은 경계하면서 걸으면 문제없다. 하지만 아무래도 발밑에 주의를 기울일 수 없는 때가 있다. 예를 들어서 전투 중이라든가.

한 차례 트윈 데스 스콜피오와 시간차로 샌드웜이 출현했다. 나는 순간적으로 잡아먹혀서 땅속으로 끌려갈 뻔했다. 다소 초조한 마음으로 즉각 중급 바람 마술 '윈드 슬라이스'로 놈의 몸을 갈갈이 찢었다.

흙 마술로 지표로 탈출했지만 엘리나리제는 트윈 데스 스콜피오의 독에 당한 판이었다. 내가 샌드웜에게 당해서 동요한 것이다. 얼굴이 보랏빛이 되어서 쓰러지는 엘리나리제. 나는 즉시 트윈 데스 스콜피오를 격파. 중급 해독으로 엘리나리제를 구했다.

누가 잘못한 건 아니다. 타이밍이 안 좋았다.

"그 대처, 역시나 '진흙탕'이로군요. 덕분에 살았어요."

엘리나리제는 죽을 뻔한 것을 탓하지 않았다. 보기에 따라선 내가 방심한 것인데도.

인격이 된 사람이다.

"그린 얼굴 하지 마요. 긴장을 하고 있어도 안 될 때는 안 되는 법이니까요. 이번에는 문제없었잖아요. 그런 거랍니다."

전멸의 위험은 바로 옆에 있다. 그녀는 그걸 이해하고 있었다.

놀랐던 건 그 한 번뿐이고, 이동은 순조로웠다.

도중에 거대한 마물을 보았다. 멀찍이서 느릿느릿 걷고 있었다. 걷기만 해도 모래먼지가 뭉게뭉게 피어오르는 게 멀리서 보였다. 총 길이가 백 미터는 되는 게 아닐까?

뭐라고 형용하기 어려운 생물이었다. 긴수염고래에 코끼리 다리를 여러 개 달아놓은 듯한 느낌일까.

"저건 베히모스네요."

"알고 있었나, 엘리나리제?"

"어머, 드디어 제게도 경어를 그만두는 건가요?"

"아뇨, 설마요. 연상은 공경해야죠."

"자노바도 연상인데요?"

"그 녀석은 커다란 애니까요."

베히모스는 베가리트 대륙에 서식하는 유명한 생물인 모양이다. 총 길이는 백 미터에서 천 미터.

뭘 먹고 사는지는 불명. 사막에서 발견된다. 성격은 마물치고 꽤나 온화해서, 이쪽에서 먼저 공격하지 않는 한 얌전하다. 과거에 베히모스를 쓰러뜨린 자의 이야기에 따르면, 그 배 속에는 대량의 마석을 품고 있다나.

그 말을 듣고 일확천금을 꿈꾸는 자도 있었나 본데, 베히모스를 해치우기란 어렵다.

외피는 지극히 단단하고 강인. 그 거구는 어지간한 공격에 꿈쩍도 않을 만큼 터프. 특별한 공격방법은 없지만, 그 거구가 날뛰기만 해도 충분한 위협이다.

그럼 원거리공격을 하면 되지 않을까 생각했는데, 베히모스는 위험해지면 땅속 깊숙하게 들어가서 도망친다. 따라서 해치운 적 있는 자는 거의 없다나 보다.

또 덩치가 저 정도인데도 사체가 발견되는 일도 없다나. 고로 베히모스의 묘지가 어딘가 존재한다는 소문이 있다. 거기에는 베히모스의 뼈와 마석이 대량으로 떨어져 있다는 모양이다. 코끼리 묘지 같아서 마음이 좀 두근거리는군.

어차피 먹는다든가 하는 이유겠지만.

"루데우스라면 도전해 볼 만할지도 모르겠는데요?"

"귀여운 초식동물을 괴롭힐 생각은 없습니다."

하지만 혹시 돈이 궁하면 원거리에서 해치우는 것도 재미있겠네.

사흘째에는 모래폭풍과 조우했다.

아니, 조우라는 말은 이상할지도 모르겠다. 걷고 있는데 멀리서 벽 같은 게 보였다. 가까이 가 보니 그것은 모래폭풍이었다. 어쩔 수 없으니 기다릴까 하고 엘리나리제와 의논하는데, 아무래도 이 모래폭풍은 일정한 장소를 계속 흐르는 모양인지 그칠 기색이 없었다.

급한 길이기도 해서 나는 마술로 모래폭풍을 멈추고 돌파했다. 날씨는 되도록 조작하지 않는 편이 좋다고 했지만, 어쩔 수 없겠지.

한 시간 정도 걸은 뒤에 돌아보니 또 같은 장소에 모래폭풍이 생겨나 있었다.

어쩌면 저것도 마력적인 결계의 일종일지도 모르겠다. 올스테드가 흔히 쓰는, 유적으로 들어가는 길을 막는 자연의 결계라든가.

나나호시는 그런 말을 한마디도 하지 않았지만, 당시의 그녀에게는 주위를 확인할 여유가 전혀 없었던 모양이다. 기억을 하지 못하더라도 어쩔 수 없을지 모르지.

나흘째. 마물의 수가 격감했다. 그 모래폭풍이 결계 같은 역할을 했겠지.

노래쏙뿡을 통과하기 전과 후의 생태계가 전혀 달랐다. 전갈도 꼬리가 하나밖에 없고, 무리지어 다니는 개미도 없었다. 샌드웜도 엘리나리제의 몸 정도 굵기였다. 밤중에 박쥐가 돌아다니는 일도 없었다. 저녁이 지날 즈음의 시간에 랩터를 본 적도 있지만, 무리의 숫자가 적고 덩치도 작았다. 가루다라면 그림자도 못 봤을 정도였다.

밤에 서큐버스가 습격해 오는 일도 없어졌다.

기쁘면서 서글프구나. 아니, 서글플 일은 아니다.

닷새째. 사막을 걸었다. 눈에 들어오는 건 전부 모래의 바다. 같은 풍경이 길게 이어졌다.

사람은 아무런 표식도 없는 곳을 걷고 있으면, 똑바로 걷는다고 생각하면서도 크게 원을 그려서 원래 장소로 돌아간다는 모양이다. 잘 쓰는 다리와 축이 되는 다리의 보폭이 다르기 때문이라나.

엘리나리제에게는 그런 일이 없다고 생각한다. 하지만 그러고 보면 저 모래언덕, 전에도 봤던 것 같은데? 라는 생각을 한 번이라도 하면 설마 싶은 마음이 싹튼다.

설마 엘리나리제가 길을 잃은 건 아니겠지?

뭐, 의심이 싹트는 건 좋다. 말로만 하지 않으면 된다. 말로 하면 엘리나리제도 기분이 상한다. 기분이 상하면 팀워크가 망가진다. 팀워크가 흐트러지면 죽음으로 이어진다.

내가 할 수 있는 일은 용서하는 것이다. 엘리나리제가 실수를 저질렀을 때에도 웃으며 용서하는 것이다.

결코 탓하지 않는다. 음.

"…음, 루데우스. 뭔가가 보이기 시작하네요."

그런 결의는 소용없었다. 엘리나리제가 가리키는 곳, 아지랑이로 흔들리면서 뭔가가 보였다.

"확인하겠습니다."

나는 흙 마술로 돌기둥을 만들어서 그 위에서 저 멀리 있는 것을 확인했다.

저 멀리에 분명히 뭔가가 있다. 하지만 내 눈으로는 아직 잘 알 수 없었다. 다만 모래랑은 색깔이 다른 것이 희미하게 보일 뿐이었다. 신기루일지도 모른다.

일단 우리는 그쪽을 향해서 똑바로 걸어갔다. 마물에 주의하면서. 그저 똑바로.

그러고 보면 오늘은 한 번도 마물과 만나지 못했다. 이 근처에는 마물이 없는 걸지도 모른다.

아니, 방심하면 안 되지. 그렇게 생각하는 사이에 그것이 또렷하게 보이기 시작했다.

에어즈록을 방불케 하는 거대한 바위였다. 높이는 50미터 정도일까. 바위 선반이라는 말이 떠올랐다. 깎아지른 정도는 아니지만, 올라가려면 꽤나 고생할 듯한 모습이었다. 그런 게 지평선 너머까지 계속 이어지고 있었다. 끝이 안 보였다.

"우회해야 하려나요?"

"아뇨, 올라가죠. 마술을 쓰겠습니다."

나는 흙 마술로 돌기둥을 만들었다. 엘리나리제를 안아 들고 즉석 엘리베이터로 바위 선반 위쪽을 향해 올라갔다. 무슨 일이 있을지도 모르니까 천천히.

하지만 몸에 위화감이 있었다. 엉덩이 근처에 슬쩍슬쩍 묘한 감각이.

"저기, 엘리나리제 씨."

"뭔가요?"

"손길이 야한데요."

"그냥 버릇이에요. 신경 쓰지 마세요."

바위 선반 위로 올라가기까지 몇 분. 엘리나리제는 계속 내 몸을 만지작거렸다.

"……."

어쩌면 저주의 영향이 나오는 걸지도 모른다. 마도구에 마력을 넣었다.

하지만 리미트를 늘릴 뿐이라고 했다. 크리프와 마지막으로 한 뒤로 약 열흘. 마도구 덕분에 아직 버틸 줄 알았는데, 결국은 시작품. 방심은 금물이다. 얼른 사람들 사는 곳으로 가고 싶다.

여차하면 내가 상대할 수밖에 없다. 하지만 그건 분명히 바람피우는 짓이다.

불륜이라고 바꿔말해도 좋다. 아무리 저주 때문이라고 해도 말이다. 이 여행에서 나는 엘리나리제와 하지 않는다. 그건 여행 전에 결정한 일 아닌가.

바자르에 남창을 두는 곳이 있으면 그게 제일 낫다. 어디까지나 성욕처리, 그런 인식이 제일이다. 서로를 위해서라도.

"엘리나리제 씨, 바위 선반 위에 왔습니다."

"예, 그렇군요."

엘리나리제가 떨어지지 않았다. 내 어깨 근처를 뜨거운 시선으로 더듬었다.

"…떨어지라고."

"실례."

엘리나리제가 내게서 떨어졌다. 하지만 그 시선은 내 하반신을 향했다. 정조의 위험을 느꼈다.

역시 안아드는 게 문제였을지도 모르겠다.

다른 방법이 좋았을지도 모르겠군. 돌이켜보면 육체적인 접촉은 그녀 쪽에서 피했다. 내가 균형을 깬 걸지도 모른다. 이런, 얼른 바자르에 가야겠어.

"어서 가죠."

"예."

엘리나리제의 재촉에 발을 옮긴 다음 순간, 발밑에 그림자가 드리워졌다.

"루데우스! 엎드려요!"

순간적인 외침. 위를 확인하기 전에 지면에 엎드렸다. 시간

269

차로 머리 위를 뭔가가 지나갔다. 등에 서늘한 것이 지나갔다.

즉각 일어서면서 정체를 확인하자 그건 사자의 팔다리와 매의 머리를 가진 모래색 마물이었다. 거대한 날개를 펄럭이면서 조금 떨어진 곳에 쿠웅 착지했다.

"그리폰이군요!"

엘리나리제의 외침. 적이다. 즉각 마음을 다잡았다. 지팡이를 들고 그리폰 쪽을 향했지만 위치 관계가 안 좋았다. 엘리나리제가 거의 바로 뒤에 있었다. 뜻하지 않게 백어택의 형태였다. 아니, 엘리나리제는 이런 상황에서도 잘 움직일 수 있다. 나랑 위치를 교묘하게 바꾸면서 전위로 돌아오겠지.

"루데우스, 한 쌍이에요! 그쪽은 맡길게요."

생각처럼 되지 않았다. 뒤에서 퍼드득 하는 소리가 들려왔다.

그리폰은 두 마리였다. 협격의 형태가 되었다.

눈앞의 그리폰A는 내가 처리해야만 한다. 내가 몸을 피하고 그리폰A가 엘리나리제에게 가면 그녀는 뒤에서 공격을 받게 된다.

…아니, 그 편이 나을까. 엘리나리제가 두 마리를 상대하고 내가 한 마리씩 정리한다.

지금까지의 패턴으로 갈 수도 있지만… 미리 그런 이야기를 하지 않았다. 그녀는 맡긴다고 말했다. 내가 해치우지 않으면 엘리나리제는 대응할 수 없다. 좋아.

그리폰은 몸을 앞으로 기울인 자세로 부리를 반쯤 벌리고 이쪽을 노려보았다. 거리가 가깝다. 그리폰은 민첩해 보였다. 스톤 캐논을 피하든가 버텨낼지도 모른다.

확실하게 해치우고 싶다. 스톤 캐논은 그만두자. 녀석에는 날개도 있다. 얼마나 날 수 있을지 모른다.

하지만 매드풀도 효과가 별로겠군. 그럼 바람이다.

그리폰의 뒷다리에 힘이 실렸다. 온다.

그리폰의 뒷다리가 타악 하는 소리를 냈다. 호랑이처럼 앞다리를 펼치면서 도약했다. 나는 웅크리면서 지면을 향해 마술을 썼다.

상급 흙 마술 '어스 헤지혹'. 바늘 길이는 3미터. 내 주위에 부채꼴로 전개.

"꾸에엑!"

그리폰은 즉각 등의 날개를 움직였다.

'공중에서 궤도를 제어하고 곧바로 옆으로 피해서 도망치려고 한다.'

보인다. 내게는 마안으로 보인다.

왼손으로 바람 마술을 썼다. 광범위로 충격파를 발생시켜서 그리폰의 제어를 빼앗았다. 공중에서 사이에 낀 꼴이 된 그리폰. 하지만 그래도 녀석은 고양이처럼 몸을 틀이서 착지하려고 했다.

나는 재빨리 착지지점에 스톤 캐논을 날렸다. 큐웅 하는 거슬리는 소리를 내면서 스톤 캐논이 발사되었다.

착탄.

그리폰의 몸에 검은 바람구멍이 나고, 다음 순간 뻐엉 소리를 내며 탄이 통과했다. 그리폰은 몇 걸음 비틀거리다가 아무 말도 없이 쓰러졌다.

나는 즉각 불 마술로 마무리를 짓고 뒤를 돌아보았다. 엘리나리제는 무사할까.

무사했다. 그녀는 그리폰의 공격을 방패로 막으면서 에스토크를 휘두르고 있었다. 그리폰의 앞다리는 새빨갛게 물들어 있었다. 엘리나리제가 그곳만 공격한 것이다. 한 곳을 중점적으로 노려서 상대의 힘을 깎아내는 것이다.

"엘리나리제 씨! '스톤 캐논'."

"!"

나는 뒤에서 소리치면서 스톤 캐논을 날렸다. 엘리나리제가 사이드스텝으로 옆으로 뛰었다.

그리폰은 엘리나리제를 쫓지 않았다. 나를 알아차리고 스톤 캐논을 피하려고 했다. 하지만 엘리나리제가 즉각 에스토크를 찔렀다. 지면을 딛은 그리폰의 앞다리에 얕게 꽂히고, 그리폰의 몸이 추욱 기울었다.

착탄. 그리폰의 목덜미 부분에 바람구멍이 났다. 스톤 캐논은 그리폰의 살을 찢으면서 내부를 통과. 척수를 파괴하고 뒤쪽으로 빠져나왔다.

그리폰은 목을 추욱 늘어뜨리면서 소리 내어 쓰러졌다.

몸을 꿈틀꿈틀 떠는 그리폰. 그 머리에 엘리나리제가 에스토크를 꽂아서 숨통을 끊었다. 이어서 나도 불 마술로 그리폰을 태웠다.

그 뒤에 더 이상의 추격이 없는지 주위를 경계. 잠시 뒤에 겨우 숨을 내뱉었다.

"휴우, 미안해요. 조금 방심했나 보네요."

"아뇨. 위를 잘 확인하지 않았던 저한테도 책임은 있습니다."

서로의 실수를 사과하면서 우리는 앞을 보았다. 바위 선반 위에는 약간의 모래가 보였지만, 그래도 바위였다.

여기서는 지면 밑까지 주의할 필요가 없겠지.

"상공을 주의하면서 갈까요."

"그러지요."

최소한의 확인을 한 뒤에 나와 엘리나리제는 걷기 시작했다.

엿새째. 바위 선반은 그리폰의 둥지였다. 일정구간마다 영역이 있는 건지, 몇 번이나 습격을 받았다.

그리폰은 B급 마물이다. 딱히 마술 같은 걸 쓰지는 않는다. 하지만 지극히 높은 신체능력과 약간의 비행능력을 가졌다. 3차원적인 입체기동을 하기 때문에 마술사에게는 강적에 속하겠지.

한 마리일 때가 많지만, 짝을 이루어 자손을 낳아서 2~5마리 정도의 무리를 만든다. 높은 지능을 가져서, 무리일 때는 고도의 연대를 사용한 사냥을 한다. 그렇기 때문에 무리일 때는 A급에 상당한다고 한다.

그렇다고 해도 우리의 상대는 못 된다.

밤이 되었지만 서큐버스의 기척은 없었다. 그리폰의 영역에는 들어오지 않는 길까.

또 그리폰은 동족이라도 영역 의식이 강하다. 하루 정도라면 다른 그리폰이 멀리서 습격하러 올 일도 없을 듯하다.

즉, 여기는 안전하다. 오래간만에 모닥불을 피우고 그리폰의 고기로 바비큐를 벌였다.

마지막으로 해치운 게 새끼 딸린 그리폰이었기에 새끼 쪽을 먹었다. 어떤 생물이라도 새끼의 고기가 부드럽고 맛있다. 송아지 스테이크 같은 요리도 있고.

이제 곧 자식이 태어나는 몸으로서 다소 미안한 마음도 들었다. 하지만 살아가기 위해서다.

인간은 이기적인 생물이다.

마물 고기를 조리하는 법에 대해서는 나도 조금 지식이 있었다. 그걸 위한 조미료도 가져왔다. 애석하게도 랩터 고기는 그렇게 맛이 있는 편이 아니었지만, 포유류와 조류의 중간인 그리폰이라면 분명 맛있게 요리되겠지.

조미료는 이미 조합된 걸 썼다. 코쿠리 열매, 아와즈 씨앗, 건조시킨 아비 잎사귀, 이것들을 1:2:2의 비율로 섞어서 으깨어

가루로 만든다. 손가락에 묻혀서 핥으면 찌르르하니 맵다.

이걸 자른 고기에 빈틈없이 발라서 잘 재운다.

그 뒤에 소금을 묻혀서 구웠다. 표면을 구워낸 뒤에 불에서 거리를 좀 두고 조금 더 구웠다.

표면에서 주르륵 기름이 흘러내리면 오케이나. 화상에 주의하면서 씹어먹었다.

새끼 그리폰의 고기는 부드럽고 육즙이 많았다. 꽤 특색이 강한 맛이지만, 그걸 조미료의 매운 맛이 없애 주었다.

아아, 물론 그런 식으로 구우면 깊숙한 곳까지 익지 않는다.

하지만 문제는 없다. 표면을 덥썩 씹어먹고, 또 조미료를 발라서 구우면 된다.

"옛날 생각이 나는군요. 기스가 이런 조미료를 항상 가지고 다녔어요."

"도적 계열의 사람은 이런 걸 보통 가지고 다니죠."

에리스와 헤어진 뒤로 몇 년, 나도 모험가로 그럭저럭 지내 왔다. 여러 파티와 섞여 봤다. 파티에는 반드시 이런 조미료를 만들어내는 사람이 한 명씩 있었다.

특히나 도적 계열에게 많았다. 틈만 있으면 근처의 나무에서 열매나 잎을 따다가 모아두는 것이다.

요리에만 쓰는 것도 아니다. 이렇게 향기나 맛이 강한 향초나 열매를 싫어하는 마물도 있다.

여차할 때에 던지거나 벌레를 쫓는 데에도 쓰는 것이다.

으깨서 만든 가루를 던져서 눈을 못 쓰게 만들기도 했다.

"당신의 맛, 제법 취향에 맞네요."

"그거 고맙습니다."

엘리나리제는 버릇없게도 기름이 묻은 손가락을 핥았다. 시내에서 밥을 먹을 때는 절대로 하지 않는 짓이었다.

엘리나리제가 손가락을 핥는 것은 또 다른 때다. 남자를 유혹할 때다.

"엘리나리제 씨. 버릇없어요."

"어머, 제니스 같은 소리를 하네요."

"…어머니가 그런 말씀을?"

"여자니까 여러모로 더 조심하세요! 같은 소릴 곧잘 했지요. 새빨간 얼굴을 하면서."

엘리나리제가 누군가의 말투를 흉내내면서 말했다. 제니스의 이미지랑은 조금 다르군. 하지만 제니스겠지. 그녀에게도 내가 모르는 시절이 있었겠지. 그 제니스가 지금은….

아니, 그만두자. 도중에 불안해져도 좋을 것 없다.

"역시 엘리나리제 씨는 당시부터 가벼운 느낌이었습니까?"

"가볍다라…. 뭐, 꼭 틀린 건 아니지요. 그렇다고 해도 다들 반에는 일몹이니 속옷이 있거든요? 길레느는 브래지어의 존재조차 몰랐지요. 그걸 본 파울로의 음란한 눈이란, 참나…."

길레느가 그렇게 파렴치하게. 아니, 길레느라면 그럴 수도 있겠다. 그런 쪽으로 눈한 모양이었고. 그리고 파울로…. 뭐,

모를 것도 아니다. 수족은 다들 가슴이 크니까.

"아, 그러고 보면 딱 당신 정도의 나이였네요. 처음 만났을 때의 제니스는…."

"열여섯 살 정도?"

"예, 아무것도 모르는 철부시라서, 파울로에게 낚여서 따라왔지요."

엘리나리제는 그리운 듯이 눈을 가늘게 떴다. 그러고 보면 기스나 길레느도 때로는 사람의 이름을 말하면서 이런 눈을 하였다. 그리운 추억이겠지.

"아버지는 엘리나리제 씨에게 뭔가 사과하고 싶은 모양이었는데, 무슨 일이 있었는지 물어봐도 될까요?"

"…안 듣는 게 좋을걸요."

엘리나리제는 얼굴을 찌푸렸다. 말하고 싶지 않은 모양이다.

"당신도 아버지의 치정 문제를 알고 싶지 않겠죠?"

"예, 듣기 싫습니다."

사실은 듣고 싶지만, 말하고 싶지 않다면 안 듣는 게 좋겠지. 그게 분위기를 읽는다는 것이다.

그렇긴 해도 역시 치정문제인가. 길레느와도 육체관계가 있었던 모양이고, 역시 엘리나리제랑도 육체관계가 있었을까. 그리고 제니스의 임신으로 파티 해산.

무슨 애증극이 있었는지 대충 상상이 가는군.

"라판에 도착하면 분명 엎드려 사과하겠지요."

"…무슨 말을 해도 용서 안 할 거예요."

엘리나리제는 얼굴을 찌푸렸다. 심상찮은 일이 있었을까.

파울로. 그 인간은 정말 한심한 녀석이다. 정말 손 쓸 수 없이 한심하니까 내가 도와줘야지. 한심한 동료니까 서로 도와야지.

여차하면 내 쪽에서 엘리나리제에게 고개를 숙여서 용서를 받자.

이레째. 그리폰과 싸우면서 북쪽으로 이동했다.

바위 선반도 넓었다. 선반이라고 표현했지만, 산에 가까울지도 모르겠다. 고저차는 그리 없지만, 시야는 좋지 않았다. 커다란 바위가 마구 굴러다니기 때문이다. 그런 장소를 걸으면 이따금 트인 장소가 있었다.

대개 거기서 그리폰에게 습격을 받았다. 격퇴하면서 계속 전진했다. 그걸 반복했다.

"오."

하지만 어느 시점에서 바위 선반이 끝났다.

"드디어 왔군요."

실벽 아래. 사막이 아니었다. 적게나마 나무가 있고 풀이 적은 사반나 같은 땅이 펼쳐져 있었다. 그리고 조금 멀리, 희미하게 어떤 게 보였다.

커다란 호수. 그 주변에 있는 하얀 천의 지붕.

바자르다.

제13화　바자르

　여드레째. 바위 선반에서 내려와서 바자르로 향했다.

　높은 곳에서 본 바자르는 도넛 같은 모양이었다. 커다란 호수 주위를 둘러싼 천막이 설탕. 또 그 주위를 약간의 녹색이 에워쌌다. 그런 식의 달달한 튀김과자는 최근 못 먹었군.

　"드디어 왔네요."

　"그렇군요. 고작 이레인데 꽤나 멀게 느껴졌습니다."

　"마물만 많았으니까요."

　지면은 사막이 아니었다. 영양분이 적을 듯한 검붉은 대지에 주먹 크기의 돌이 마구 굴러다녔다. 마대륙의 지면과 비슷할지도 모르겠다. 덕분에 꽤나 걷기 쉬워졌다. 기온도 상당히 내려갔다. 바위 선반 너머와 여기는 많이 다르구나.

　바자르에 가까워질 무렵에는 저녁이 가까워졌다. 검붉은 대지를 박쥐가 날아다녔다. 순간 서큐버스인가 하고 긴장했지만, 박쥐는 날아다닐 뿐이지 공격해 오는 것도 아니고, 중심에 서큐버스가 있는 것도 아니었다. 그냥 박쥐였다.

　하지만 바자르 근처라고 해도 마물이 있을지도 모른다. 경계하면서 이동했다.

끼에에….

바자르에 다가가자, 그리폰 울음소리가 들려서 한층 경계하였다.

"적습일지도."

"아니에요. 저쪽에서 싸우고 있군요."

엘리나리제는 전방을 바라보며 말했다. 내 눈에는 아직 비치지 않았다.

"누가?"

"글쎄요."

되묻자 쌀쌀맞은 대답이 돌아왔다.

바자르로 더 가까이 가자, 몇몇 인간과 그리폰이 보였다.

네 명의 인간 VS 다섯 마리의 그리폰. 아니, 정확하게는 인간은 네 명이 아니라 여섯 명이었다.

두 사람이 지면에 쓰러졌고 또 한 명은 머리를 감싸며 웅크린 상태, 나머지가 그리폰과 전투 중이었다.

실질적으로 3대5다. 나머지 세 명은 폭이 넓은 검을 휘두르면서 연대를 잘 취했지만, 피로한 빛이 역력해 보였다.

"도울까요?"

'일닌 엘티나리세에게 물어보자, 그녀는 어깨를 으쓱였다. 무슨 뜻이야?

"맡기겠어요."

그냥 죽도록 내버려두는 것도 꿈자리가 나쁘다. 도와주기로 할까.

"돕죠."

"알겠어요. 원호를!"

"예이!"

엘리나리제가 달려갔다. 그와 동시에 나는 높은 위치에 있는 그리폰에게 충격파를 날렸다.

명중했다. 이쪽에 주의를 기울이지 않았기 때문이겠지. 즉사까지는 아니지만, 그리폰은 깃털을 흩날리면서 떨어졌다. 엘리나리제가 재빨리 달려가서 목덜미에 검을 꽂았다.

나는 계속해서 충격파를 날렸다. 두 번째 놈은 일격에 해치웠다. 세 번째 놈은 회피했다.

그제야 그리폰이 내 존재를 깨달았다. 하지만 바로 눈앞에는 무장한 남자들.

나와의 사이에는 방어에 정평이 있는 엘리나리제도 있다.

이렇게 되면 나는 마술을 마음껏 쏴댈 수 있다. 이미 이쪽에게 패배는 없다. 팍팍 쓰러뜨리자.

"끼에에에에에에!"

마지막 한 마리는 도망치려고 했다. 나는 도망치는 등에 스톤 캐논을 쏴서 마무리를 지었다. 상처 입은 야수를 그대로 둘 순 없으니까.

전투 종료. 엘리나리제와 함께 그들에게 다가갔다.

"끄, 끝난 건가?!"

웅크리고 있던 남자가 고개를 들었다. 주위를 두리번두리번 둘러보고 눈에 띄게 안도한 표정이었다. 그 남자에게 그리폰과 싸웠던 전사들이 다가갔다.

"뭣들 하는 거냐! 얼른들 찾아!"

남자는 전사 한 명에게 지시를 내렸다. 전사는 어딘가로 전속력으로 달려갔다.

"참나…. 재수도 없지. 왜 이런 데까지 그리폰이…."

지시를 내린 남자는 나머지 두 명을 데리고 우리 쪽으로 향했다.

"덕분에 살았군. 고맙네."

지시를 내린 남자는 붉은 로브 위에 노란 가운 같은 것을 걸치고 있었다.

그 위에는 터번을 썼다. 이마에는 붉은 점이 붙어 있어서, 그야말로 사막의 상인이란 느낌이군.

긴 콧수염을 길렀지만 너무 마른 탓에 위엄은 없고 소인배란 분위기가 흘렀다. 조금 마음이 놓이는데.

"아뇨, 곤경에 처했을 때는 서로 돕는 법입니다."

"보통은 그냥 저버리지."

부신어로 말해 오기에 부신어로 대답했다.

제대로 알아들었고 제대로 통했다. 내 투신어는 괜찮은 모양이다.

"그대에게 바람의 은총이 있기를."

남자는 그렇게만 말하고 발길을 돌려서 쓰러진 동료에게 다가갔다. 쌀쌀맞군.

"……."

나머지 두 명은 붉은 갑옷을 입고 있었다. 하반신에는 스커트처럼 두꺼운 천을 늘어뜨리고 있었나. 중앙대륙의 평균보다 중장갑이다. 허리에 찬 것은 도신이 크게 휜 검. 두껍고 날이 넓으며 길이는 1미터를 훨씬 넘었다. 마대륙에서도 이런 느낌의 검은 흔히 보았다. 대형 마물에게 효과적이겠지.

검도 크고 갑옷도 두껍지만… 그 탓에 그리폰처럼 날쌘 상대에게는 불리할지도 모르겠다.

"마술사인가, 신기하군."

그렇게 중얼거린 것은 덩치 좋은 남자였다. 얼굴에는 커다란 문신. 왼쪽 눈에는 안대. 키는 2미터에 가까웠다. 나이는 마흔 살 정도일까. 경험이 느껴지는 행동거지였다.

"형. 이 녀석, 혹시, 서큐버스 아냐?"

다른 쪽은 여자였다. 그녀는 엘리나리제를 뚫어지게 바라보면서 그렇게 말했다. 거무스름한 피부에 흉갑과 스커트처럼 허리에 두른 천. 옷에 가려서 안 보이지만, 상당히 근육질인 듯한 느낌이었다. 나이는 20대 초반 정도일까.

[뭐라고 하나요?]

엘리나리제는 말을 알아들을 수 없어서 멀뚱히 있었다. 그녀는 투신어를 모른다.

[이 여자는 서큐버스 아니냐는데요?]

[뭐, 꼭 틀린 말도 아니군요.]

[스스로 인정하는 겁니까.]

[하지만 그렇게 고약한 냄새는 안 나거든요?]

[남자에게는 좋은 냄새인데요.]

남자가 여자의 머리를 퍽 하고 때렸다.

"얼간아! 남자를 데리고 다니는 서큐버스가 있겠냐! 도와주신 분께 무슨 말버릇이야!"

"하지만, 형, 박쥐가 날고 있을 때, 여자가 있으면, 서큐버스라고 생각하라고, 그랬어!"

얻어맞은 여자는 기죽어서 말했다.

아무래도 말을 잘 알아들을 수 없었다. 사투리가 심한 걸까. 단어들을 통해 이해는 하겠는데, 조금 부자유스럽군.

"참나, 그러니까 너는 머릿속이 비었단 소리를 듣는 거야!"

반대로 남자의 말투는 평범했다. 깔끔…한 건지는 모르겠지만, 내가 알아듣기 쉬운 투신어였다.

"휴우."

남자는 한숨을 한 차례 쉬더니 엘리나리제를 내려다보면서 사과했다.

"미안하군. 기분 상해 하지 말아줘. 이 녀석… 카루메리타라고 하는데, 골이 비었어."

엘리나리제는 난처한 얼굴로 이쪽을 보았다. 말을 못 알아들는 것이다.

[…뭐라고 하는 건가요? 저한테 구애한다든가?]

[옆의 여자가 엘리나리제 씨를 서큐버스라고 한 거에 대한 사죄입니다.]

[아하, 그렇군요. 기꺼이 용서해 드리지요.]

엘리나리제가 남자를 녹이는 미소를 보내자, 그의 얼굴이 붉어졌다.

"마음 두지 않는다고 합니다."

"그, 그런가. 그쪽 여자는 말을 못 알아듣나?"

"예. 제가 통역입니다."

남자는 엘리나리제를 거리낌 없이 살펴보았다. 무슨 생각을 하는지는 대충 알겠다. 좋은 여자라는 식이겠지. 어쩌면 가슴이 작다라고 생각하든가. 엘리나리제는 그런 시선에 익숙한 건지, 태연했다. 어딘가 자랑스러워하는 분위기도 있었다.

남자는 엘리나리제에게서 시선을 떼더니 나를 보았다.

"…나는 바리바돔이다. 거듭 감사의 말을 하지."

"루데우스 그레이랫이라고 합니다. 이쪽은 엘리나리제."

"그런가, 무슨 일 있거든…."

"어이, 뭘 꾸물대는 거야!"

바리바돔이 말을 꺼내려는 때에 아까 전의 남자가 소리쳤다.

"얼른 화물을 찾아!"

"쯧, 미안하군. 주인도 나중에 분명 사례하겠지."

바리바돔과 카루메리타는 남자에게로 달려갔다. 그들은 셋이서 짧게 이런저런 말을 나누었지만, 곧 두 패로 나뉘어서 어딘가로 달려갔다. 순식간이다.

"어머, 담백하네요. 감사의 말 한마디라도 하면 좋을 텐데."

엘리나리제가 그렇게 투덜거렸다. 사례가 필요해서 한 말은 아니다.

"부상자도 그대로 두고…."

지면에 굴러다니는 그들의 동료를 보았다. 치료가 필요하다면 치유 마술이라도 써 주자.

그렇게 생각했는데,

"죽었나."

애초에 그들은 치료하려는 기색도 안 보였다. 알고 있었던 걸까.

"이쪽은 아직 젊은 사람이네요."

한쪽은 젊은 여자였다. 열여덟 살 정도일까. 그리폰의 날카로운 부리에 머리가 쪼개졌는지 이마에 커다란 구멍이 나 있었다. 이거 즉사로군.

"이 대륙에서는 사체를 방치하는 게 문화일까요?"

"무헌가라고도 할 수 없겠네요."

"모험가는 아닌 모양이었지만요."

그런 대화를 나누면서 마술로 태워서 땅에 묻어주었다. 동료를 매장도 하지 않다니 빅징하군.

방금 전의 전사, 바리바돔이라고 했던가? 그는 나중에 사례하겠다고 말했다. 하지만 콧수염 기른 남자의 이름도 못 들었다. 연락처도 안 묻고 어떻게 사례하겠다는 걸까.

설마 우리더러 찾으라는 소린가? 찾아내서 사례를 요구하러 오라고'?

…뭐, 됐어. 어차피 처음부터 사례를 할 생각도 없었겠지. 도와준 내가 그냥 호인이었단 소리다.

"자, 갈까요."

"그러지요."

이렇게 우리는 바자르에 도착했다.

바자르에 들어갈 무렵에는 해가 떨어졌다.

하지만 주위는 밝았다. 축제일처럼 여기저기에 화톳불을 피워놓고 있었다.

화톳불 주위에는 지면에 융단 같은 천이 깔려 있고, 그 위에서 남녀가 즐겁게 밥을 먹고 있었다. 꽃놀이 같은 분위기군. 다들 머리에 터번을 감았다. 옷의 색깔이나 무늬는 제각각이지만, 민족색이 강해 보였다.

나와 엘리나리제의 모습은 붕 떠 보이겠지. 붕 떠 보인다고 문제될 건 없지만.

"배가 고파 오네요."

"그렇군요."

누군가가 밥을 먹는 모습을 보면 배가 고프다. 어느 세계고 그건 변함없다. 그렇다고 해도 일단은 잠자리가 먼저일까. 그렇게 생각하는데 남자 한 명이 말을 붙여왔다.

"어이, 거기 둘, 먹고 가지 않겠어? 지금이라면 3신서로 음식을 내줄게!"

아무래도 자기들이 다 못 먹는 요리를 팔려는 보양이다. 우리는 누가 먼저랄 것도 없이 그 제안을 받아들였다. 배가 고프면 좋은 생각도 안 나기 때문이다. 천에 앉으려고 하자 호객꾼은 손바닥을 내밀었다.

"선불로 부탁해. 이미 요리는 다 됐으니까."

나는 품에서 동화 세 닢을 꺼내어 건넸다. 그러자 뜨악한 얼굴이 돌아왔다.

"이건 뭐야?"

"라노아 왕국의 동화입니다."

"그게 어느 나라야? 이런 거 여기선 못 써."

역시 이 부근에서는 라노아 왕국의 화폐를 쓸 수 없는 모양이다. 당연한가.

어디서 환전할 생각이긴 했지만, 지금은 수중에 돈이 없다.

"이거민 될까요?"

어째야 하나 생각하는데, 엘리나리제가 호객꾼의 손에 뭔가를 쥐어주었다. 금속 반지였다.

호객꾼은 그걸 손에 들고 얼굴에 가까이 가져가서 꼼꼼하게 훑어보았다. 그러다가 곧 만족한 듯이 "고맙다"고 말하고 다른 손님을 찾으러 갔다.

"이럴 때는 물건이면 된답니다."

흠. 역시나 연륜이란 건가. 판단이 빠르다.

"엘리나리제 씨는 정말로 든든한 분입니다."

"아부해도 아무것도 안 나와요."

천 위에 앉았다. 왠지 묘하게 그리운 기분이었다. 최근에 바닥에 앉는 일이 적었던 탓일까. 일본의 집에서 융단 위에 앉는 감각이었다.

"음식 나왔습니다!"

주문도 하지 않았는데 요리가 나왔다. 콩과 고기, 감자 등을 끓여서 하얗고 녹진녹진한 수프. 그리고 매운 양념을 한 삶은 고기. 잘 모를 남국풍의 새콤한 과일에 달달한 소스를 뿌린 것.

달콤한 수프와 매운 고기와 새콤달콤한 과일. 탄수화물이 당기는 조합이었다.

그렇게 생각했는데 이게 또 의외로 괜찮았다.

특히나 수프가 좋다. 언뜻 봐선 하얀 고기 감자조림인데, 녹진거리는 부분은 불린 쌀이었다.

즉, 이건 죽의 일종이다.

이런 곳에서 쌀을 먹을 수 있을 줄은 몰랐다. 논은 없었으니까 밭벼일까. 열대지방에서도 쌀이 자란다고 어디서 들은 적이 있다. 기쁜 서프라이즈. 순식간에 다 먹어치웠다.

응, 역시 쌀은 좋아. 쌀을 먹은 것만으로도 불가능한 일을 할 수 있을 것 같은 기분이 든다. 기운 백 배다.

북방지대에서 어떻게 쌀을 재배할 수 없을까. 아이샤에게 농업을 가르치면 어쩌면 가능하지 않을까. 아니, 내 사정으로 동생에게 농사를 시킬 생각은 없지만.

"어머나, 맛에 깐깐한 루데우스가 오늘은 아무 말도 없네요."

"생각 이상으로 맛있어서요."

한 그릇 추가시켜서 먹었다. 평소 실피의 요리에 뭐라고 할 생각은 없지만, 뭐라고 할까, 쌀은 별개다. 달걀과 간장이 있으면 더욱 좋다.

그래. 어쩌면 이 대륙에는 간장이 있을지도 모른다. 달걀은 가루나 그런 놈의 것을 쓰면 된다. 새니까 알을 낳겠지. 쌀이 있고 알이 있다. 그렇다면 더 필요한 것은 딱 하나. 간장이다.

"그럼 숙소를 찾을까요."

하지만 관광하러 온 게 아니다. 파울로를 구한 뒤에 조금이라도 시간이 있으면 찾아도 좋겠지만, 지금은 일단 뒤로 미루자.

"안내인은 내일 찾는 편이 좋겠네요."

둘러보니 주위에서도 가게를 정리하기 시작했다. 불을 끄고 취침시간에 들어가는 곳도 있다.

꽤나 일찍부터 자는군. 이래선 사람을 고용할 수 없다.

"잠깐 실례합니다. 이 근처에 객점이 없습니까?"

방금 선의 호객꾼이 있길래 붙들고 물어봤더니,

"객점? 그런 거 없어. 아무데서나 자라고."

그런 대답이 돌아왔다.

여기 바자르에서는 객점 같은 숙소는 없고, 천막이 없는 여행인은 야숙이 기본인 모양이다. 우리의 경우는 쉘터를 만들면 그걸로 되지만.

"잠자리는 어떻게 하나요?"

"물가랑 가까운 곳이 인기 있나 본데요."

"그럼 조금 떨어진 곳으로 하지요."

의논하면서 위치를 정했다. 커다란 천막 두 개 사이에 잠자리를 마련하기로 했다.

커다란 천막이라면 호위도 제법 있다. 그런 장소의 근처면 도둑질 하려는 녀석은 없겠지.

이왕이면 다홍치마다.

잠자리는 큼직하게 만들었다. 만드는 데에 시간이 조금 걸렸지만, 쉘터보다는 널찍했다. 하룻밤을 보내기에 딱 좋은 사이즈다. 물론 해가 뜨면 안이 더워질 테니까 밤뿐이다.

"휴우, 일단 여기까지 수고하셨습니다."

"예, 고생 많았어요."

짐을 두고 숨을 돌렸다.

"남은 절반, 긴장 풀지 말고 가지요."

"내일은 일단 필요한 물품의 준비와 안내인을 찾아야겠네요."

내일 뭘 할지를 간단히 확인하였다.

식량 보충, 금전 확보, 라판으로 가는 길을 확인, 안내인 찾기, 일단 그것뿐이다.

장비품 정비도 하였다. 검과 방패를 닦고 갑옷이나 로브에 흠이 없는지 확인. 이런 건 이미 루틴워크다.

장비 점검이 끝. 모포를 써서 잠자리도 만들었다. 이제 자기만 하면 된다.

그런 찰나에 엘리나리제가 일어섰다.

"그럼 잠깐 다녀올게요."

요 앞의 편의점에 다녀오겠다는 듯한 말에 나는 고개를 갸웃거렸다.

"어디로?"

엘리나리제는 쓴웃음을 지었다.

"남자사냥이요."

일부러 그런 식으로 말하긴 했지만, 말하자면 저주의 보급이다.

"아직 시기적으로는 괜찮지요?"

엘리나리제의 저주가 발동하기까지는 대략 2주에서 한 달. 그걸 마도구로 2~3배까지 늘렸다. 그러니까 짧아도 한 달은 버틸 디였다. 마지막으로 그리프와 하고 이제 2주. 슬슬 보급할 시기이긴 하지만 아직 더 버틸 수 있을 것이다.

"예. 하지만 여기서 일단 사두지요."

"그렇습니까…."

이번 여행은 왕복으로 석 달. 무슨 일이 있을지 모르니까 넉 달을 잡았다. 길게 잡아 저주가 석 달이라고 해도 한 번은 해야 한다. 어찌 되었든 피할 수 없는 일이다.

"알겠습니다. 다녀오세요."

"예, 다녀올게요. 먼저 자도 괜찮아요."

"그럼 고맙게…. 아, 말이 안 통하지 않나요?"

"필요없답니다. 이런 건 대개 어디든 똑같으니까요."

엘리나리제는 그렇게 말하고 쉘터에서 나갔다.

다음날 아침. 나는 '개미다!'라는 목소리에 벌떡 일어났다. 팔랑크스앤트의 습격이다!

…라는 일은 없었다.

오래간만에 밤에 푸욱 숙면을 취했다. 꿈자리도 좋았다. 아이샤와 노른이 집요하게 목말을 요구하는 꿈이었다. 노른을 어깨에 태우면 아이샤가 토라지고, 아이샤를 태워 주면 노른이 울었다. 마지막에는 실피가 와서 심술쟁이처럼 내 어깨를 점령하였다.

어이어이, 교대로 써야지. 그렇게 다독이자, 실피는 '싫어, 싫어, 이건 내 꺼야!'라고 말해서 아이샤와 노른을 울렸다. 처음 나타났을 때에는 다 자란 실피였는데, 어깨에 올라가자 일곱 살 정도로 작아졌다.

꽤 좋은 꿈이다. 일어났을 때 무심코 입가가 풀어졌다. 덕분에 기분은 아주 쾌청. 옆을 보니 묘하게 쌩쌩한 얼굴의 엘리나 리제가 만족한 표정으로 자고 있었다.

어젯밤에는 재미 좀 본 모양인데, 크리프가 다소 가엾군.

아침이 되자, 바자르의 모습이 일변했다. 밤의 조용한 분위기는 종적을 감추고 활기 넘치는 풍경이 출현했다. 천막 앞에 상품을 늘어놓고 크게 목청을 높여댔다.

"멜론! 내일이면 다 없어져!"

"그리폰 발톱이야! 지금이라면 30신서!"

"나니아의 천을 파는 녀석 없나! 도코츠 과일이랑 교환하자!"

상인이 큰 소리로 상품과 가격을 외치고, 그걸 사려는 이들이 더 큰 소리를 질렀다. 돈으로 거래하거나 물물교환을 하거나. 인파로 북적대는 가운데 그런 광경이 펼쳐졌다. 개중에는 싸움을 벌이는 자도 있지만, 상인들끼리니까 피를 보는 일은 없는 모양이다.

"베가의 유리병이다! 더 이상 동쪽으로는 못 가져가! 사 줄 사람 없나!"

눈길을 끈 것은 유리였다. 이 근처에 유리 특산지가 있는 모양이다. 사기 모양의 예쁜 무늬가 들어간 유리병이 비좁게 진열되어 있었다. 위스키병 같은 느낌일까. 그 중에는 색깔이 들어간 것도 있고 표면도 맨들맨들했다.

중앙대륙에도 유리는 있다. 하지만 얇고 거칠며 투명도도 낮

앉다.

아슬라 근처에 가면 예쁜 유리 세공이 많이 있다고 들었는데, 생산력 쪽으로는 베가리트 쪽이 나은 듯했다.

당연히 베가리트도 현대 일본 레벨에는 아득히 못 미쳤다. 하지만 직접 손으로 만들었던 느낌의 재미있는 형태의 병이 몇 개 있었다. 돌아갈 때 선물로 하나 사가지고 갈까.

"루데우스, 관광하러 온 게 아니잖나요."

"알고 있습니다."

우리는 활기 넘치는 풍경 안에서 사전에 정해둔 행동을 개시했다.

일단은 돈이다. 이 부근의 통화는 '신서'라고 한다. 이 세계에 온 뒤로 처음 듣는 통화단위였다. 조금 신선했다. 중앙대륙에서는 금화네 은화네 하는 느낌이니까.

물론 형태는 다를 게 없었다. 둥근 금속판에 엉성한 무늬가 새겨졌을 뿐이다. 에리스와 루이젤드와 이스트포트를 지날 때에 딱 한 번 본 기억이 있었다.

가지고 있는 것을 조금 팔아서 통화를 손에 넣었다. 물물교환이 주류라도 돈이 있는 편이 안심할 수 있다.

중앙대륙 북부의 물건은 비싸게 팔렸다. 놀랍게도 싸구려 말린 고기가 세 배 가격으로 팔렸다. 잘만 하면 더 비싸게 팔았을지도 모르겠다. 이쪽 특산품인 유리를 라노아로 가져가면 한몫 단단히 벌 수 있을지도 모른다. 누군가에게 찍힐 것 같으니까 하지 않겠지만.

아무튼 당장의 자금으로 5,000신서 정도를 만들었다. 얼마나 있으면 충분할지 알 수 없지만, 어제 식사비가 3신서였다. 5천이나 있으면 충분하겠지.

돈도 생겼으니 미궁도시 라판으로 가는 정보를 모았다.

라판은 커다란 도시인지 정보는 쉽게 들어왔다. 라판은 여기 바자르에서 북쪽으로 한 달 정도 가면 있다고 했다. 나나호시에게 얻은 정보와 일치했다.

일단 가는 길에 대해서도 들었다.

"운고츠 방면을 따라서 사막을 우회하는 루트가 일반적이지만, 최근에는 도적도 많이 나오니까 위험해. 똑똑한 상인이면 우쵸 사막을 가로지르지. 동쪽에 있는 표식에서 북상해서 오아시스에 도달하고, 거기서 서쪽으로 난 길을 그대로 따라가서 카라 산맥이 보이거든 산을 왼편으로 보면서 북상하면 다음 오아시스에 도착해. 그 오아시스에서 동쪽으로는 사막이 짧은 구간이 있어. 거기를 돌파해서 동쪽으로 빠져나가거든 그 다음에 북서쪽으로 이동하면 처음에 말한 루트와 만나지."

그런 식으로 횡설수설이었다.

고유명사기 많고, 표식도 산이니 사빅뿐. 일난 루트가 누 개라는 걸 알았지만, 베가리트 대륙의 여행길에 익숙하지 않으면 길을 잃기 십상이겠지.

"지도는 안 팝니까?"

일단 그렇게 물어보았다. 지도는 있으면 도움이 된다. 자기 위치를 대충이라도 아는 건 마음 든든하다. 하지만 결과는 신통치 않았다.

"지도? 그딴 걸 누가 만들어?"

라는 대답이었다. 이 대륙에서는 이노 타다타카*가 없다. 그러니 당초 예정대로 안내인을 고용하기로 했다.

"그럼 라판까지 길을 안내해 줄 만한 사람이 모이는 곳은 어디입니까?"

있을 거라는 확신을 가지고 물어보았지만, 이것 또한 신통치 않았다.

"길을 아는 녀석은 있겠지만, 이런 중계지점에서 손님을 찾는 녀석은 없을걸."

"그렇습니까?"

"그렇지, 보통은 교역지점에서 찾을 거 아냐?"

"그렇군요."

생각해 보니 당연한가. 왜 갈 때 깨닫지 못했을까.

엘리나리제는 당연하게도 안내인을 고용하자고 말했다. 그녀의 경험으로는 모르는 지방을 여행할 때는 입구가 되는 도시에서 안내인을 고용하겠지. 전이마법진을 써서 중계지점부터 여행을 시작하리라고는 생각도 안 했을 것이다. 거기서 작은

※이노 타다타카 : 일본사상 최초로 일본 전국을 정확히 측량해서 지도를 만든 인물.

착오가 발생했겠지.

좀처럼 예정대로 풀리지 않았다.

하지만 서두를 것 없다. 만사는 예정대로만 되지 않는 경우가 많다. 이제 여행을 시작한 지 2주도 안 지났다. 보통은 1년 가깝게 걸리는 걸 생각하면 지나치게 순조롭다고 해도 좋을 정도다.

"이럴 때에 엘리나리제 씨라면 어떻게 하겠습니까?"

"자력으로 돌파해야겠지요. 하지만 솔직히 사막은 더 가고 싶지 않네요."

"동감입니다."

"그럼 어쩌죠?"

"…그렇군요. 라판으로 가는 상인을 따라가는 건 어떨까요?"

"그래요. 그럼 그렇게 하죠."

아이샤는 캐러번과 동행하여 고속이동을 실현했다. 나도 그걸 흉내내자. 물론 고속이동이 아니라 그냥 길 안내지만.

"라판으로 가는 상인 좀 없습니까?"

안내인과 마찬가지로 이런 데서 호위를 모집하는 사람은 없겠지. 하지만 엘리나리제는 S급 모험가, 나는 수성급 마술사다. 이쪽에서 돈을 싸들고 부탁하면 동행을 허탁해 줄지도 모른다.

그렇게 생각하면서 계속 물어보고 다녔는데, 여기서 라판으로 가는 상인은 뜻밖에도 적은 노양이었다. 보통은 동쪽에 있는 킨카라라는 도시로 간다나.

하지만 전혀 없는 건 아니었다. 라판은 미궁도시라고 불리는 만큼 주변에 무수한 미궁이 존재한다. 마력부여품의 산출지다. 거기서 마력부여품을 사서 다른 도시에서 비싸게 파는 장사를 하는 상인이 있다는 모양이다.

그 상인은 마석이나 마력결정을 남서부에서 가져와서 여기를 통과, 라판까지 간다고 했다.

"하지만 지금 있는지는 모르겠네. 몇 달 있으면 틀림없이 지나겠지만….”

그런 이야기를 듣고 다소 불안해졌다. 어쩌면 다른 상인을 따라서 동쪽으로 가는 게 낫겠지. 빙 둘러가지만 교역거점이라면 안내인도 고용할 수 있다.

그렇게 생각하면서 계속 이야기를 들어보고 다녔다. 킨카라 시에 가는 상인은 많은데, 라판은 없었다. 이거 아무래도 킨카라를 경유하는 게 좋을까, 라고 생각하기 시작했을 때 딱 찾았다.

"그거라면 가르반 형씨로군. 분명히 호수 서쪽에 천막을 치고 있었을 거야. 찾아봐.”

우리는 가르반이라는 인물을 찾기로 했다. 가르반이란 상인은 라판에서 테노리오까지 오가는 행상으로 재산을 모은 인물이다. 마석을 라판으로 가져가고, 라판에서 마력부여품을 가져온다.

낙타를 여섯 마리나 가져서 상당한 이득을 낸다는 모양이다.

이름을 물어보고 다니자 금방 천막의 위치를 알 수 있었다.

그렇게 큰 천막은 아니지만, 밖에 낙타 여섯 마리가 묶여 있었다. 들은 대로였다.

천막으로 다가가보니, 안에서 가무잡잡한 피부의 여자가 나왔다. 흉갑과 스커트 같은 천을 둘렀다. 옷에 가려서 안 보이지만, 꽤나 근육질일 듯했다. 아니, 어제 본 얼굴이잖아.

여전사 카루메리타다.

"넌, 어제!"

그녀는 놀라서 나를 가리켰다. 아무래도 기억해 주는 모양이었다.

어제 도와준 소인배 같은 남자가 가르반이었나 보다. 사람을 돕고 볼 일이군.

가르반은 흔쾌히 응해 주었다.

"어제는 돌아와 봤더니 없어져서 말이야. 놀랐어."

아무래도 그들은 도망친 화물―낙타를 찾으러 갔었나 보다. 낙타를 회수하고 돌아왔더니 이미 우리의 모습은 없었다나, 동료 시체의 수가 매장도 너 끝내놓았기에 고맙다는 말을 하고 싶었지만 도무지 보이지 않아서 꽤 찾아다녔다고 했다. 그러면 그렇다고 설명이라도 좀 하든가.

하지만 그런 행위가 이쪽에서는 상식일지도 모르겠다. 일단은 짐. 나머지는 그 다음.

"이것도 하나의 인연이겠지. 나를 호위해 주지 않겠나?"

가르반은 호위가 더 필요하였다.

어제 시점에서 두 명 죽었으니 당연한가.

"라판까지 세 끼 식사도 넣어서 600신서 어떤가? 음?"

애초부터 그런 이야기를 하려고 했던 모양이다. 그리폰을 해치운 솜씨가 훌륭했네 어쨌네 하는 미사여구를 잔뜩 늘어놓았다. 너는 엎드려서 전투를 보지도 않았잖아.

물론 우리로서도 바라 마지않던 바였다.

"라판까지 호위를 맡도록 하겠습니다."

"오오, 그래, 그래. 고맙군! 뭣하면 전속 계약을 맺고 고용해 줄 수도 있어. 너 정도 마술사는 본 적도 없으니까 두둑하게 쳐주지. 1년에 1만 신서…라면, 바리바돔이 뭐라고 하려나. 8천 신서면 어떤가?"

"우리도 달리 목적이 있으니까 그건 또 다음 기회로."

점점 이야기가 커질 것 같기에 딱 잘라 말해 두었다.

이렇게 우리는 라판까지 길을 안내해 줄 사람을 손에 넣었다. 조금만 더 가면 된다.

제14화 사막의 전사들

우리는 가르반을 호위하면서 라판으로 향했다.

멤버는 상인 가르반, 호위대장 '매의 눈' 바리바돔. 호위전사 '뼈를 부수는 자' 카루메리타. 호위전사 '큰 칼' 톤트.

이 네 명에 나 '진흙탕' 루데우스와 '용길' 엘리나리제를 포함한 여섯 명.

거기에 낙타가 여섯 마리다. 낙타에게 이름이라도 붙여 줄까 했는데, 사막에서는 식량이 부족할 때에 낙타를 먹는다는 모양이라서 그만두었다. 처음 먹는 낙타 고기는 죄악감 없이 맛있게 먹고 싶다.

사전에 의논해서 포메이션을 정해 두었다.

기본적으로 가르반을 중심으로 바리바돔이 선두, 좌우익에 카루메리타와 톤트, 후방에 나와 엘리나리제가 배치된다.

다섯 명이서 가르반과 낙타를 에워싸는 듯한 형태다. 어느 방향에서 공격을 받더라도 가르반에게 피해가 가기 전에 다른 포지션이 도와줄 수 있다. 임페ㅇ얼크로스로군.

후위는 카루메리타나 톤트가 좋지 않을까 생각했는데, 내가 마술사란 점을 고려하고 그런 나와 연대에 익숙한 엘리나리제를 함께 두는 형태가 되었다.

"그럼 출발할끼."

일단은 바자르를 떠나서 동쪽으로 이동. 그 뒤에 가도로 접어들었다. 지역명까지는 잘 기억하지 않지만, 기억이 정확하다면 도적이 나온나는 루트다. 일단 그 점에 대해서 대장인 바리바돔에게 진언해 보았다.

"사막을 통과하는 루트는 길을 알 수 없어. 게다가 그렇기 때문에 호위가 있지. 의외로 붙들려도 통행료만 내면 어떻게 될지도 모르고."

동행료. 그런 깃도 있나. 문제기 생기면 돈으로 해결. 알기 쉬워서 좋군. 그래, 도적도 생활이 있는 인간이다. 원하는 걸 준다면 그 이상의 것은 바라지 않는다.

가족도 아닌 생판 남, 일하지도 않는 녀석에게 돈을 주는 건 나로서도 다소 불쾌한 이야기다.

하지만 이번에는 내 지갑에 타격이 오는 것도 아니니 문제없다.

물론 도적도 사람이다. 돈이나 상품 이외의 것을 탐낼지도 모른다. 예를 들어서 엘리나리제가 야하니까 받아간다든가.

그렇게 되면 문제가 곤란해진다. 우리와 가르반은 그 정도로 관계가 깊지 않다. 목숨을 구해 줬다고 해도 자기 목숨을 대신 내줄 리도 없다. 우리를 버릴 가능성도 있다. 나와 엘리나리제로만 싸우게 되겠지.

"루데우스, 불안한 얼굴을 하고 있는데, 당신 정도 마술사가 있으면 도적은 그리 무섭지 않답니다."

"그런가요?"

"여차하면 제가 유혹해서 어떻게든 할 테니까요."

"그래서 도적의 아지트로 끌려가서 쇠사슬에 묶인 채 날이면 날마다…."

"어머? 얌전히 따르면 의외로 잘 대해 주는데요?"

"경험이 있습니까?"

"젊었을 적의 치기로 말이죠."

엘리나리제는 여유로운 모습이다. 그렇긴 해도 옛날은 옛날, 지금은 지금, 그녀에게 무슨 일이 있으면 크리프를 볼 낯이 없다. 뭐, 십여 명 정도가 상대라면 어떻게든 될 것 같지만.

동쪽으로 황야를 걸어갔다.

마물의 습격은 많았다. 떼 지어 돌진해 오는 '베가리트 버팔로'. 샤사삭 하고 지면을 배회하는 '그레이트 타란튤라'. 공중에서 바람 마술을 쓰는 '에어포스 이글'. 이름이 판명된 '자이로 랩터'나 '캑터스 트렌트' 등등.

하지만 바리바돔이 조기에 발견해 준 덕분에 대규모 전투까지 가진 않았다.

바리바돔은 마안을 가진 전사였다. 그렇기에 '매의 눈' 바리바돔이라고 불리는 듯했다.

2미터 가까운 체격의 근육과 골격이 우람한 전사. 나이는 마흔을 넘은 정도일까. 눈가에 주름이 보이기 시작하고 표정에서는 다소 노회함이 엿보였다. 헤어스타일은 특징적이라서, 옆머리와 뒷머리를 바짝 밀었다. 어디 고등학교의 농구부 주장을 방불케 했다. '됐으니까 테이핑해!'라고 소리칠 듯한 모양이었다.

참고로 그의 마안은 길레느와 마찬가지로 '마력안'이었다. 마력의 흐름이 보이는 눈은 주로 적을 찾는 데에 쓰였다.

"마물이다. 전원 전투준비."

그는 마물의 습격이나 날씨 악화를 정확하게 맞추었다. 마치 루이젤드 같았다. 루이젤드 정도로 정확히지는 않은 모양이지만, 경험에서 온 것인지 적을 발견하는 속도는 상당히 빨랐다.

"옛날 생각이 나는군요. 길레느도 저렇게 눈과 코로 적을 찾아 주었지요."

엘리나리제는 눈을 가늘게 뜨며 그렇게 말했다. 역시 적을 찾아주는 아군이 있으면 안전도가 격이 다른 모양이다. 적을 발견하면 원거리에 있는 동안에 내가 저격한다. 처음에는 스톤 캐논을 썼지만, 조준을 맞추기도 귀찮아져서 바람 마술로 허공에 띄웠다가 떨어뜨리는 방법으로 바꾸었다.

이쪽이 편해서 좋다.

"그런 큰 마술을 펑펑 써도 마력이 괜찮나?"

너무 대충 쓰러뜨린 탓인지 바리바돔이 그런 질문을 하였다.

"하루 정도라면 괜찮습니다."

"그래, 그렇군. 너는 대마도인가."

"대마도라는 게 뭡니까?"

"커다란 길에 도달한 마도사란 의미다."

"아뇨, 그렇게 대단한 건 아닙니다."

"아무튼 아낌없이 마술을 쓰는 마술사는 귀중하지."

마술사 중에는 하루에 쓰는 마력은 전체의 절반까지, 라는 식으로 정한 녀석도 있다. 중앙대륙 북부에서도 그런 마술사는 많았다. 신체능력이 낮은 마술사에게 여차할 때에 기대할 것은 마력이니까 당연하다. 물론 나는 절반도 쓴 적 없지만.

여력을 남기는 것은 마술사에게 상식이다. 하지만 마술사를 잘 모르는 사막의 전사들의 눈에는 태만하게 보이는 모양이었다.

바리바돔은 나이 덕분인지, 마술사가 마력을 온존하는 의미를 아는 듯했다.

무영창에 놀라지 않는 걸 보면 마술 자체에는 밝지 않은 모양이지만.

"아끼지 않는 건 좋지만, 여차할 때를 위해서 마력의 온존도 생각해 줘. 우리는 다섯 명이니까. 원거리에서는 지정한 마물만으로 처치하는 걸로. 알겠나?"

"예."

대량의 마력 총량에 대해선 딱히 숨길 필요도 없지만….

말할 필요도 없지만, 나 자신도 스스로의 한계가 어디까지인지 잘 모르고. 얼마든지 쓸 수 있다고 잘난 척하다가 실수하고 싶진 않나.

밤에는 다섯 명이 돌아가면서 불침번을 섰다. 가르반은 천막을 치고 거기서 잤다.

혼자서. 호위는 전부 밖이다. 뭐, 고용한 입장과 고용된 입장이니까 당연한가.

나는 쉘터를 만들고 거기서 자라고 권했지만, 다른 호위들은 야습에 대한 감각이 둔해진다며 거절하였다.

밖에서 잔다고 해도 의미가 있는 모양이었다. 그렇게 말하면 나도 쉘터에서 자기 좀 그런데… 엘리나리제는 이렇게 말했다.

"신경 쓸 필요 없답니다. 우리는 우리 방식이 있으니까요. 피로를 푸는 편이 중요하지요."

일리가 있기에 나도 쉘터에서 자기로 했다. 그 편이 피로가 풀린다.

자, 불침번은 두 명씩이다. 한 명이라도 좋지 않을까 생각했는데, 다섯 명이나 있으니까 두 명씩인 편이 안전하다는 모양이다. 기본적인 순서는 날마다 바뀐다.

첫날에 나와 불침번을 선 것은 카루메리타였다.

"잘 부탁합니다."

"그래, 자지 마."

"물론이지요."

불침번이라고 해도 아무것도 없는 공간에서 그저 묵묵히 있으면 한가하다. 그러니까 나는 카루메리타와 띄엄띄엄 잡담을 나누기로 했다.

"저번엔, 고마웠다."

"아뇨, 서로 돕는 거죠."

"너, 강해. 그 여자도, 강해."

카루메리타는 여전사다. 나이는 올해로 스무 살이 된다나 보다. '뼈를 부수는 자' 카루메리타. 그 이름처럼 도신이 1미터 이상 되는 큼직한 검을 다루며 힘을 살린 전법을 즐긴다.

이 근방의 전사는 두껍고 널찍한 칼날의 검을 즐겨 쓴다. 바리바돔이나 톤트도 비슷하게 두껍고 긴 검을 차고 있었다. 거대하고 외피가 딱딱한 마물이 많기 때문에 간단히 부러지지 않는 쪽으로 발전했겠지. 아무리 기량이 있어도 어쩌다가 뚝 하고 검이 부러지는 일도 있을 것 같고.

유파도 독자적인 것이라나 보다.

"네 여자, 검이 너무 가늘어. 그래선 아무것도 못 쓰러뜨려."

"그렇지 않아요. 그건 마력부여품이라서 말이죠. 그리폰도 숭덩숭덩 베었고요. 또 그 사람, 제 여자가 아닙니다. 그런 관계 아닙니다."

"하지만, 서큐버스 오면 안는다, 아닌가?"

"아뇨, 저는 해독 마술도 쓸 수 있어서…."

"서큐버스가 온다, 남자 불끈댄다. 여자 안는다, 이 사막의 섭리다."

"효오."

베가리트 대륙에서 서큐버스와 여전사의 관계, 사막의 전사의 생태에 대해 카루메리타는 자신만만하게 말해 주었다.

베가리드 내륙에서는 서큐버스가 생식한다. 서큐버스는 원래 마대륙 남서쪽에 소수 있는 마물이었다나 보다. 다만 4백 년 전의 전쟁에서 라플라스가 양산해서, 격심한 저항을 계속한 베가리트 전사들을 없애버리기 위해 보냈다는 이야기였다.

서큐버스는 남자를 상대로 엄청나게 강하다. 그 페로몬은 어떤 남자든지 얼을 빼 버린다.

솔직히 나도 갑자기 눈앞에 나타나면, 혹은 두 마리가 동시에 출현하면 이길 것 같지 않다.

페로몬에 당한 남자는 서큐버스의 몸종이 된다. 몸종의 우선 목적은 서큐버스에게 포식되는 것인데, 서큐버스도 단번에 수십 명의 상대를 둥지로 데려가는 건 무리인 모양이라서 몇 명만 데려가고 나머지는 그 자리에 방치된다.

그러면 남겨진 남자들은 그 자리에서 서로 죽고 죽여댄다. 페로몬에 당하면 주위의 남자가 적으로 보이게 된다는 모양이다. 그야말로 '상태이상 : 매료'로군.

매료를 치료하려면 중급 이상의 해독 마술을 쓰든가, 아니면 여자를 안아야만 한다.

그리고 4백 년 전의 베가리트 대륙에서는 해독 마술을 쓸 수 있는 인간이 거의 없었다.

결과적으로 대량의 동정 전사들이 서큐버스의 손에 걸려 죽었다.

안을 상대가 없는 것이다. 어쩔 수 없다. 괴로운 세계다. 하다 못해 마지막으로는 서큐버스라도 좋으니까, 그런 식으로 생각했겠지. 안다, 그 마음은 잘 안다.

그리고 현재 베가리트의 전사가 줄어들었냐고 하면 또 그렇지 않았다.

전사는 서큐버스 대책으로 항상 여자를 몇 명씩 데리고 다니게 되었다. 그 여자는 노예거나 마족의 포로 등 다양했던 모양이다. 하지만 전사에게 싸우지 못하는 자는 방해가 된다. 지켜줘야만 하고 체력도 부족하다.

전사들은 생각했다. 부족한 뇌세포를 쥐어짰다.

그리고 떠올렸다. 여자를 전사로 키우면 된다고. 머리가 근육으로 된 이들이 생각할 만한 짓이다.

아무튼 베가리트에서 '여전사' 제도는 이렇게 만들어졌다.

현재 호위대에는 항상 일정 숫자의 여전사가 존재한다. 서큐버스가 나왔을 때에는 싸우고, 싸움이 끝나면 남자에게 안기는 여전사다. 경우에 따라서는 여자 쪽이 많은 경우도 있는 모양이다. 그 편이 서큐버스가 출몰했을 때 안전하니까. 베가리트 대륙에서 여자란 싸우는 생물이다.

카루메리타 또한 그런 여전사 중 한 명이었다.

그녀는 서큐버스가 출몰하면 동료 남자를 상대한다. 물론 그런 짓을 하면 금방 임신한다. 하지만 여전사는 그걸 명예로 여기고 무거운 몸인 채로 고향으로 돌아간다는 모양이다.

출산하면 고향 사람들에게 맡기고 또 전사로서 대륙을 돌아다닌다. 카루메리타도 이미 자식을 한 명 낳았다고 했다.

태어난 아이는 마을에서 모아서 키운다. 누가 낳은 자식이라도 관계 없이 다 함께 키운다.

그중에는 이민족과의 혼혈도 있는 모양이지만, 차별은 없다. 예외없이 전사로 훈련을 시키고, 남자는 철이 들 무렵, 여자는 초경이 올 무렵에 성인식을 치르고 밖으로 나간다. 그리고 마을 밖에서 전사로 여행을 하면서 나이가 들어 육체가 쇠약해지면 마을로 돌아와서 육아에 전념할 권리를 얻는 모양이다.

다만 바리바돔처럼 평생 마을로 돌아가지 않고 죽을 때까지 전사로 계속 사는 사람도 있다고 했다.

당연하지만 결혼이라는 제도는 없다.

분명 특정 한 명에 대해 특별한 연애감정을 품는 일도 없겠지. 작은 컬처 쇼크였다. 생전 세계에서도 비슷한 부족이 있다는 이야기는 들은 적 있었다.

하지만 실제로 목격하니, 뭐라고 할까, 야하다는 감상을 뛰어넘어서 감동이네.

그렇게 생각하며 보는데,

"너, 감사한다, 하지만, 나 마술사 싫다, 서큐버스 나오면, 하얀 여자한테 부탁해라."

그렇게 쌀쌀맞은 말을 들었다. 아니, 해독을 할 수 있으니까 부탁 안 할 거라니까.

'큰 칼' 톤트는 과묵한 남자였다.

톤트는 코 밑에 수염을 기른, 서른 살 정도의 남자였다. 가

무잡잡한 피부 밑에 우람한 근육이 들어 있었다. 바리바돔보다 키는 작지만, 얼굴은 많이 닮았다. 수염이 바리바돔과 다르지 않았으면 의외로 구분하기 어려웠을지도 모른다.

불침번을 설 때 조금 이야기를 해 보았는데, 기본적으로 자기가 먼저 입을 여는 타입이 아닌 듯했다. 묻지도 않았는데 떠드는 카루메리타와는 대조적이었다. 나도 딱히 말하고 싶은 게 있는 것도 아니라서 괜찮지만. 하지만 묵묵히 있으면 시간의 흐름이 느리게 느껴지기 때문에 말을 붙여 보았다.

"'큰 칼' 톤트라니, 멋지네요."

"바바 님, 붙여주셨다."

"헤에. 자연히 그렇게 불리게 된 게 아니로군요."

"사막의 전사들 이름, 다 바바 님이 붙인다."

사막의 전사들의 별명은 여행을 떠날 때 족장이 붙여 주는 모양이었다.

카루메리타처럼 완력이 뛰어난 자에게는 '강력'이라든가 '뼈를 부수는 자'.

바리바돔처럼 눈이 좋은 자에게는 '매의 눈'이라든가 '수리의 눈'.

그런 식으로 어떤 특기가 있는지 알 수 있었다. 다만 그런 식으로 정하는 탓에 의외로 겹친다나 보다. 힘자랑만 많겠군.

톤트는 '큰 칼'이라고 하는데, 딱히 커다란 검을 쓰는 것도 아니었다.

이것도 완력 계열이로군. 분명 어디에 '한 방이면 끝' 같은 게 있을 게 틀림없다.

"저는 싸우는 도중에 자연스럽게 그렇게 불리게 되었습니다. 진흙탕 마술만 썼거든요."

"진흙탕, 아직 한 번도 못 봤다."

"여기 마물이랑은 상성이 안 좋아서."

땅을 기는 상대에게는 절대적인 효과를 자랑하는 진흙탕이지만, 그리폰이나 서큐버스처럼 저공으로라도 하늘을 날면 효과가 팍 줄어든다. 외피가 단단하고 발이 느린 벌레 같은 것도 발을 묶어 봤자 큰 도움이 안 된다.

애초에 최근에는 발을 묶은 적도 없다.

"네 마술, 화려하고 재밌다. 잘 쓰는 것도 보고 싶다."

"진흙탕은 대단하지 않지만요. 기회가 있거든 보여드리죠."

그 말을 끝으로 톤트는 입을 다물었다. 필요한 말은 다했다는 모양이다

동쪽으로 이동하자 점점 녹음이 많아졌다.

더 동쪽으로 이동하면 킨카라라는 도시가 있고, 또 그 동쪽으로는 밀림지대가 펼쳐진다고 했다. 사막 바로 옆에 밀림이라니 참 이상한 대륙이군. 물론 우리는 그쪽으로 이동하지 않는다. 도중에 똑바로 서 있는 거대한 바위를 표식으로 북쪽으로 진로를 바꾸었다.

진로를 바꾸고 사흘 정도 지났을 무렵에 가도와 만났다. 가도라고 해도 딱히 정비된 것은 아니고, 사람이 많이 걸었기 때문에 생긴 듯한 길이었다. 지금까지의 모래밭 같은 지면과 비교해도 밟아서 다진 듯이 딱딱해서 실로 안정감 있었다. 역시 지면은 단단한 게 좋아.

"선생. 여기서부터는 도적이 나와. 어떻게든 되겠지만, 여차할 때는…."

"돈은 주지 않았나. 화물만큼은 지켜줘!"

"…알았어."

바라바돔은 여차할 때는 화물을 버리고 도망치라고 말하려고 했을지도 모르지만, 가르반에게 화물이 목숨보다 중요한 것인 모양이다. 가치관은 사람마다 다르다.

"형, 괜찮아?"

"골 빈 녀석, 너는 걱정 안 해도 돼."

카루메리타는 바리바돔과 톤트에게 '골 빈 녀석'이라고 불렸다.

뼈를 부수는 자니까 골 빈 녀석. 실로 알기 쉬운 애칭이다. 아니, 멸칭인가?

내가 말했다긴 때릴 것 같군.

"진흙탕과 용길. 너희는 가르반 씨에게 적당한 거리를 두고 움직여줘. 톤트, 너는 낙타 담당이다. 한 마리도 놓치지 마라. 맨 뒤에는 얼간이, 너나. 나는 선행해서 정찰하면서 가지. 무슨 일이 있으면 소리를 낼 테니 놓치지 마라."

"예이, 형."

"예이."

"알겠습니다."

제각각 대답을 하고 포메이션을 짜서 신중하게 나아갔다. 도적이라고 해도 기본적으로는 매복하는 쪽이니까, 먼저 발견해서 우회하면 회피할 수도 있다.

바리바돔의 정찰 결과, 도적이 매복한 위치는 파악하였다.

아무래도 인간 집단은 마력안으로 발견하기 어려운 모양인지, 제대로 정찰할 필요가 있는 듯했다.

우리는 매복 장소를 크게 우회했다. 길에 똥이 떨어져 있을 때, 그 위를 밟으며 지나가는 사람은 거의 없다. 실수로 밟지 않도록 떨어져서 지나간다. 당연하다.

하지만 뭔가 잘못이 있었을까.

어쩌면 정찰을 나간 바리바돔이 들켜서 미행이 붙었을지도 모른다.

아니면 바리바돔이 발견한 것은 도적의 선발대고, 우회한 루트에 본대가 대기하고 있었을지도 모른다.

우리는 습격을 받았다.

우회 루트로 가서 안심했을 때였다.

휘익! 하고 바람 가르는 소리가 들렸다.

다음 순간 톤트의 가슴에 화살이 꽂혀 있었다.

다리가 풀려 무너지는 톤트. 나는 무슨 일이 일어났는지 몰라서 다급히 달려가 치유 마술을 쓰려고 했지만, 바로 엘리나리제에게 목덜미를 붙잡혀서 도로 끌려왔다.

동시에 톤트의 옆에 있던 낙타에 푸욱 화살이 꽂혔다.

"뛰어! 적습이다! 서쪽에서 온다!"

바리바돔의 외침. 나는 그제야 이해했다. 적의 습격, 도망쳐야 한다고.

엘리나리제가 나를 놓았다. 가르반과 낙타는 이미 뛰고 있었다. 나도 그걸 따라서 뛰어갔다.

왼쪽 언덕 위에서 기마가 달려왔다. 기마. 그래, 말이다. 모래색 터번을 두른 남자들이 말을 타고 달려왔다.

"선생! 낙타를 버려! 화물을 버리면 그냥 보내줄지도 모른다고!"

"싫어!"

"죽고 싶나!"

"화물을 지키는 게 너희 일이잖아!"

"상대가 너무 많다고!"

바리바돔과 기르빈의 외침. 눈앞에서 아까 화살을 맞은 낙타가 발을 헛디뎠다.

살펴보니 입에서 거품을 뿜고 있었다. 낙타는 몇 걸음 옆으로 비틀거린 뒤에 쓰러졌다.

흠칫했다. 화살에 독이 묻어 있었던 것이다.

"칫, 뒤쪽에서도 오나."

뒤에서도 기마가 쫓아오고 있었다. 궁병은 언덕 위에서 화살을 겨누고 있었다. 거의 닿지 않지만, 꽤나 활을 잘 쏘는 녀석이 몇 명 있는지 띄엄띄엄 여기까지 날아왔다.

기마와 활. 보이는 것만 해도 상당한 숫자였다. 쉰, 아니, 백 명은 될까.

도적이라는 단어의 선입관에 사로잡혔다. 이건 이미 하나의 군대다.

"……."

심장이 두근대는 소리를 들으면서 상황을 판단했다. 적은 측면과 뒤에서 기습을 해 왔다. 적어도 진행방향 상에 적은 없다. 도망칠 거면 그쪽이다.

"루데우스!"

"예. '매드풀'과 '딥미스트'를 쓰겠습니다."

내가 즉각 선택한 마술은 그 두 가지였다.

"…알겠어요. 부탁할게요!"

나는 뒤를 돌아보면서 진흙탕을 만들었다. 최대한 크게. 깊이는 말의 다리가 걸릴 정도면 충분하다.

"바리바돔 씨! 적의 눈을 가리겠습니다! 똑바로 뛰세요!"

"눈을 가린다?! 알았다!"

"'딥미스트'!"

공중에 수증기를 발생시켜서 짙은 안개를 만들었다. 무럭무럭 연기처럼 주위가 새하얗게 변했다.

순식간에 주위에 아무것도 보이지 않게 되었다. 좋아, 이걸로 궁병은 우리를 쏠 수 없다.

다음 순간 내 발치에 화살이 푸욱 소리를 내며 꽂혔다.

"우옷!"

"……!"

쫄아서 몸을 던지려던 때에 엘리나리제가 받아주었다.

"괜찮아요. 잘 쏘는 녀석이 하나 있지만, 이제는 못 쏴요."

나는 그 말을 되새겼다. 톤트와 낙타를 쓰러뜨린 화살은 한 명이 쏜 것인가. 하지만 안개를 만들었으니 이제는 안 보인다.

"뛰어요!"

그 말에 달렸다. 더 이상은 노려서 쏠 수 없다. 알고 있다. 안 맞는다, 안 맞는다, 안 맞는다. 나는 군신이다. 으으, 제길, 실피에게 무슨 부적이라도 받아올걸 그랬어!

이니, 신딘에서 실피랑 처음 했을 때의 그거를 가져왔으면.

"이런, 따라잡힌다! 카루메리타! 검을 뽑아!"

바리바돔의 말에 소름이 좌악 돋았다. 귀를 기울이니 뒤쪽에서 말 달리는 소리가 들렸나.

진흙탕을 우회한 기마가 있는 것이다. 안개 속이라고 해도 똑바로 달리기만 할 뿐이라면 문제없다.

상대는 말이다. 마상의 불리함을 알아라 어째라 하는 말도 있지만, 속도는 싸움에서 중요하다는 말도 있다. 속도와 기세를 탄 기마, 숫자도 상당하다. 언뜻 보기만 해도 쉰 이상. 그중 얼마나 빠져나왔을까. 스물? 서른? 정면에서 맞서고 싶지 않다.

"발을 묶겠습니다! 뛰세요! '어스월'!"

나는 뒤에 2미터 정도의 두꺼운 흙의 장벽을 출현시키면서 달렸다. 말은 갑자기 설 수 없다. 이 안개 속이라면 벽이 방해가 되겠지. 벽이 있다는 걸 알면 속도도 줄일 것이다.

"허억… 허억…."

더 이상 화살은 날아오지 않았지만, 나는 계속 달렸다. 때때로 뒤에 벽을 만들면서 달렸다.

그런 가운데 가슴에 화살을 맞은 톤트를 떠올렸다.

놔두고 왔나. 아니, 이미 살릴 수 없다. 그 위치는 심장이었다. 독도 묻어 있었다. 상급 치유라도 심장에 독화살을 맞으면 살릴 수 있을지 알 수 없다. 애초에 이제 와선 어떻게 할 수도 없다.

우리는 안개 속에서 전속력으로 계속 달렸다.

얼마나 달렸을까. 두 시간 이상 달린 것 같았다.

바리바돔이 뒤를 확인하고 '따돌린 모양이군.'이라고 말하자 전원의 발이 멎었다.

"허억… 허억…."

아무래도 지쳤다. 땀에 흠뻑 젖었다. 하지만 평소에 운동을 한 성과가 나왔군. 뛰라고 하면 더 뛸 수 있다.

그렇긴 해도 세 전사들은 태연한 얼굴이었다. 투기 때문일까. 비겁하잖아.

"허어억… 헤엑… 크헉…."

가르반은 새파란 얼굴로 엎어졌다. 아무리 여행에 익숙한 상인이라고 해도 뛰면 힘들겠지.

안심했다.

피해는 낙타 한 마리와 호위 한 명.

톤트. 처음에 바로 화살을 뽑아내고 치유 마술과 해독을 썼으면 구할 수도 있었을 것 같다. 어쩌면 급소를 빗나갔을지도 모르고. 실제로 엘리나리제에게 목덜미를 붙잡히지 않았으면 그랬겠지.

하지만 그랬다간 도주가 늦었을지도 모르고, 나도 화살을 맞았겠지.

나보다 엘리나리제 쪽이 그런 일에 대한 경험이 많을 것이다.

아바노 거기서 어물거리며 치료했다간 나도 위험했겠지.

"……."

슬쩍 보니 카루메리타가 나를 노려보고 있었다. 뭐야? 내가 뭐 했어?

카루메리타는 내 후방, 맨 뒤를 담당하였다. 다쳤다면 치료해 두는 게 좋겠지. 화살은 맞지 않은 것 같은데….

카루메리타는 성큼성큼 내게 다가와서 갑자기 멱살을 붙잡았다.

"너! 그렇게 큰 마술을 쓸 수 있으면, 도적 정도, 해치울 수 있잖아!"

"어?"

해치워? 그 숫자를?

듣고 보니 깨달았다. 그래, 죽인다는 선택지도 있었다.

"그만둬, 멍청아!"

"형도 봤잖아! 말이 진흙에 잠기고, 벽에 부딪쳤어. 그렇게 새하얗게 됐어!"

"좀 더 생각을 해! 그러니까 넌 골이 비었다는 소리를 듣는 거야!"

"시끄러! 이 녀석, 마술을 쓰면, 톤트의 복수, 할 수 있었을지도 몰라!"

"그 숫자를 어떻게 다 해치운다고! 그건 아마도 하리마프 도적단이야. 틀림없이 한패가 더 오고 있었을 거야!"

"하지만… 아!"

나와 카루메리타 사이에 엘리나리제가 끼어들었다. 방패를 카루메리타에게 들이밀고 허리춤의 에스토크에 손을 댔다.

[우리 방식에 불만이 있나요?]

"뭐야…."

엘리나리제는 흥하고 콧방귀를 뀌고 카루메리타를 노려보았
다.

[루데우스는 상황을 잘 판단했어요. 정확히 몇 명인지 모를
정도로 많은 상대. 게다가 독화살을 쓰는 상대. 진흙탕으로 발
을 묶고, 안개로 화살의 시선을 가로막고, 벽을 만들어 방해하
고. 그렇게 우리는 도망칠 수 있었어요. 한 명 당하긴 했지만
낙타도 한 마리 빼고 무사. 뭐가 불만인가요? 바보처럼 싸우다
가 화물이고 목숨이고 다 잃고 싶었나요?]

엘리나리제는 그렇게 변호해 주었다.

말은 통하지 않지만, 엘리나리제가 카루메리타에게 무슨 말
을 하려는 건지 눈치챈 모양이었다.

엘리나리제로서는 드물게도 도발적인 말투였다.

적의 숫자는 많았다. 보이는 것만도 쉰 이상. 백, 어쩌면 2백
이었을지도 모른다. 바리바돔의 말처럼 뒤에 더 몰려오고 있을
수도 있었다.

나는 그것도 쓰러뜨릴 수 있을까. 모르겠다. 다만 나는 성급
마술을 쓸 수 있다. 마력은 있다. 아마도 바닥날 일은 없으니
가능하셨지.

진흙탕으로 발을 묶은 사이에 멀리 있는 궁병을 광범위 마술
로 처치하고, 기마병들을 돌풍으로 낙마시키고 불 마술로 태운
나. 이론상 그런 건 가능할 것이다.

하지만 실제로 어떻게 될지는 모른다. 다 처리하지 못 한 궁병에게 독화살을 맞거나, 기마의 발을 묶지 못해서 돌격을 허용했을 가능성도 있다. 상대의 공격방법도 마술사를 상정한 뭔가가 있었을지도 모른다. 또 난전이 벌어지면 범위 마술은 못 쓴다. 아군이 휘말려든다.

그리고 엘리나리제도 그런 걸 알고 있겠지. 그러니까 내 편을 들어주었다.

[애초에 우리는 용병 아닌가요? 그런 대군과 싸울 의무 같은 건 없어요.]

"……."

[그 눈은 뭔가요? 저랑도 해 보자는 건가요? 혈기 많은 애로군요. 상대해 드리죠.]

엘리나리제가 에스토크를 뽑았다. 그걸 보고 카루메리타가 황급히 허리춤의 브로드소드에 손을 댔지만, 그때 바리바돔이 끼어들었다.

"어이, 멍청아, 그만해. 엘리나리제, 너도, 진흙탕도. 톤트가 그렇게 된 건 안타깝지만, 진흙탕의 판단은 나쁘지 않았다. 거기서 싸우려는 바보 같은 생각을 하는 건 멍청이, 너뿐이야. 그러니까 너는 아무리 지나도 골이 비었다는 소리를 듣는 거야.

"…됐어."

카루메리타는 거센 콧소리를 내며 물러났다. 그리고 앉아 있는 낙타 옆으로 가서 주저앉더니 무릎에 얼굴을 묻었다. 그 모습을 보고 바리바돔은 한숨을 내쉬었다.

"두 사람에게 미안하군."

"아뇨…."

"카루메리타는 말이지, 전에 톤트의 아이를 낳았어."

"예?"

"그러니까 이해를 좀 해 줘. 아까 그건 그냥 화풀이야."

아이를 낳았다. 그러니까 저렇게 화내는 건가.

사막의 여전사는 결코 남자에 대해 개인적인 특별한 감정을 품지 않는다고 생각했다.

하지만 그런 것도 아닐까. 역시 아이를 가진 상대란 특별한 걸까.

쇼크를 받은 나에게 엘리나리제가 에스토크를 집어넣고 다가 왔다.

"루데우스. 너무 침울해하지 말아요."

"…예."

"모험가 중에 사람을 죽일 수 없다는 사람은 드물지만 있어 요. 하물며 당신은 이제 곧 아버지가 될 몸이지요. 살인을 주 저하는 것도 이해되어요."

그녀는 조금 어긋난 말을 하였다. 말이 통하지 않기 때문이다.

솔직히 나는 주저하지 않는다. 그런 절박한 상황에서도 죽인 다는 단어는 선택지에 떠오르지도 않았다.

물론 짙은 안개 속, 내가 만든 벽에 부딪쳐서 죽은 도적은 있었겠지. 그 사실에 대해서 딱히 죄책감을 느끼지 않지만, 마술을 써서 직접 살해한다면 아무래도 위에 안 좋은 무게감을 느낀다.

…스스로 생각해도 소인배라서 다소 한심해졌다.

"고맙습니다."

위로해 준 엘리나리제에게는 솔직히 고개를 숙였다. 생각해 보면 도망칠 때 그녀는 계속 내 옆에서 뛰었다. 넘어질 것 같으면 받쳐주었고, 화살의 방패가 되는 위치에 있었던 것 같다. 계속 도와준 것이다.

어쩌면 그녀는 '나를' 호위해 줄 생각이었을지도 모른다.

"어머, 감사의 말은 필요 없답니다. 손녀사위를 지키는 건 당연하니까요."

엘리나리제는 내 어깨를 툭툭 두들겼다.

손녀사위라…. 돌아갈 즈음에는 실피의 배도 눈에 띄게 커져 있을까. 내 아이고 엘리나리제의 증손자다. 그녀도 증손자가 태어날 때 실피에게 "왜 루디를 지켜주지 않았어?!"같은 규탄을 받고 싶지 않겠지.

나와 함께, 실피와 함께. 서로 웃으며 새로운 생명의 탄생을 빌고 싶을 것이다.

"…저기, 엘리나리제 씨."

"뭔가요?"

"고맙습니다."

내가 다시 그렇게 말했다. 이번에는 마음을 담아서.

엘리나리제도 다시 내 어깨를 두드렸다.

조금 어색하지만 여행은 계속되었다.

동료가 한 명 죽었는데도 바리바돔은 냉정하게, 아무 일도 없었던 것처럼 포메이션을 다시 짰다.

바리바돔은 죽음을 기리지도 않고, 뿐만 아니라 톤트의 이름을 말하는 일도 없이 담담하게 호위 일을 계속했다. 냉정하다고 느껴지는 부분도 있지만, 분명 여기는 그런 장소다.

그리고 그들은 그런 일족이다. 죽음이 바로 곁에 있어서, 무슨 일이 있으면 금방 죽는다. 생각해 보면 마대륙에서도 그런 느낌이 있었던 것 같다. 나와는 가치관과 감각이 다소 다른 것이다.

며칠 뒤, 중계지점인 오아시스에 도달했다. 처음에 본 바자르와 비슷하게 호수를 둘러싸듯이 시장이 만들어져 있었다. 전에 보았을 때에는 신경도 쓰지 않았는데, 전사 같은 모습을 한 집단 중에는 확실히 여자가 한 명 있었다. 그들도 모두 사막의 전사겠지.

가르반은 빈 땅 구석에 천막을 치게 했다. 오아시스에 있는 동안은 호위도 천막 안에서 자는 모양이었다.

"바리바돔, 호위를 추가로 고용할 필요 있을까?"

"아니, 필요 없어. 저 둘은 어지간한 전사보다 나아. 우리들 끼리 라판까지 가고, 거기서 고용하는 게 낫겠지. 이제 도적은 없을 테니까."

"그래. 그럼 그렇게 할까. 그렇긴 해도 낙타를 잃은 건 아프 군."

"어쩔 수 없어. 그 상황에서 낙타 한 마리로 끝난 게 운이 좋 았어."

바리바돔과 가르반의 대화는 가벼운 느낌이었다. 고용관계 라고 생각할 수 없을 정도였다.

"뭐지, 루데우스? 내 얼굴에 뭐 묻었나?"

가르반을 보고 있으니 그런 식으로 물어 왔다.

"아뇨, 바리바돔 씨랑은 꽤나 사이좋아 보여서."

"녀석은 내가 이 일을 시작했을 때부터 아는 사이야. 유일하 게 신뢰할 수 있는 상대지."

아하. 의외로 바리바돔도 같은 사막의 전사인 톤트보다 상인 인 가르반 쪽에게 강한 동료의식을 가졌을지도 모른다.

경호대장인 바리바돔도 자기 부하를 버린다…까지는 아니더 라도, 바꿔가면서 쓴다는 인식이 강하겠지.

바자르에서 식료품 등을 보급한 뒤에 또 북쪽으로.

그 이후로 카르메리타와 충돌하는 일은 없었다.

물론 필요 이상으로 친하게 지내는 일도 없었다. 불침번을 설 때도 대화는 없었다. 어차피 라판까지 가면 헤어질 사이니 나도 신경 쓰지 않았다.

하지만 자기가 낳은 아이의 아버지가 죽으면 역시 괴로울까.

내 입장으로 생각하면. 실피가 죽으면 뭐, 당연히 괴롭겠지. 내 아이를 가져준 것만으로도 그렇게 감동하였다. 죽기라도 하면 괴롭겠지.

"…후회라."

나는 베가리트 대륙에 오면 후회하게 되어 있는 모양이다.

열다섯 살에 엘리나리제와 만난 시점에서 베가리트 대륙으로 가는 것과 학교에서 나나호시를 만나서 전이마법진에 대해 듣고 가는 것은 시간적으로 그리 다르지 않다. 그러니까 그 후회는 같은 것이라고 생각했다.

같은 것이라고 가정하면 학교에 남기고 온 이에게 무슨 일이 있을지는 생각하기 어렵다.

혹시 전자에 따라 베가리트 대륙으로 갔으면 실피와 만날 수 없었고, 다른 이들과도 만날 수 없었으니까. 후회도 하지 않겠지.

하지만 어쩌면 다른 후회일까. 내가 간 곳에서 무슨 일이 일어나는 게 아니라 남기고 온 것에 무슨 일이 일어날까? 예를 들어서 실피의 몸이 안 좋아져서….

"루데우스, 뭐라고 말했나요?"

"아뇨⋯."

기우다. 후회의 씨앗은 여기저기에 굴러다닌다. 나 같은 한심한 녀석은 무슨 짓을 하든 후회가 하나는 남는다.

앞으로 무슨 일이 일어날지 모른다.

인신의 말을 정면에서 거스른 건 처음이다. 지금까지는 따르기만 하면 결과적으로 좋은 방향으로 굴러갔다. 그럼 이번에는 뭘 해도 잘못되는 걸까.

아니. 그렇지는 않을 거다. 뭔가 나쁜 일이 일어난다고 알면 그걸 회피할 수도 있다.

그렇다고 해도 톤트 같은 일이 가까운 누군가에게 일어나지 않는다고 할 순 없다. 방심해선 안 된다.

그렇게 생각하자.

그리고 혹시 그때 내 가족을 죽이려는 녀석이 인간이라면⋯ 그때야말로⋯.

⋯아니, 그만 두자.

어차피 말뿐이다. 자신이 없다. 그러니까 여차하면 하다못해 몸을 던져 가족을 지키자.

그것만큼은 명심해 두자.

그로부터 2주 뒤. 우리는 미궁도시 라판에 도착했다.

드디어 목적지다.

번외편

노른과
미리스교단

노른 그레이랫은 고민하고 있었다.

루데우스가 베가리트 대륙으로 떠난 지 벌써 한 달.

마법도시 샤리아에서는 평화로운 일상이 계속되었다. 먼 곳에서 누가 위기에 빠졌다고 생각도 할 수 없을 만한 평온한 나날이나.

노른의 마음은 편치 않았다.

루데우스에게서는 당연하게도 소식이 없다.

지금쯤 어쩌고 있을까. 자기가 고집을 부리는 바람에 루데우스가 무리를 하게 된 게 아닐까.

혹시 루데우스가 죽는다면 남겨진 실피는 슬퍼하겠지. 아버지 없는 자식을 안고 눈물을 흘리겠지. 노른은 어리고 머리도 그리 좋지 않지만, 현재 불안하지 않은 듯이 씩씩하게 행동하는 실피가 힘들 거란 정도는 안다.

아무리 루데우스가 우수하더라도 죽을 가능성이 없다고 잘라 말할 순 없다.

자기가 그런 식으로 루데우스를 부추기지 않았으면…. 억지를 부리지 않았으면 지금쯤 루데우스는 실피와 함께 행복하게 살고 있겠지.

그렇게 생각하니 불안과 후회에 짓눌릴 것만 같았다.

"하아…."

매일 기숙사의 자기 방에서 창밖을 보며 한숨을 쉴 정도로.

그때 노른은 창밖에서 학교 밖으로 걸어가는 학생의 모습을 발견했다.

"오늘 집에 돌아가는 날이었어…."

오늘은 열흘마다 한 번씩 있는 '집에 얼굴을 내미는 날'이었다.

그걸 떠올린 노른은 느릿느릿 일어나서 준비를 시작했다.

노른은 그레이랫 저택으로 이어지는 길을 걸으며 생각했다.

루데우스에 대한 마음속의 응어리는 꽤나 작아졌다. 당연하지만 혐오감은 이제 거의 없다.

그러니까 무서웠다. 혹시 루데우스가 돌아오지 않으면. 대신 죽었다는 소식이 닿으면. 자신은 이번에야말로 다시 일어날 수 없을지도 모른다. 실피를 볼 낯도 없고, 아이샤야 그렇다고 해도….

기숙사에 있을 때와 비슷한 생각을 하였다.

같은 생각이 몇 번이고 뱅글뱅글 맴돌았다. 노른의 안 좋은 버릇이었다.

"어라?"

그런 노른은 어느 골목길 앞에서 발을 멈추었다.

골목 안쪽에서 어떤 건물이 보였다.

미리스 신성국에 살던 무렵에는 몇 구역마다 있는 흔해빠진 건물.

하지만 미리스를 떠나온 뒤로는 거의 보지 못했던 건물.

"미리스교회…. 이 도시에도 있구나."

그것은 미리스교의 교회였다.

건축양식이 다르기 때문에 다소 위화감이 있지만, 흰색 바탕의 수수한 디자인은 한눈에 교회라고 알 수 있는 것이었다.

"…그러고 보면 요즘은 전혀 기도를 안 올렸네."

노른은 중얼거렸다.

그녀는 미리스교도다. 미리스 신성국에서 살며 제니스의 친정인 라트레이아 가문에 신세를 지기 시작할 무렵, 당연하게도 미리스교회에 따라가서 미리스교의 가르침을 배웠다.

거기에 노른의 의사는 없었다. 하지만 노른에게는 억지로 미리스교도가 되었다는 의식이 없었다. 그저 미리스 신성국의 상식 중 하나로 배운 것에 불과하다.

그러니까 열렬한 신도인 것은 아니었고, 미리스 신성국을 떠난 뒤로는 교회를 찾아 시내를 돌아다니는 일도 없었다.

"……."

그렇긴 해도 노른의 발은 자연히 교회 쪽을 향하였다.

교회 안에 들어가자, 밖과는 달리 신성하고 조용한 분위기가 노른을 감쌌다.

조용하고, 엄숙하고, 조금 따뜻한, 오래간만에 맛보는 감각이었다.

기억에 있는 교회보다도 천장이 낮지만, 질서정연하게 놓인 의자. 안쪽에 성당이 보이는 것은 마찬가지였다.

노른은 그리운 감각에 빠지면서도 미리스교의 심볼 앞으로 나아가서 무릎을 꿇고 손을 모았다.

몇 년 만의 기도지만 방법은 몸이 기억하고 있었다.

"위대하신 성 미리스여. 부디 제 기도를 들어주시옵소서— 부디 오빠가 무사히 돌아올 수 있도록. 부디 아빠가 무시히 돌아올 수 있도록. 부디 엄마가 무사히 돌아올 수 있도록. 부디 리랴 씨가 무사히 돌아올 수 있도록—"

전원이 무사하길 빌자, 너무 욕심이 많은 게 아닐까 하는 생각이 노른의 뇌리를 스쳤다.

성 미리스는 욕망 많은 자를 도와주지 않는다. 배부른 소리는 해선 안 된다.

하지만 그래도 노른은 또다시 빌었다.

"부디 모두가 무사히 돌아올 수 있도록."

부모님이 무사히, 리랴가 무사히, 그리고 오빠가 무사히. 그것은 가족이 무사한 것을 의미한다. 가족이 모두 모여서 산다. 그것이 노른의 바람이다.

지금으로선 유일한 바람이다.

그것을 배부른 소리라고 하면, 노른으로서는 어째야 좋을지 알 수 없겠지.

"……"

기도를 마칠 무렵 노른의 마음은 다소 후련해져 있었다.

이 교회의 분위기가 좋은 걸까, 아니면 기도로 고민이 일단 정리된 걸까.

'또 오자.'

노른은 그렇게 생각했다.

학교에서 수업을 받고 훈련을 하고, 그리고 방과 후에 교회에 가서 기도한다.

그것이 노른의 일과가 되었다.

교회에서 기도하면 다소 마음이 맑아졌다. 자기 의무를 다하는 듯한 기분이 들었다.

하지만 어느 날의 일이었다.

"모두가 무사히 돌아올 수 있기를….."

그렇게 중얼거린 노른의 눈동자에서 한 줄기 눈물이 흘러내렸다.

눈물은 노른의 뺨을 따라서, 턱에서 바닥으로 떨어졌다. 한 방울이 떨어지니 노른의 눈물은 둑이 무너진 것처럼 두 방울, 세 방울, 계속해서 떨어졌다.

그녀도 알고 있었다.

이런 것은 위안에 불과하다. 기도로 뭔가를 한 듯한 기분이 들었지만, 결국 아무것도 하지 않았다. 할 수 있는 일은 하나도 없다. 지금까지도 그랬고, 앞으로도 그렇다.

무거운 무력감이 갑자기 엄습하였다.

"훌쩍…."

노른은 아무도 없는 성당에서 얼굴을 가렸다.

한심했다. 슬펐다. 분했다. 자기는 아무것도 할 수 없다는 사실이.

"왜 울고 있지?"

갑자기 목소리가 들렸다.

노른은 놀라서 고개를 들었다.

아무도 없는 줄 알았다. 이 교회에도 신부님은 있지만, 이 시간대에는 외출하는 일이 잦다. 고로 사람도 별로 오지 않아서 텅 비어 있었다.

노른이 고개를 들고 바라본 곳에는 참회실에서 나온 한 소년이 있었다.

나이는 오빠와 비슷한 또래일까. 눈가가 가려질 정도로 긴 앞머리 안쪽으로는 성질 삐딱할 듯한 눈이 엿보였다.

"누, 누구세요?"

그렇게 묻자 소년은 울컥한 얼굴로 노른을 노려보았다.

"모르나? 크리프 그리몰이다. 올해부터 이 교회에서 수습을 맡았다."

수습에 어울리지 않는 거만한 말.

하지만 그 말과 태도로, 노른은 그가 오빠의 친구이자 학교에서도 유명한 크리프라는 걸 떠올렸다. 분명히 한 번 본 적이 있었다.

그러고 보니 분명히 이 교회에서도 본 기억이 있었나. 이 교회에서 미사가 있을 때 곧잘 신부님 뒤를 따르면서 돕던 모습을.

"아…. 안녕하세요."

노른은 눈물을 닦으면서 고개를 숙였다.

그러자 크리프는 흥 하고 콧방귀를 뀌고 노른에게로 다가왔다.

"불안한 게 있거든 나한테 말해 봐라."

"예?"

"혹시 네가 부조리한 불행과 만났다면 내가 반드시 해결해 주지."

갑작스러운 제안에 노른은 당황하였다.

그는 오빠의 친구일지도 모르지만, 노른에게는 첫 대면이나 마찬가지였다.

"아뇨, 하지만…."

"너도 알고 있으리라 생각하지만, 루데우스와 함께 여행에 나선 것은 내 아내다. 걱정하는 마음은 있지만… 나는 루데우스의 실력을 신뢰한다. 그녀의 신변 안전은 루데우스가 지켜주겠지. 그러니까 여기 샤리아에서는 내가 너희를 돌봐줄 의무가 있다. 루데우스가 목숨과 바꿔서라도 리제를 지키듯이, 내가 너희를 지킨다."

그 말에 노른은 또 떠올렸다.

오빠와 함께 여행을 나선 엘리나리제는 아빠의 파티 멤버라고 들었는데, 아주 예쁜 사람이었다. 결혼을 했어도 이상하지 않다.

"네가 매일같이 기도드리는 모습은 저기 참회실에서 보았다. 하지만 눈물을 흘리는 건 처음이지?"

노른은 모르는 일이었지만, 크리프는 이 시간이면 몇 안 되는 참배자를 기다리면서 참회실에서 공부를 하고 있었다. 평소에는 일이 없으면 나오지 않지만, 노른이 우는 것을 보고 무심코 말을 건 것이다.

"······."

"자, 말해 봐라. 내가 해결해 주지. 음, 말하기 힘든 일이거든 저기 참회실을 써도 좋아."

크리프는 가슴에 손을 대고 자신만만하게 말했다.

노른은 그의 모습에 경계하고 있었다. 노른에게 첫 대면의 상대는 대개 신용할 수 없었기 때문이다.

하지만 문득 그때 오빠의 얼굴이 떠올랐다. 노른이 방에 틀어박히게 되었을 때에 찾아왔던 오빠의 얼굴이다. 오빠는 자신과 마찬가지로 불안을 품고 있었다.

어쩌면 크리프도 같을지 모른다.

엘리나리제는 베가리트 대륙으로 갔다. 크리프도 따라가고 싶었을지 모른다.

하지만 따라갈 수 없었다. 노른과 마찬가지다.

그럼 자신의 지금 이 마음도 이해해 줄지 모른다.

"실은―"

노른은 자기 심정을 토로했다.

오빠는 처음에 베가리트 대륙에 가지 않겠다고 했다. 하지만 노른이 고집을 부린 결과, 베가리트 대륙으로 가기로 결의했다.

그 결과 어쩌면 오빠는 죽을지도 모른다.

오빠가 죽으면 그의 아내인 실피는 아주 슬퍼하겠지. 그녀는 오빠를 매우 사랑하였다. 그런 사랑하는 사람의 아이를 가져서 이제부터 행복해지려는 때에 남편이 죽은 거니까. 아무리 바보 같아도 그게 아주 괴롭다는 건 안다.

혹시 그렇게 되면 잘못한 건 분명 자신이다.

고집을 부리지 않았으면 오빠가 여행을 가는 일은 없었다.

분명히 아버지가 위기라는 소식을 듣고 가만히 있을 수 없었던 건 분명하고, 오빠가 도우러 가 주길 바란 것은 사실이다. 하지만 그때는 오빠가 죽는다든가 돌아오지 못한다든가, 그런 것까진 생각하지 않았다.

지금은 학교에 가고 수업을 받고 방과 후에 여기에 와서 무사하길 기도한다.

하지만 기도는 위안에 불과하다. 자신은 무력하고 아무것도 할 수 없는 인간이다.

그렇게 생각하니 자연히 슬퍼지고 눈물이 나왔다…고.

"뭐야, 그런 건가?"

하지만 크리프는 노른의 눈물 어린 말을 코웃음으로 넘겼다.

"그런 거라뇨, 무슨 말인가요?"

분명 이해해 줄 거라고 생각했던 노른은 배신당한 기분이 들었다.

하지만 크리프는 그런 노른의 마음을 아는지 모르는지 또다시 코웃음을 쳤다.

"잘 들어라. 자랑은 아니지만 나는 미리스 출신이다."

"…저도 미리스에서 왔어요."

"끝까지 들어. 나는 미리스교단의 교황의 손자고, 사소한 권력 다툼에 휘말려들 뻔해서 여기 라노아로 유학을 왔다. 말할 것도 없이 미리스로는 못 돌아가. 할아버님을 돕고 싶다고 생각해도 아무것도 할 수 없다. 지금 너랑 똑같지."

"……."

"난 뭘 해야 한다고 생각하지?"

"그렇게 물어도… 모르겠어요."

모르니까 이렇게 눈물을 흘리고 이야기를 하는 것이다.

"그래. 하지만 나는 천재니까 안다. 가르쳐 줘도 좋은데, 어떻게 할래?"

"…가르쳐 주세요."

그 말에는 조금 화가 났지만, 노른은 일단 그렇게 물었다.

"좋아. 일단 자기가 왜 여기에 있는지를 생각하는 거야. 내가 권력 다툼에 휘말려들고 여기에 유학을 왔지. 그건 왜일까? 힘이 없기 때문이야. 어리고 약하고 권력도 없는 나는 그들의 폭력에 버틸 수 없어. 습격이 있으면 정말 간단히 붙잡혀서 인질로 써먹히겠지. 할아버님은 영명하시다고 하지만 장래 유망한 내가 인질로 잡히면 상대의 말을 들을 수밖에 없겠지."

노른도 이해할 수 있는 말이었다.

그녀가 베가리트 대륙에 가지 않았던 것은 그와 비슷한 이유였기 때문이다.

혹시 자신이 루데우스와 비슷한 힘을 가졌으면 지금쯤 루데우스와 함께든가, 아니면 혼자서라도 베가리트 대륙으로 갔겠지.

"즉, 나는 인질로 잡히지 않기 위해, 폭력을 떨쳐낼 힘이 필요하다."

"힘, 인가요?"

"그래. 힘이다. 힘이라고 해도 완력은 아냐. 공부를 해서 지식을 쌓든가 마법을 배우든가…. 그리고 친구를 만드는 것도 좋지. 특히나 장래에 권력이나 특수한 기능을 가질 친구가 좋아. 강한 뒷심이 있다고 알려지면 손대기 어려워지니까."

친구를 만든다. 그것은 엘리나리제와 연인이 되고 루데우스와 교류하면서 배운 것이었다. 물론 크리프의 거만한 태도를 정면에서 받아주는 사람은 그리 없기 때문에, 아직 친구라고 할 만한 친구는 적다. 루데우스와 자노바, 백 발 양보해서 나나호시 정도겠지.

"그렇게 단련하면 어떻게 되나요?"

"혹시 갑자기 미리스로 돌아갈 때에 나는 학교에서 습득한 마술이나 기술, 지식, 인맥을 활용하여 할아버님을 도와서 순식간에 미리스에서 지위를 확립하겠지."

그것은 크리프가 멋대로 하는 망상에 불과했다.

하지만 크리프는 믿었다. 자기 힘을 믿고 키워가면 확실히 그렇게 될 거라고.

"…그런 게 가능할 리 없잖아요."

노른은 고개 숙이고 말했다.

자기가 갑자기 베가리트 대륙으로 불려간다. 그런 가능성이 있다고 해도 루데우스나 파울로가 고전하는 걸 앞두고 뭘 할 수 있을 것 같지 않았다.

"아니, 가능해. 내일이나 모레의 이야기가 아냐. 언젠가 반드시 힘을 발휘해야만 할 때가 온다. 1년 뒤일지, 5년 뒤일지, 10년 뒤일지는 모르지만."

"……."

"알겠나. 지금 남겨진 우리가 할 수 있는 일은 얼마 안 되지. 뭘 하려고 해도 누군가에게 방해될 뿐이다."

"방해…."

"그러니까 우리는 할 수 있는 일을 확실히 하면서 힘을 비축

해야만 한다. 그것이 미리스교의 가르침이기도 하다."

크리프는 그렇게 말하더니 품에서 미리스교의 성서를 꺼냈다.

그것을 펼치지도 않고 한 구절을 암송하였다.

"아트모스서 12장 31절, 올바른 자는 괴로울 때에 인내하고, 괴로울 때야말로 힘을 쌓았다. 대체 왜냐고 심약한 자가 물으면 올바른 자는 언젠가 힘을 쓸 때가 온다고 대답했다. 그리고 사악한 마왕의 군세가 닥쳐왔을 때, 올바른 자는 성검을 휘둘렀다. 성검은 산을 가르고 숲을 가르고 바다를 가르고 사악한 마왕도 둘로 갈랐다."

미리스의 학교에서 몇 번이나 암기시켰기 때문에 노른도 외우고 있었다.

성 미리스가 덤벼오는 마족의 군세에 대항하여 성검을 휘둘렀다는 이야기다. 성검의 위력은 엄청나서, 미리시온에서 청룡산맥, 대삼림, 바다도 넘어서, 현재 웬포트가 있는 위치에 있던 마왕을 즉사시켰다. 또한 그 성검을 휘두른 장소는 길이 되어서 '성검가도'가 되었다.

"이 이야기는 성 미리스의 위대함에 눈이 가기 쉽지만, 가장 중요한 것은 아무리 성 미리스가 위대하다고 해도 만능은 아니고, 성검을 휘두르기 위해 힘을 비축해야만 했다는 점이다. 역사서를 더듬어보면 알겠지만, 당시 북쪽 해안선에서는 미리스의 군세가 마족군을 막고 있었지. 총대장은 성 미리스의 더 없는 친구라는 페이트 드리올. 그리고 페이트는 그 싸움에서 전사했다. 미리스는 괴로운 때에도 앞날을 내다보고 있었다."

"그건 친구를 버렸다는 소리 아닌가요?"

"아니야. 성 미리스는 친구를 신뢰하였다. 그리고 친구는 미리스를 신뢰하고, 패주하는 일 없이 그 자리를 사수했다. 그러니까 두 사람의 공통의 바람이었던 승리와 평화를 손에 넣었지."

크리프는 힘 주어 그렇게 말하더니 다시 노른을 바라보았다.

"네 바람은 뭐지?"

"가족 모두가 행복하게 사는 것입니다."

"그럼 그걸 위해 할 수 있는 일을 하면 돼. 공부를 하고 마술을 습득하는 거야. 전장에 있는 루데우스나 네 아버지를 안심시키기 위해서라도."

"할 수 있는 일을 다 하고, 그 뒤에는 어떻게 하나요?"

그 질문에 크리프는 당연하다는 듯이 고개를 끄덕이고, 성당에 자리 잡은 교단의 심볼을 보며 대답했다.

"마지막으로는 기도해라. 미리스 님께서는 항상 지켜보고 계신다."

결국 마지막에는 기도하는 건가? 루데우스라면 그런 식으로 생각했을지도 모른다.

하지만 노른은 달랐다.

지금까지 배운 미리스교의 가르침에는 분명히 의미가 있었다고 감탄하였다.

과거에 미리스의 학교에서 선생님이 말씀하셨다. '하루를 마

칠 때에 기도하세요.'라고. 시작할 때가 아니라 마칠 때에. 거
기에는 그런 의미가 있었다.

"알겠습니다. 할 수 있는 데까지 노력하겠습니다."

"좋아, 착하구나. 곤란한 일이 생기거나 모르는 게 있거든 나
에게 와라. 학교에 있는 내 연구실이라도 좋고, 이 시간이면 보
통 여기에 있으니까."

"예."

노른은 밝은 마음으로 교회를 뒤로 했다.

미리스교의 가르침에 따라서 오빠가 돌아올 때까지 착실히
힘을 기르자고 생각하면서.

11권 끝

무직전생

이세계에 갔으면
최선을 다한다

무직전생 ~ 이세계에 갔으면 최선을 다한다 ~ **11**

2017년 6월 7일 초판 발행
2023년 10월 30일 7쇄 발행

저자	리후진 나 마고노테
일러스트	시로타카
옮긴이	한신남

발행인	정동훈
편집인	여영아
편집 팀장	황정아
편집	노혜림

발행처	(주)학산문화사
등록	1995년 7월 1일
등록번호	제3-632호
주소	서울특별시 동작구 상도로 282 학산빌딩
편집부	02-828-8838
영업부	02-828-8986

ISBN 979-11-256-7612-6 04830
ISBN 979-11-256-0603-1 (세트)

값 8,800원